應用外語
38

解讀 法國文學 名著

五南圖書出版公司 印行

阮若缺・著

FRANÇAIS

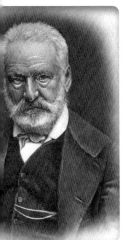

Preface · 前言

　　法國文學不但浩瀚，且博大精深，能浸淫其中，實在是人生一大樂事，若能與同好分享，更添美事一椿。十幾年前，吾人曾撰寫過《法國文學家及其作品》一書，目的是想有系統的引介一些法國經典給國人，當時的確大量閱讀不少作家傳記或作品，並挑燈筆耕，終於完成拙作。雖思想未臻成熟，對某些作家了解或許不足，但熱忱之心絕對有之。近些年來，市面上相關書籍，也漸漸不難找到了，甚至還有從日文翻成中文者。

　　經過這些年的沉澱和歷練，也感謝學術界和出版界的抬愛，提供愚園地發表論文，各處演講或執筆導讀、寫序，雖不敢說著作等身，然而著實積累了不少資料和心得，也頗技癢，正醞釀有暇將之編修匯集成冊。欣逢五南圖書主編朱曉蘋女士的邀稿，我們可謂一拍即合，於是雙方都開始積極起來，欲將這道豐盛的法國文學饗宴端給讀者們賞析。

　　為求組織架構清晰、敘述有層次感、脈絡具條理，分析又稍深入些，因此僅解讀數十位吾人認為必讀，且較熟稔的作家和他們的代表作。次序乃以年代來排，從十七世紀到二十一世紀，才不至於讓讀者時空混淆；小說及戲劇則為內容主幹，因為他們較具「故事性」，容易引人入勝。所謂「師父領進門，修行在個人」，本書只是滄海一粟，但也期盼以文會友、教學相長，大家同心發揮接力賽的精神，將法蘭西美好的智慧結晶代代相傳。

在本書每一篇章，我們除了扼要介紹作者的生平、軼聞，還有作品產生的時代背景、核心思維以及個人對其作品的理解與領悟。其中評論內容涵蓋古典主義、啓蒙運動、浪漫主義、寫實主義、自然主義、二戰文學、新小說、新戲劇、當代文學，讓讀者可一窺法國文學的堂奧，並從中更了解法蘭西民族文化和當代社會的風貌。

　　外國文學課程，除了有助語文能力的精進，亦可提升文化美學素養、增進國際視野。畢竟我們已身處跨文化的地球村，跨學科學習也是大學生必備的知能，文學包括了歷史、地理、哲學、藝術、政治、經濟、社會、教育、心理學領域，並且環環相扣，更應該融會貫通才行。外來的思想正可解決思維模式過於固定或單一性的問題，相信勇於碰撞的好奇心與冒險心，樂於交流溝通，必能開啓人類更繁盛的文明。最後，謹將此書獻給我天上的父母和胞弟若屈。

政大歐文系教授
阮若缺於政大指南山麓

|Contents · 目録|

二十一世紀　混沌年代

莫里哀

（Molière，1622-1633）

生平

　　莫里哀原名讓・巴帝斯特・保克蘭（Jean-Baptiste Poquelin），1622年1月15日出生於巴黎，家庭環境不錯，父親是從事掛毯業，1631年成爲御用掛毯商。次年，母親不幸過世，父親隔年再娶，不料繼母四年後也往生，於是他被送往克雷蒙中學就讀，因此結識了不少貴族子弟。1640年起，他開始進修法律，也就在那幾年結識了一些文人，如夏白爾（Chapelle）和西哈諾（Cyrano de Bergerac），這對莫里哀影響很大，也因此改變了他的志向。

　　1643年，莫里哀用部分母親的遺產與貝加（Béjart）家族組了顯赫劇團（L'Illustre-Théâtre）。當然，他從事戲劇這個行業的原始動機，眾說紛紜：有人說是他小時候祖父常帶他去看雜要；也有人說他想脫離中產階級的生活圈，與一般老百姓接觸，因此給了他日後不少創作的靈感；但最值得探信的，還是因爲他留意藝文界動態，並常去看戲，除了文筆不錯外，自然對舞臺設計有相當的天分。還有一點蠻重要的：莫里哀不喜歡加入已成形的劇團，他偏好加入新成立的團體，以便能夠發揮個人才華，進行各項新的嘗試。

1644年，他開始以莫里哀做藝名。當年的他，作風特異獨行，也因此引起波旁宮中的同行教會衛道人士的嫉妒，顯赫劇團從1645年起又連連虧損，身為負責人的莫里哀也難逃牢獄之災。巴黎混不下去之後，他繼續隨著貝加家族到外省各地演出。1653年至1658年之間，恭帝親王支持他，莫里哀而因此有餘力開始寫作：期間他完成了兩部鬧劇——《霸布頁的嫉妒》（*La Jalousie du Barbouillé*）、《游移不定的醫生》（*Le Médecin volant*）及兩部喜劇——《冒失鬼》（*L'Etourdi*）和《又愛又恨》（*Le Dépit Amoureux*）。但1658年後，恭帝親王虔心信主，不再支持劇團，於是莫里哀只好跟大夥兒前往巴黎謀生。在路過盧昂（Rouen）期間，曾與高乃依兄弟碰面；到了巴黎，又得到路易十四的垂愛，於是在宮中演出，和義大利劇團共用一個場地，輪流表演。

　　1659年起，由於《裝模作樣的女人》（*Les Précieuses Ridicules*）大受歡迎，莫里哀終能出版他的劇本。接下去，他不斷的創作，1660年完成《史加納埃或空想的龜公》（*Sganarelle ou le Cocu Imaginaire*），1661年完成《唐·加瑟·德納伐爾》（*Don Garcie de Navarre*）、《丈夫學堂》（*L'Ecole des Maris*）和《討厭鬼》（*Les Fâcheux*）。後者在佛勒維貢宮演出時，獲得巴黎觀眾的喜好。而1662年所寫成的《妻子學堂》（*L'Ecole des Femmes*）卻引起相當大的爭議，也就在這種情況下，他又寫了《妻子學堂的批評》（*La Critique de l'Ecole des Femmes*）和《凡爾賽的即興演出》（*L'impromptu de Versailles*），書中將那些假道學、競爭對手和小貴族們又好好挖苦了一番。

　　雖然莫里哀不斷地遭受無理的抨擊，但路易十四仍大力支持他，並命他為宮中的盛會編些輕鬆的喜劇，《逼婚》（*Le Mariage forcé*）及《愛利德公主》（*La Princesse d'Elide*）就於1644年上演。他在皇宮那段期間，還真寫了不少芭蕾音樂喜劇：《醫生的愛情》（*L'Amour Médecin*, 1655）、《梅莉

賽特》（*Mélicitre*, 1666）、《牧歌喜劇》（*La Pastorale comique*, 1667）、《西西里人》（*Le Sicilien*, 1667）、《喬治‧當丹》（*Georges Dandin*, 1668）、《布梭尼亞克先生》（*Monsieur de Pourceaugnac*, 1669）、《出色的情人》（*Les Amants Magnifiques*, 1670）、《貴人迷》（*Le Bourgeois Gentilhomme*, 1670）、《愛斯加霸牙伯爵夫人》（*La Comtesse d'Escarbagnas*, 1671）。

其實，《妻子學堂》的事件仍一直爭論不休，間接影響了《達爾杜夫》（*Le Tartuffe*）的上演，這部戲竟連禁了五年，最後經大幅刪改才勉強於1669年過關。不過，莫里哀從此恨透了教會和聖體會那幫假仁假義的傢伙，《唐璜》（1665），甚至《憤世者》（*Le Misanthrope*）也是以同一個筆調來批評當時的社會道德。此外，在這期間莫里哀還寫了其他作品，如《不由自主的醫生》（*Le Médecin malgré lui*, 1666）、《昂菲提翁》（*Amphitryon*, 1668）、《吝嗇鬼》（*L'Avare*, 1668）、《普西歇》（*Psyché*, 1671）、《司卡班的詭計》（*Les Fourberies de Scapin*, 1671）、《女學究》（*Les Femmes Savantes*, 1672）、《奇想病夫》（*Le Malade Imaginaire*, 1673）。他平均一年出兩部戲，實在是位多產的劇作家。1666年後，莫里哀的身體開始走下坡，拖到1673年2月17日，他演了四場《奇想病夫》後，不支倒地，被抬回家中，死於寓所。

《唐璜》（*Dom Juan ou le Festin de pierre*, 1665）

一、劇情提要

唐璜是個執褲的小貴族，他的行為都是尋人家開心或是與上帝作對。他拋下為他離開修道院的妻子艾薇兒遠行，又想誘拐鄉下女孩。途中唐璜在海

上遇到暴風雨，和他的僕人史加納埃被吹到岸邊，幸被附近村子的農民發現而獲救；然而，唐璜卻調戲其中兩名女子夏洛特和馬杜琳，還打退夏洛特的未婚夫皮耶羅，且以始亂終棄收場。此外，唐璜尚在途中遇到一個窮人，他竟想以一枚金路易換得窮人對上帝的詛咒，結果遭拒。此時艾薇兒兄長唐卡洛為他妹妹艾薇兒遭棄之事到處找唐璜，行經森林時遭逢強盜，是唐璜將強盜擊退，救他一命，唐卡洛只得饒唐璜一回，放他一馬。之後，唐璜又到他曾殺死的一位將軍墓前，對石像說話，並邀請他赴宴，哪知石像竟首肯了。這個花花公子繼續胡作非為，還戲弄上門討債的星期天先生，又在父親面前假裝懺悔，痛改前非，其實他對父親和艾薇兒的忠告根本充耳不聞。接下來的一幕，這位石像將軍果真前來，還訂回請時間。唐璜大膽赴宴，到了約定時刻，雷聲大作、天崩地裂，且地面冒出熊熊烈火，他逃脫不及，因而陷入地獄，萬劫不復。

二、本劇由來

《唐璜》（*Dom Juan*）不是莫里哀的創作劇，早在1620年西班牙的莫立那（Tirso de Molina）就寫了《賽維爾的濫權者與石頭的座上客》（*El burlador de Sevilla y el convivador de piedra*）。1652年義大利人吉里伯多（Giliberto）改編了同胞西歌里尼（Cicognini）於1650年的《石頭的座上客》（*Il Convitato di pietra*），劇名成了《石像的盛宴》（*Le Festin de pierre*），1658年於巴黎上演，大獲好評。次年（1659）多里蒙（Dorimond）在里昂將其寫成悲喜劇，劇名變為《石像的盛宴或犯罪的兒子》（*Le Festin de pierre ou Le Fils Criminel*）。而1660年時，另一作者魏里耶（Villiers）也將此劇搬上舞臺，再加上一些特效，吸引了大批觀眾，於他的劇本中，還加入了唐璜毆打父親、剝削窮人和殺害女友未婚夫的情節。

至於莫里哀會演出這齣劇碼，有一說法是因為《達爾杜夫》將朝中假

虔誠的王室貴族大大地諷刺一番，引起譁然，當局勒令下檔，造成莫里哀的劇團面臨財務危機，必須立即上演一場肯定成功的新戲以維持眾演員生計；拿一部現成的腳本稍做修改應該較無爭議，從劇本是以散文而非詩句呈現，可見是倉促完成。但另有證據顯示莫里哀花費極大心力在舞臺布置上，例如華麗的花園、岩洞與海景、富麗堂皇的宮殿、森林、精緻的房間、壯觀的石像等等，足以證明莫里哀同樣挖空心思，志在必得。它並不符合經典三一律中對場景的限制，但卻比較接近義大利風，巴洛克式豪華場景的機械劇（pièce à machine）。因此有人認為莫里哀或許沒閱讀過古早劇本，不過參考紅極一時的義大利劇團演出倒是不無可能。

三、喜劇手法

莫里哀是個喜劇高手，他表達喜感的方式也很多：

❶ 個性喜劇

觀眾樂見唐璜有膽量和智慧，與權貴周旋，內心不禁莞爾；史加納埃意志不堅，一方面助紂為虐，膽小怕事且愛錢，一方面又批評自己的主子不仁不義，是個十足的小人，令觀眾啼笑皆非。

❷ 情境喜劇

唐璜玩弄村姑馬杜琳和夏洛特的感情，她們愚昧地爭風吃醋對手戲（第二幕，第4場）令人發噱；星期天先生上門向唐璜討債那一幕（第四幕，第3場）亦十分逗趣，每當他想啟齒要錢時，就被唐璜用甜言蜜語把話岔開，唐璜吃定了他耳根軟和愛被捧的心理，而他欲言又止的窘態更讓大家樂不可支。

❸ 文字的喜感

莫里哀在古典劇中滲入農民的土話，產生不搭調的喜感；史加納埃偶爾和主人吃香喝辣，但畢竟是個奴僕，竟大放厥詞誇讚菸、酒的好處；而唐璜用情不專又會耍心機、裝善人，他發表的歪理謬論，亦令人拍案叫絕。

❹ 動作的喜感

史加納埃的插科打諢以及其他誇張的肢體動作，還有和唐璜的一搭一唱，都是笑點所在，再加上不同情境其語調的變化，也是全劇的逗笑之處。

四、唐璜對宗教的冒犯挑釁

唐璜並非單純的無神論者，其行為充滿挑釁意味，他公開挑戰的是傳統教義的倫理觀念。首先，他蔑視婚姻的神聖性，接著試探窮人對上帝的忠誠度，並且以虛偽測試主的存在與否。

❶ 蔑視婚姻的神聖性

在當時，結婚都要經過教會的見證，於天主面前許下慎重的承諾。唐璜並不反對婚姻，只是他加入了放縱的思想，不論女子身分的尊卑，只要是個可人兒，便展開追求，並應允婚約，不過發現手到擒來時便始亂終棄。然而在一夫一妻制度下，他對各地女子慣用此一伎倆，且屢試不爽，這不但欺騙了婦女們的感情，也違犯了宗教的規定。其中尤以將艾薇兒誘拐出修道院，還有勾引皮耶羅未婚妻夏洛特的行為，是對神權極大的挑釁。唐璜自有一套說法，表示不願辜負美人們的好意，更不想順著神的旨意壓抑自己的熱情。

❷ 試探窮人對主的忠誠度

路旁窮人好心提醒途中會遇上惡人，唐璜想以一枚金路易答謝，卻一時興起，為難窮人，要他當面侮辱並詛咒神明，才給他金幣，窮人不肯，但唐璜又不願欠下人情，於是將它丟給窮人，說了一句：「看在人道的份上」（pour l'amour de l'humanité），而非一般人習慣講的「看在上帝的份上」（pour l'amour de Dieu），他的桀驁不馴由此可見。

❸ 以虛偽測試主的存在

唐璜似乎隱約意識到他的放蕩行為不會有好的下場，但仍寄望依靠友人相助，會得到國王的赦免。他開始對父親虛情假意表示懺悔，唐路易竟也相信浪子回頭金不換，殊不知唐璜再度地濫用別人善良之心，洋洋得意自己的虛偽又得逞，而教會本來視虛偽為罪過，觸犯天條應不可赦，但神明並未顯靈。於是唐璜認為，神不是不存在，就是他本人比天主還行。他的狂妄在第五幕第2場達到最高點。莫里哀表面不動聲色，其實他是藉此劇暗諷那些逼《達爾杜夫》下檔的偽君子。

五、上蒼的顯靈（Deus Ex Machina）

雖然石像的邀宴與幽靈的出現似乎都在為劇終鋪陳，警告唐璜的乖張行徑將遭天譴。然而唐璜不信邪，不見棺材是不會落淚的，他接受挑戰，勇敢赴約，並與石像握手，表示他可以與神明平起平坐；結果石像的燙手將之推入地獄的深淵，表面上看來是惡人得了惡報，不過唐璜似乎也沒有完全輸，因為至少他把避而不見的神明給逼了出來，似乎冥冥中是有股力量的。

這齣戲於1665年2月15日上演，同年3月20日即下檔，且在他有生之年

再也沒有演出過。於篤信天主教的法國，唐璜的離經叛道、驚世駭俗，在當時不足可取，這齣戲要到後代才被世人重新發掘。《唐璜》、《憤世嫉俗者》和《偽善者》是莫里哀最具宗教與哲學省思的三大喜劇作品，十九世紀的波特萊爾、梅里美亦深受其影響，就連莫札特風靡歐洲的《唐喬望尼》（*Don Giovanni*, 1787）也是這傳奇故事的翻版。莫札特的《唐喬望尼》側重的是主角的風流韻事，莫里哀的《唐璜》意義則較深遠。尤其是1947年法國導演朱衛（Louis Jouvet）將推出的《唐璜》付諸新意，主角不再是風流倜儻的英俊小生，而是個性格沉著、善於心計的熟男，其中內心戲的著墨甚深，這也把《唐璜》帶入更高的層次，並重新審視這部戲的價值及重要性。

唐璜本性放蕩不羈，驕縱任性，除人盡可妻（欺）之外，破壞他人家庭，且苛待農僕、不還債務，又不孝順還假裝悔改，並嘲弄窮人，也藐視上帝的存在，這個不遵守社會道德規範的小貴族，最後遭人神共憤，死無葬身之地。而他的僕人史加納埃，在他面前唯唯諾諾，而在他背後卻抱怨連連，深怕有朝一日會被牽累，他們主僕對宗教看法的辯論，其實就是當時社會對宗教看法的寫照。又劇終時，莫里哀採奇幻的巴洛克方式呈現上蒼顯靈（Deus ex machina）這一幕，也別於一般古典藝術手法。再者，大家本以為這不過是齣有關愛情的喜劇，沒想到莫里哀加入窮人和星期天先生兩段插曲，令觀眾更深刻體認貴族逼迫窮人出賣靈魂的劣行，還有他們對中產階級巧取豪奪的本事。莫里哀批評上流社會、哲學以及神學不遺餘力，這也替本劇增添了它的深度與廣度，令眾人產生更多省思。

《憤世嫉俗者或鬱悶易怒的戀人》
(*Le Misanthrope ou l'Atrabilaire amoureux*, 1666)

阿爾塞斯特（Alceste）是個憤世嫉俗者，他認為眾人都是偽善、沒誠心，所以想遺世獨居。然而他的朋友費藍特（Philinte）卻持相反意見，他以為人性善惡並存，不必太過樂觀，但也不需過度悲觀。

阿爾塞斯特則是個悲觀者，理應對一切人事淡泊以待，然而事實並非如此，他言行矛盾地愛上一個喜好裝扮、輕浮風騷的寡婦賽麗梅（Célimène）。第一幕中，他到賽麗梅家中想向她表達愛慕之情，不巧女主人出門了，於等待之際，忽然來了位紳士歐宏特，此人將自己作的一首詩拿給阿爾塞斯特看，卻遭到無情的批評，歐宏特惱羞成怒，氣得要與他決鬥，他只好悻悻然離開賽麗梅的住所。在第二幕，阿爾塞斯特見著了賽麗梅，可是他正準備和她單獨談心的時候，佣人突然傳報有客人到訪，這個不速之客是歐宏特派來問決鬥時間的，他又因此失去與她獨處的機會。第三幕，阿爾塞斯特又來到賽麗梅家中，但卻遇上她的女友阿西諾埃，並拿著賽麗梅寫給歐宏特的情書；他因此妒火中燒，又沒向賽麗梅傾吐衷情。第四幕是阿爾塞斯特和賽麗梅大吵一頓後，他等待她的回音，僕人則又為官司的事情把他叫走了。到了第五幕，賽麗梅寫給眾多男子的曖昧書信被公諸於世，當她的行為遭人不齒之際，阿爾塞斯特仍表示願娶她為妻，但要求她能夠和這個花花世界斷絕來往。賽麗梅對此猶豫不決，阿爾塞斯特只得依舊抱持悲觀主義，去尋找一片淨土獨自生活。

西元二世紀，呂西安（Lucien）在他的作品《帝蒙或憤世嫉俗者》（*Timon ou le Misanthrope*）中，即描繪雅典哲人帝蒙，他對於宙斯遲遲不以雷擊懲罰人類非常憤怒；而在拉布耶爾（La Bruyère）的《性格論》（*Les*

Caractères）中，也曾提到戴歐法斯特（Théophraste）這麼個憤世嫉俗的人。莫里哀則早在他的《唐加瑟·德納伐爾》（Don Garcie de Navarre）中，也安插了男主角抱怨女主角艾薇兒不忠的橋段，但此劇並不成功。

於《唐璜》（1665）演出後一年，莫里哀又完成另一巨作《憤世嫉俗者或鬱悶易怒的戀人》，和往常不同，他並非塑造一個可笑的戴綠帽龜公，相反地，他替男主角注入陰鬱深沉的特質：他頭腦清楚，桀驁不馴，講話老是酸中帶苦；偏偏又愛上了善於交際且喜歡招蜂引蝶的賽麗梅，莫里哀藉由他的口，表達了自己對當時社會的不滿。在劇中，莫里哀安排了幾場兩人攤牌未果的場面，嫉妒這個引子也增高了本劇的張力。正因為阿爾塞斯特透澈事理，敢言人所不敢言，卻又不願妥協的個性，使他在貴族圈中格格不入，懷才不遇，令人既同情又感無奈。

這部戲結局並不重要，有趣的是其中人物錯綜複雜的內心戲；對於愛看熱鬧的一般百姓而言，並未引起共鳴，咸認為男主角真是個怪人。不過優秀劇作仍是經得起時間考驗的，如今它已是莫里哀所有作品中，次於《達爾杜夫》，在法蘭西話劇院（La Comédie française）上演最多回的戲碼。同樣的，它不僅止於插科打諢、嬉笑怒罵，說個好玩的故事供大家娛樂，而是齣發人深省的性格喜劇。

依伏爾泰的說法，它是「一部與其說是為民眾寫的劇作，不如說是為才智之士寫的作品。」它是古典喜劇的典範，動作的幽默滑稽不是主力，反而是理智與哲學幽默對話占了優勢，人物的心理評析則屬首要地位。

《達爾杜夫或偽君子》
（*Le Tartuffe ou l'imposteur*, 1669）

　　《達爾杜夫》在歐洲喜劇裡有很高的地位，堪稱莫里哀的最大成就。它的諷刺矛盾直接指向了君主專制政體的主要支柱——教會。

　　達爾杜夫是個手段靈活的宗教騙子，披著虔誠的天主教徒外衣，進入了奧爾貢的家。奧爾貢和他母親白爾奈耳太太受了達爾杜夫的蠱惑，把他看做聖人，頌揚他、供養他。達爾杜夫則盡其所能，在一些瑣碎事情上表現他「崇高」的宗教德性：有一天他禱告的時候抓住一隻跳蚤，事後還一直埋怨自己不該生這麼大的氣，竟把牠捏死了。奧爾貢對他五體投地，打算把愛女嫁給他，把財產託付給他，還將不可告人的政治祕密告訴他。由於達爾杜夫的「教導」，奧爾貢說，他可以看他的兄弟、子女、母親、妻子一個個死去而無動於衷。由於達爾杜夫的挑撥，奧爾貢狠心驅逐了自己的兒子，並剝奪其財產繼承權。可他想不到他所敬愛的「上帝意旨」的執行者，原來是一個卑鄙小人。達爾杜夫竟然想勾引奧爾貢的妻子（女主人）艾蜜兒，他對艾蜜兒說：「如果上帝是我情慾的障礙，拔去這個障礙對我算不了什麼。」這位大聖人的罪行被揭穿後，他不但企圖霸占奧爾貢的全部財產，還打算利用奧爾貢出於信任而交給他的政治文件來陷害奧爾貢。他厚顏無恥地說，他之所以這樣做，都是為了上帝、為了國王，他試圖用上帝和國王來遮掩自己邪惡的心靈。而劇本最終是國王下召懲罰達爾杜夫，除了是人間版的「上蒼顯靈」，也是莫里哀以國王為護身符，免於牢獄之災的妙招。

　　《達爾杜夫》第一次在凡爾賽宮上演時只有三幕，它的尖銳諷刺觸犯了聖體會和那些支持聖體會的貴族。他們在路易十四面前攻擊莫里哀，說他反對宗教，因此《達爾杜夫》被禁止演出。後來莫里哀三次修改他的劇本，把三幕劇改為五幕劇，讓穿黑袈裟的達爾杜夫改穿世俗服裝，但諷刺宗教偽善

的主題並未更動。他先後兩次向路易十四上陳情表，甚至以不再演喜劇來要脅國王，但禁令仍未解除。直到1669年，《達爾杜夫》才得到第一次公開演出，獲得很大成功，從此成為莫里哀最受觀眾歡迎的劇本。直到現在「達爾杜夫」這個名字不但在法國，而且在歐洲許多國家的語言中都成為「偽善者」的同義詞。

《奇想病夫》（*Le Malade imaginaire*, 1673）

《奇想病夫》很明顯的，就是莫里哀對醫學的諷刺。他的許多劇作中，也有跡可循：在《游移不定的醫生》（1659）或《不由自主的醫生》（1666）中的史加納埃（Sganarelle）；《醫生的愛情》（1665）或《布梭尼亞克先生》（1669）裡貪財的庸醫們。但這齣戲可說是集嘲諷之大成，除了主人翁阿爾公（Argan）成天為自己的身體健康疑神疑鬼，藥劑師福羅杭特（Fleurant）和布恭醫生（Purgon）根本就是江湖郎中，以放血和洗腸兩招行遍（騙）天下，完全不接受醫學新知；而醫生世家迪亞法留斯父子（Diafoirus）腦袋如出一轍的腐朽封建；這才讓實在看不下去的女僕端乃特（Toinette）突發奇想，假扮醫生，將阿爾公唬弄了一番；而克雷昂（Cléante）為了獲得阿爾公首肯，將女兒安潔莉克（Angélique）嫁給他，亦敷衍地表示願意從醫或當藥劑師。

劇中所有人都圍繞著自私又自戀的富翁打轉，另一主題，就是金錢：阿爾公自然是布恭先生和福羅杭特先生的「衣食父母」，他們於是提供了阿爾公永遠治不好病的藥方，甚至沒病找病，硬說他需要療養，以飽暖私囊，布恭先生說過：「必須要殺死一些人才能致富」（I，5）。迪亞法留斯他們則認為阿爾公身體欠佳，一旦過世，大筆遺產將歸安潔莉克，若多瑪·迪亞法留斯娶她為妻，便立刻受益；阿爾公也不是省油的燈，他希望乘龍快婿

是個免費的醫生；雙方都各打如意算盤。此外，阿爾公的第二任妻子貝琳（Béline），是個披了羊皮的惡虎，與包尼發代書勾結，想把阿爾公兩個女兒送入修道院，獨吞家產；安潔莉克就曾直言不諱指責她是：「將婚姻當作純粹利益的買賣。」（II，6）

只有安潔莉克與克雷昂，兩人是一見鍾情，真心相愛，然而周圍的阻力不少：首先是父親阿爾公，堅持要一位醫生當女婿，目的不是為了女兒的幸福，僅是為了隨時能為自己得到最佳的照護。繼母貝琳則想把繼女送進修道院，以謀取阿爾公的財產。而布恭先生是期待阿爾公他那姪子醫生為女婿，以保障他的利益，而多瑪·迪亞法留斯則認為這是門有利可圖的婚姻。唯叔叔貝哈德（Bérard）和女僕端乃特旁觀者清，試圖令有情人終成眷屬，莫里哀亦利用這兩個角色，以輕鬆的口氣面對嚴肅的話題，表達了內心對宗教與醫學故步自封的不滿。安潔莉克的小妹路易松則是全劇的甘草人物，天真得可愛。

其中令本劇高潮迭起的，首推「戲中戲」。首先，克雷昂為了要接近安潔莉克，喬裝成音樂代課老師，以潛入阿爾公家裡；他並和安潔莉克即興演唱輕歌劇，企圖矇騙主人翁，且藉機互訴衷曲。而女僕端乃特接受貝哈德建議，女扮男裝，冒充醫生，她搬出聽過的所有醫學名詞，這明顯與她身分不符，令觀眾捧腹。但阿爾公竟信以為真，鉅細靡遺地告知病情，端乃特的診斷則一律是肺病！事實上，莫里哀得的病極有可能是肺結核，他在演戲之餘，卻以自身的病情拿來開玩笑，真令人哭笑不得。再者，阿爾公為測試貝琳，故意詐死，果然貝琳現出真面目，詛咒他死得好，並著手搜刮財物，阿爾公這才恍然大悟，曉得她甜言蜜語原來別有企圖。接著，阿爾公又如法炮製，測試女兒安潔莉克，沒想到她真情相待，竟動起入修道院的念頭，這才讓阿爾公改變心意，她與克雷昂的婚事因而也有了轉圜。

就如貝哈德所言，戲劇是治癒所有疾病的良方：「這比布恭先生的藥方有效多了。」（II，9）莫里哀除了在話劇中加入許多喜劇元素，並穿插了載歌載舞的序曲，令整齣戲充滿浪漫熱鬧的氣氛。不過本劇在時間上已超過二十四小時，地點也多所變換，僕人對主人說話的口氣與其身分不符，這已不合乎古典劇三一律的規範。不變的是莫里哀在失寵後仍對路易十四歌功頌德，然而國王直到他辭世前，並未前來觀賞莫里哀這部嘔心瀝血的成熟大戲……。

莫里哀是個全方位的戲劇中人，集演員、導演和劇作家於一身。他的劇作是法國話劇中演出次數最多者，不僅在國內永垂不朽，甚至在歐洲及世界各地歷久彌新。何以這位戲劇天才具備這麼大的魅力？最重要的是他深諳人性、了解人類心理，這點放諸四海皆準，並超越時空，他的最終目的是寓教於樂（plaire et instruire）。

一、莫里哀經典劇作的特色

莫里哀的喜劇，大致可分為下列幾種：道德及個性喜劇、情節劇、筆戰劇、芭蕾喜劇、鬧劇。當時被認為最正統的古典形式，是以韻文寫作的五幕戲劇，應依照「三一律」的法則要求，也就是說「單一情節、單一場景、事件在一天二十四小時內發生」。內容則著重人物心理與個性的描繪，需充滿戲劇性和感人場面。在莫里哀的戲劇中，最合乎古典劇規格的莫過於《偽君子》、《憤世嫉俗者》、《妻子學堂》等。情節劇包括《昂菲提翁》、《司卡班的詭計》等，鬧劇則有《不由自主的醫生》、《霸布頁的嫉妒》等。而載歌載舞的芭蕾喜劇，則是為迎合太陽王路易十四的喜好，與樂師呂利（Lully）合作，編寫完成，有時國王興起，還會粉墨登場。其代表作有《貴人迷》、《逼婚》、《奇想病夫》等。莫里哀的喜劇種類繁多，且多采多姿，他鞠躬盡瘁，演到生命最後一刻，《奇想病夫》就是這位戲劇巨擘嘔

心瀝血，告別人世的集大成傑作。

二、莫里哀的喜劇寫作技法

❶ **在角色上**：莫里哀喜劇中人物並非獨創的，而是多採義大利和法蘭西滑稽劇中傳統的戲劇人物：愚蠢自私的老人、多嘴迂腐的醫生、粗魯狡猾的僕人、口無遮攔的丫鬟、還有天真無知的年輕男女。《奇想病夫》中幾乎是集合了莫里哀劇作中各類的角色：阿爾公是個既自私又怕死的老人，為了自身健康，非要女兒嫁給醫生；布恭醫生、福羅杭特藥劑師還有迪亞法留斯父子則像吸血鬼般，攀附著財主阿爾公不放；老女僕端乃特既狡黠又粗魯，也是個常出現的角色；而愛情至上的純真年輕人，在本劇中安潔莉克，名字即意為天使，這就不言而喻了；妹妹路易松則是個天真的甘草人物，為本劇增添不少可愛的笑點。此外，從反派角色多瑪・迪亞法留斯身上，我們看出他像隻鸚鵡，愣頭愣腦地複誦他父親交代的陳腔濫調；見了相親對象安潔莉克，卻將她誤認為未來的岳母！發現女方推託，則堅持大男人己見……這些都是涉世未深的無知表現，既可笑又可厭。

❷ **在情節方面**：莫里哀則以「眾人皆醒『翁』獨醉」的手法，突顯主人翁的愚蠢與執迷不悟。再加上意外事件、迷惑、欺瞞、喬裝等橋段，使整齣戲更顯熱鬧。如《奇想病夫》裡的女僕端乃特，女扮男裝，冒充醫師，她搬出曾聽過的所有醫學名詞，這顯然與她身分不符，僕奴捉弄主人這一幕，更令觀眾捧腹；而阿爾公竟信以為真，鉅細靡遺地告知病情，端乃特則一律說他是得了肺病！莫里哀拿嚴肅的話題開玩笑，兩個劇中人一搭一唱的，令人啼笑皆非。還有小女兒路易松被父親阿爾公用鞭子逼得要招出實情，她只好裝死；結

果阿爾公信以為真，大哭起來，反而惹得全場哈哈大笑。兩代之間對立場面，亦為莫里哀喜劇中常出現的狀況，他們的緊張關係往往是增加戲劇張力的好方法。

❸ 在動作上：莫里哀的劇中安排許多惹笑的動作，如打耳光、踢屁股、拿棍棒追打、喬裝矇騙、丑角惡作劇，其動作滑稽突兀，喜劇效果十足，這些都是義大利喜劇中極常見的戲劇手法。於《奇想病夫》第二幕第8場中，阿爾公想從小女兒路易松口中套話，欲得知大女兒安潔莉克房裡是否藏了個男人，路易松裝傻，顧左右而言他，阿爾公氣得作勢要打她，小女孩一急，連忙裝死，做父親的則呼天搶地，還罵棍棒該死。

❹ 在文字上：莫里哀更是盡其能事製造誤會，以重複的字句製造笑果，甚至玩弄文字遊戲，大展其戲謔及諷刺之能事。在《奇想病夫》中，迪亞法留斯（Diafoirus）名字是希臘文字首與拉丁文字根併起來的，意思就是「腹瀉」；布恭（Purgon）令人聯想到purger（清腸）這個字；福羅杭特（Fleurant）則讓人想到flairer（嗅）這個字，難怪端乃特在第一幕第2場就曾開玩笑道：「是該讓福羅杭特（嗅嗅）先生把鼻子湊上去聞聞。」莫里哀甚至在命名時開起糞便玩笑，他決定要好好修理那些迂腐的庸醫。阿爾公的第二任妻子貝琳（Béline），名字拼法與Bélier（牡羊）雷同，但卻口蜜腹劍；再加上代書包尼發（包你發）五鬼搬運的本事，我們不難發現莫里哀加諸的譏諷。

三、莫里哀的現代性

莫里哀的戲劇在十八世紀是歐洲宮廷最常演出的劇碼，這當然應歸功於

法語爲歐洲當時外交界、政治界共通語言，但莫里哀打破了非得採亞歷山大詩體的古典格律，令戲劇（尤其是喜劇）注入一股活力。不少人亦很容易將莫里哀與莎士比亞相提並論，除了兩人都是多產佳作的劇作家，最主要的都具有自由的精神。尤其十九世紀下半葉，歐洲經歷了英國的工業革命及法國大革命洗禮，社會是「布爾喬亞化」，中產階級抬頭，莫里哀這位前輩不畏權貴，敢於挑戰王權和宗教的勇氣，以及不忘譏諷律師與醫師等社經地位較高且掌握權勢者的特質，自可大快小老百姓之心，因此極受歡迎。到了二十世紀，文學理論益發堅實，他的戲劇更以象徵主義、現實主義、超現實主義、精神分析或存在主義、現代主義甚至後現代主義的方式呈現之，這些都豐富了它們的多元性。蘇俄的布加考夫（Mikhail Boulgakov）就稱莫里哀爲「法國戲劇之王」；美國的「北美十七世紀法國文學研究學會」期刊中論文篇數最多者，即是評論莫里哀的文章；蘇格蘭學界亦每兩年舉辦以莫里哀爲主題的研討會，這要歸功於十七世紀戲劇專家艾默里那（Jean Emelina）教授的推動；在日本，青山學院大學秋山伸子（Nobuko Akiyama）教授，亦於2003年完成直接法譯日的莫里哀全套劇作。

莫里哀的《僞善者》、《厭世者》、《唐璜》被視爲經典，而《奇想病夫》這齣告別劇作更在義大利、俄羅斯、瑞典等地定期上演，歷久不衰。成立於1680年法蘭西話劇院的別名爲「莫里哀之家」，公認全世界最美麗語言的法語又稱作「莫里哀之語」，他的影響無遠弗屆，其成就恐怕不是當時十七世紀那些遭諷刺的皇宮貴族始料所及的吧。

 哈辛

(Jean Racine，1639-1699)

　　哈辛（Jean Racine）於1639年生於拉費德・米隆（La Ferté-Milon），四歲時成了孤兒，由祖父母撫養長大。他的家庭在宗教上是屬於主張禁慾的「冉森教派」（Jansénisme）。哈辛先後在波未（Beauvais）和波爾・羅亞爾（Port Royal）兩所學校上課，十六歲到巴黎，進戴・格朗之學校（Collège des Granges）繼續學業，整整三年，研讀希臘文學；他最喜歡艾里彼得斯的悲劇以及愛利奧多爾的《戴亞翟納》與《克拉里克雷》，他的悲劇作品的特點其來有自。哈辛後來轉入達古學院（Collège d'Harcourt），專攻哲學。1660年，他寫了一首短歌行〈塞納河仙女〉（*La Mymphe de la Seine*），讚頌路易十四的婚姻，而獲得皇家津貼，並得到布瓦洛（Boileau）賞識。在巴黎時，結識拉封登（la Fontaine），而成為好友，後來，又與莫里哀來往甚密。然而，哈辛嫌莫里哀戲班表演有缺點，於是將劇本《亞歷山大大帝》（*Alexandre*）交付給另一戲班子演，並帶走名伶杜巴克（Du Parc），也是哈辛的情人；這件事造成他倆友誼的破裂。1666年他與莫里哀交惡，又不見容於討厭戲劇的冉森教派師長，結果筆仗不斷。但1667年，《昂朵馬格》（*Andromaque*）大受歡迎，使他坐上悲劇盟主的寶座，接下來則佳作連連。1673年榮登法蘭西學術院院士，1674年又受任為路易十四的顧問。然而高乃依（Corneille）的崇拜者無法容忍他的鋒芒外

露，因此對哈辛的劇作吹毛求疵，大肆抨擊。反之，對手同名劇竟大受讚賞，失望之餘，他放棄戲劇創作；後來國王任命他為史官。1689年，應路易十四情婦曼德儂夫人（Mme de Maintenon）要求，撰寫宗教劇《愛絲黛兒》（Esther）。1691年哈辛則與冉森教派朋友修好，四個女兒並進了修道院。他於1699年病逝。

《昂朵馬格》（Andromaque, 1667）

一、劇情提要

　　已故特洛伊（Troie）國王厄克多（Hector）的妻子昂朵馬格（Andromaque）和兒子阿斯提亞納（Astyanax）遭愛比呂斯（Epirus）國王卑呂斯（Pyrrhus）俘虜。當時國王已與一名叫愛妙娜（Hermione）的女子相戀並訂婚，但卻愛上了昂朵馬格。此時奧賴斯特（Oreste）為希臘使節，為斷絕特洛伊王子的後嗣而來，請求國王將阿斯提亞納處死。昂朵馬格面臨與國王的三角愛戀關係，對亡夫的貞節和可能喪子的抉擇，內心掙扎不已；於是她決定跟國王虛與委蛇，答應訂婚，而在愛子獲釋後再自殺。當國王和昂朵馬格即將結婚的消息傳入愛妙娜耳中時，她憤怒地教唆迷戀她的奧賴斯特去謀殺國王，果然，國王在婚禮上被刺死。不料愛妙娜反悔，瘋狂地投向國王屍首自殘身亡，奧賴斯特見狀則發瘋而離去。

二、角色分析

❶昂朵馬格（Andromaque）

　　本劇劇名亦為《昂朵馬格》，但她並非唯一的女主角，且並非愛人者，而是被愛的對象。她身不由己，必須屈服於敵國國王卑呂斯淫

威之下，以自己的名節換取兒子的生命，這點誠然很苦；不過她後來找到了個兩全其美的方法：決定採緩兵之計，先救人質，再去尋短。事實上，昂朵馬格將一切希望寄託於明天，因而人生也變得豁然開朗，就算終須一死，功過自在人心。

❷ 愛妙娜（Hermione）

這一位女主角的情感世界就更加複雜了，她活在愛恨交錯的矛盾中：她恨昂朵馬格的「奪愛」，且想不通自己哪裡不如對方，自尊心嚴重受損。她愛卑呂斯，但也恨他移情別戀，因此想懲罰他的不忠，以洩被棄之恨；而對愛慕她的奧賴斯特，則採若即若離的曖昧態度，在情急之下，乃利用他採取報復行動。她並非有意致卑呂斯於死地，也無意傷害奧賴斯特，但最後是自食其果，也為愛而香消玉殞。

❸ 卑呂斯（Pyrrhus）

卑呂斯這角色的性格十分符合希臘名劇作家亞里士多德塑造人物的標準：亦正亦邪。他具備戰士驍勇好戰的本色，但內心深處也有他深情款款的一面。亦剛亦柔並無不可，然而卑呂斯真正的致命傷是他的任性，凡事一旦做決定，絕不更改；這便使得他與昂朵馬格和愛妙娜之間的三角關係變得無解。

❹ 奧賴斯特（Oreste）

就心理層面來分析，奧賴斯特是最複雜的。我們暫且撇開佛洛伊德追溯人物童年經驗所從事的精神分析，單根據本劇中的幾個重點，便可明瞭奧賴斯特心理上的創痛：首先，他並不被愛妙娜所愛；再者，卑呂斯的悖離，卻使得他重燃希望之火。接著，他還興起乾脆將愛妙娜帶走的念頭，而女方似乎並不反對。到了第四幕，愛妙娜則大膽要求奧賴斯特謀殺卑呂斯。起初他是吃驚，然後是矛盾，最後愛情勝過道德觀的

折磨，便遵照愛妙娜的意思動手，以得芳心。不料愛妙娜並不領情，反而使他陷於不仁不義，遭到唾棄。而愛妙娜竟為卑呂斯殉情而死，留給他一陣錯愕。在幻想破滅、嫉妒、羞辱、身敗名裂、犯罪和絕望的處境下，喪失理智，命運注定他只有發瘋一途⋯⋯。

❺ 親信：比拉德（Pylade）、克萊歐娜（Cléone）、賽菲澤（Céphise）、費尼克斯（Phoenix）

親信在古典劇中雖為配角，但卻具舉足輕重的地位：他們像主角們的影子，隨時在其左右。有了他們，更能襯托出主角的特質，也為戲劇增加一些變化。譬如比拉德是奧賴斯特的朋友，他們情同手足，比拉德其實就是奧賴斯特的一面鏡子，他最了解他的好友。而費尼克斯則為父王的太傅，也是卑呂斯的太傅，他宛如父親，默默地替國王排憂解難。賽菲澤是昂朵馬格的好友，是她出主意要昂朵馬格忍辱負重，發揮母愛拯救骨肉的。至於克萊歐娜，她是愛妙娜的好友，是她在愛妙娜受委屈時鼓勵她反撲。哈辛將這兩位女主角一些不符父系社會道德標準的責任，推到另兩位女配角身上，因而更突顯兩位女主角原本高貴的情操。

此外，「當局者迷，旁觀者清」，這些親信才能替他們梳理糾結的情絲。而且劇中若都是主角們的獨白，舞臺就略顯單調，且似乎不太自然。本劇只有第二幕第3場以及第五幕的第1和第4場為獨白。而與親信同臺的場次則包括第一幕的第1和第3場；第二幕的第1和第5場；第三幕的第1、3、5、8場；第四幕的第1、2、4、6場，還有第五幕的第2、第5場。而主角之間的對手戲，有第一幕的第2和第4場；第二幕的第2和第4場；第三幕的第2、4、7場；第四幕的第3和第5場；第五幕的第3場。由此可看出，親信的推波助瀾，可令劇情高潮迭起，更增加了戲劇的可看性。

三、主題探討

　　本劇一直圍繞著忠貞（fidélité）這個主題在打轉：昂朵馬格是寡婦，也是階下囚，她若再嫁，是否表示對屍骨未寒的亡夫不忠？愛妙娜執著於與卑呂斯的婚約，無法接受昂朵馬格這第三者的介入；然而她卻利用奧賴斯特對她的癡心，逞個人報復的私慾，她的情感忠誠嗎？卑呂斯貴爲一國之君，理當一言九鼎，遇到昂朵馬格後，則想當下取消對愛妙娜的婚約，並以昂朵馬格兒子的性命做交換條件，逼迫女方同意婚約。他內心毫無掙扎和歉意，自然更談不上對女人忠不忠實了。莫非唯我獨尊是國王的特權？奧賴斯特則因愛而令智昏，他爲了兒女私情，置個人榮譽與對國家的忠誠於不顧，這種棄大愛就小愛的作法，令他下場淒涼，一無所有。試問忠貞爲何物，直到生死相許？

　　諷刺的是，愛妙娜、卑呂斯、奧賴斯特三人都爲情所苦，他們被困在情網中無法自拔；唯獨眞正的俘虜昂朵馬格則沒有這麼煩惱，這種無形的牢房比實際的監獄更固不可破，因爲那道高牆正是主角們自己搭建的。劇終時，原先戰敗的受害者反而成了被救贖者，照理說應將此劇歸爲喜劇，但其他主角命運的大逆轉，卻不禁令觀眾動容，一掬同情之淚，這也是哈辛處理情感弔詭之處高明的手法。

《勃里塔尼古斯》（*Britanicus*, 1669）

一、劇情提要

　　克羅德（Claude）是個軟弱無能的國王，晚年十分寵信阿格里比娜（Aggrippine），並娶她爲妻；還廢掉法定繼位者，自己的親生兒子勃里塔

尼古斯（Britanicus），另立養子，即阿格里比娜之子尼祿（Néron）爲繼承人。勃里塔尼古斯雖然不是滋味，但與朱妮（Junie）相戀，日久也就漸漸釋懷了。然而尼祿卻也愛上朱妮，且對她表達愛意，朱妮則安排與勃里塔尼古斯見面，互訴款曲，要尼祿死了這條心。誰知尼祿心中耐不住嫉妒之火，趁舉行宴會之前，將勃里塔尼古斯毒殺，阿格里比娜斥責兒子太殘忍，憤而離去；朱妮則傷心欲絕，於是逃離王宮；臣子納西（Narcisse）要追回朱妮，卻遭老百姓殺死。尼祿絕望之餘，整個人瀕臨崩潰邊緣。

二、角色分析

哈辛劇作的特點，常以愛情與權力的糾葛爲主題，結果玉石俱焚，悲劇收場。本劇亦不例外，表現的正是愛情和政治的角力，宮中人心之險惡在其中表露無遺。我們先就主要人物的個性進行分析：

❶ 勃里塔尼古斯（Britanicus）

本劇劇名雖爲《勃里塔尼古斯》，但顯然重點不在這位性格不突出的人物身上，他似乎和父王一樣的軟弱。年方十七的他，少不經事，涉世未深，而且孤立無援，唯一的建言者納西又背叛他。處於弱勢的他，只有朱妮對他的憐愛，是他最大的安慰。不諳「叢林法則」，沒權沒勢，又不謹慎，勃里塔尼古斯雖生於爾虞我詐的宮中，口含金湯匙，卻完全不懂得耍手段，掩飾個人情感，凡事告知納西，還不疑有他。

❷ 朱妮（Junie）

若以愛情故事來看這齣戲，女主角顯然是朱妮。但這並非本劇重點，其實她是被物化的。尼祿老是要與勃里塔尼古斯匹敵，政治權力的超越，已無法滿足他的成就感，若能將對手的「女人」搶過來，方可

為個人的權力慾找到紓解的管道。尤其朱妮貞潔女子的形象，對尼祿而言，便更具挑戰性。而朱妮的個性溫柔、純潔，對尼祿敢怒卻不敢得罪，最後只得選擇逃離來迴避。這位受害者令人憐惜，她的愛情故事也夠悲壯，但對施暴者則是束手無策，這也算是另一種悲哀吧。

❸ 尼祿（Néron）

尼祿是個值得深入分析的人物；他是明君，也是惡魔。從政治角度來看，善用權謀，深諳治國之道，比「正統繼承者」勃里塔尼古斯更適合擔任一國之君。但相對的，他人格上也有極大的缺陷：善妒易怒、巧攻心計、饒富野心、手段狠毒。尼祿一直以他地位的「非法性」耿耿於懷，自然視勃里塔尼古斯為眼中釘，他要徹底否定勃里塔尼古斯的一切，包括奪取他的愛人朱妮，收買其親信納西，進而置他於死地，甚至違抗母命在所不惜；這些行為其實是有脈絡可循的。當結局與原意相悖時，個性好強的尼祿霎時難以接受，他之後精神異常自不足為奇。

三、劇作藝術

十七世紀古典主義對戲劇的要求，就是要遵守「三一律」的規定，本劇則完全吻合要求：在地點方面，事件都發生於皇宮內；在時間方面，事件發生於一整天：從尼祿為朱妮徹夜未眠，至勃里塔尼古斯在夜宴前身亡。於劇情方面，主題明確，以政治與愛情為主，無不必要的插曲。此外，本劇是史實，具真實性，且合乎邏輯：尼祿殺害勃里塔尼古斯，並非單一動機，他們在政治上是對手，情場上也有衝突。二人不和，自是難免，情慾激化怨懟，以致演變成不可收拾的地步。至於適切性這一點，哈辛更是不想令觀眾感到突兀：勃里塔尼古斯遭毒害，納西被殺，是用敘述方式表達的，場景上不見屍體，也不見血。然而費德爾之死，或《昂朵馬格》中奧賴特斯發瘋，則未

完全遵照三一律，而呈現於舞臺之上。

再者，這是齣五幕劇，架構上十分清晰，四平八穩，十分符合古典戲劇的規格：

第一幕　本劇一開始，即將角色交代得很清楚，也啓開了事件的楔子，唯獨尼祿沒立刻出現。這是哈辛運用「延遲入場」的戲劇手法，以引起觀眾注意和好奇心，並增加戲劇的魅力。

第二幕　此處將尼祿與勃里塔尼古斯的政治關係，演變爲尼祿、勃里塔尼古斯與朱妮他們之間心理複雜的三角關係，這是本劇的關鍵點之一。

第三幕　尼祿始終對「合法繼承」的問題如鯁在喉，難容勃里塔尼古斯，要逮捕他；再者，尼祿不願受母親掌控，甚至連曾爲他爭取到王位的母親阿格里比娜也要抓起來；這些都是劇中的高潮。

第四幕　這一幕充滿不確定性，其中有許多辯論場面，外表看起來是盤局，但其中卻暗潮洶湧，有山雨欲來的感覺。有句名言，畫龍點睛：尼祿對臣子浦路斯說：「我擁抱對手，但是爲了要悶死他。」（J'embrasse mon rival mais c'est pour l'étouffer.）

第五幕　劇情直轉而下：勃里塔尼古斯遭毒害、朱妮逃跑、納西之死和尼祿的幾乎發狂……

這親情、愛情、友情交錯的悲劇接續發生，令觀眾情緒高亢到極點，爲之驚恐，也爲之感嘆。

四、看與被看

除了賞析此劇的架構外，我們還可進一步玩味字裡行間之美：眼睛是「靈魂的鏡子」，十七世紀時，這類文學作品中對此著墨不少，如《克萊

芙王妃》（*La Princesse de Clèves*）中，眼神即代替了許多話語。此劇也有異曲同工之妙：一開始，尼祿就因為單戀朱妮而徹夜未眠：「他整夜未闔眼，等待黎明」（...sans se fermer, on a attendu le jour）；尼祿窺視朱妮與勃里塔尼古斯約會，後來他對朱妮說：「妳的眼神會說話，我全聽見了。」（J'entendrai des regards que vous croirez muets.）；而勃里塔尼古斯也曾向朱妮抱怨：「什麼！妳的眼神也學會沉默了嗎？」（Quoi! Mêmes vos regards ont appris à se taire?）。此外，尼祿的眼光，充滿威嚴，他母親就曾表示過：「離開他的視線，我才可以發揮，我才可以發威。」（Eloigné de ses yeux, j'ordonne, je menace.）；浦路斯也曾批評說：「從小，他無情的眼神就具有暴君的狠勁。」（ses yeux indifférents ont déjà la constance d'un tyran dans le crime endurci dès l'enfance.）

眼神、表情或一些肢體動作，多屬於影像藝術，是無法完全以文字表達的，這些也是哈辛留給讀者及觀眾更大的想像空間。

《費德爾》（*Phèdre*, 1677）

一、劇情提要

雅典王忒賽（Thésée）在遠行中行蹤不明，王子依包利特（Hippolyte）想去尋救父王，而王妃費德爾（Phèdre）突染怪病；在乳母愛奴（Oenone）的逼問下，終於吐露愛慕繼子的祕密，此時又傳出國王已戰死的消息，這似乎使她的暗戀，露出一道曙光。費德爾終於向依包利特傾吐愛意，但卻遭拒絕，內心十分懊惱。然而雅典王族公主阿麗絲（Aricie）和依包利特相戀……此時，又突然傳來忒賽生還的消息，愛奴於是慫恿費德爾先誣告依包利特對她有邪念。忒賽國王一怒之下，不分青紅皂白，將兒子放逐，並要海

神懲罰他，結果依包利特因此遭海嘯吞沒。而費德爾良心不安，終向國王坦承自己的罪行，並仰毒自盡。

二、角色分析

❶ 費德爾（Phèdre）

本劇總共三十場，費德爾就出現了十二場。她是真正的主角，並主導整個事件，只是結局失控，非她所願。她的痛苦其來有自：她的愛慾是單向的，而且良知告訴她，這種近乎亂倫的「出軌」，是個錯誤。費德爾也曾試圖壓抑情慾，並祈禱希望這段畸戀能終止。但忒賽的離開，卻製造出了這對母子共處的機會，費德爾也因此更擺脫不了愛戀依包利特的念頭。後來再加上對阿麗絲的妒意，於是聽從乳母之言，先下手為強，對歸來的忒賽進讒言，嫁禍於依包利特身上。事後她雖然表示後悔，但為時已晚，自己亦經不起良心的苛責，羞愧而亡。

❷ 依包利特（Hippolyte）

依包利特也出現十二次。他是個想法單純，品德高尚的年輕人，很能予人好感。不過他心中很矛盾，原因是他十分敬愛其父王，但又深愛雅典王族公主阿麗絲，而忒賽卻反對。左右為難之際，又跑出繼母對他表白愛意。依包利特本身無罪，可是由於他保持緘默，不知自我辯護，又不願逃離，終遭殺身之禍。事實上，依包利特與阿麗絲，勃里塔尼古斯與朱妮這兩對年輕戀人，都是皇室文化中無辜的犧牲者。

❸ 忒賽（Thésée）

忒賽的出場數也高達十二次，但他多出現於下半場。這位君主個性驕傲易怒，自認為國王南征北討，在前線賣命，一聽說自己的親生

兒子竟在後方吃裡扒外，還敢覬覦父親的愛妾，是可忍孰不可忍，乃斷然決定置依包利特於死地。由於他的衝動、不察，造成了無可彌補的錯誤。此外，「父子情結」在希臘悲劇中，也經常是個衝突點。

❹ 阿麗絲（Aricie）

　　阿麗絲的性格與費德爾截然不同：她溫和、明理；而費德爾則熱情、感性。再者，對依包利特而言，阿麗絲象徵未來的夢想，費德爾則代表過去沉重的負擔，依包利特為何深愛阿麗絲也就不言而喻了；他們可說是理想的一對。阿麗絲是依包利特的救星，正如愛奴是費德爾的守護神一般。

❺ 愛奴（Oenone）

　　乳母的社會地位不見得高，但她是費德爾的貼身親信，費德爾是她照顧大的，影響力可想而知。在此，哈辛將悲劇釀成的原因，歸罪於她的小婦人之見；就如《昂朵馬格》中，克萊歐娜和賽菲澤，她們都因忠於女主人，而忽略了父權社會規範的力量，她們是代罪羔羊。

三、教訓

　　本劇的布局很能滿足觀眾的「偷窺慾」；費德爾的欲語還休，依包利特的欲言又止，著實將大家的胃口吊在半空中。接著，哈辛再藉由費德爾的告白，逐漸褪去她神祕的面紗，劇情也隨之高低起伏：1. 費德爾向愛奴自憐式的告解（第一幕，第3場）；2. 她對依包利特攤牌，表達愛意（第三幕，第5場）；3. 她向忒賽說明真相（第五幕，第7場）。費德爾每回的告白，都是她個人壓力的紓解，但也都如刀割般疼痛，且與日俱增，直逼到死路一條。她的心路歷程是：坦白→嫉妒→指控→自殺。最初似乎如果費德爾始終保持沉默，就天下太平了，其實不然。反觀依包利特的無言，造成他的命運

以悲劇收場：他原先對父王、母后隱瞞與阿麗絲的戀情，後來費德爾對他示意時才不得不表明已心有所屬。當父王奇蹟式生還歸國時，他又不將事情說清楚，反倒是費德爾惱羞成怒，先誣告依包利特一狀。他既不開口，又不走避，等於自取滅亡。因此，「說與不說？這真是個傷腦筋的問題。」

 十八世紀　**民主自由思想興起**

伏爾泰

（Voltaire，1694-1778）

 生平

　　伏爾泰原名方思華・馬里・亞陸埃（François-Marie Arouet），1694年生於巴黎，從耶穌會的學校畢業後，便開始攻讀法律，但他的文學天賦和機智，立刻引起眾人注意，但因鋒芒太露，於1717年被當局逮捕，原因是批評政府，在巴士底（Bastille）監獄關了一年。出獄後，他忙著從事創作，交際應酬，並為自己理財，後來又因得罪某貴族後，再度入獄。不過這回僅監禁兩週，條件是他要離開法國。於是他前往英國，一住就是三年（1726-1729），這是他一生的轉捩點之一。他結識了不少的英國文人，這對其後來作品有相當程度的影響；更重要的是英國的民主思潮，他並實地考察英國的科學、宗教、哲學的學說，留意當地的政情與社會。回法國後，他發表了《論英國人書》（*Lettres philosophiques sur les Anglais*），此書的目的是要引起讀者對本國政治的不滿，因此遭巴黎法院焚毀。於是他逃到西雷（Cirey），夏德雷夫人（Mme Châtelet）處避難，並在她的別墅中研究物理和化學。1750年，日耳曼菲特烈大帝（Fédéric le Grand）邀他前往柏林，且備受禮遇。他住了兩年，最後因性情不合，離開德國，到日內瓦去，後又搬到非內（Ferney），且定居於此。晚年筆鋒依然銳利，除劇本、詩、小說、

歷史、文學批評不斷外，對攻擊專制與教會亦不遺餘力。1778年，闊別巴黎三十年的他，因悲劇《依蓮》（*Irène*）在法國話劇院上演，重返巴黎，結果受到熱烈歡迎，這種空前的興奮與疲累，當年已八十四歲的伏爾泰不勝負荷，短病幾週後便與世長辭了。

「冷眼笑將」伏爾泰的《憨弟德》

一、故事摘要

居內宮（Cunégonde）的父親認為他女兒與憨弟德門不當戶不對，因此將後者趕走。他不得已加入了保加利亞部隊，後來又逃到荷蘭，並遇上龐格羅司（Pangloss），因而得知許多居內宮的不幸故事。在里斯本，他在地震大災難躲過一劫。後來，憨弟德和居內宮相遇，前者還殺了大法官，與居內宮倉皇逃跑。之後，他將她留在布宜諾斯艾利斯（Bueno-Aires），自己前往巴拉圭（Paraguay），卻意外地殺了居內宮的哥哥，唯有在厄多拉多（Eldorado）遇到加剛波（Cacambo）的那段時間，過的還不錯。後來有機會回到歐洲，卻又對巴黎和英國均感失望。最後，他在君士坦丁堡（Constantinople）找到了老友加剛波、龐格羅司和居內宮。雖然居內宮變得尖酸又醜陋，憨弟德還是娶了她，兩人過著隱居的生活。

二、命名

《憨弟德》的內容由情境故事堆疊而成的，但其中的那些「災難」太不可思議且太湊巧，誇張的形容手法及詭譎多變的情節，著實增加了不少戲劇張力，但殘忍的荒謬悲劇甚至反而造成了喜劇效果。在文字上，伏爾泰運用了許多文字遊戲、機智、暗喻、狂想、模仿的幽默方式。這些都很能滿足

讀者的好奇心、知曉慾，人們也會向參與者般融入故事中同悲同喜，同淚同笑。

　　首先伏爾泰對人物的命名，就下過功夫：一見憨弟德（Candide）這名字，就知道是虛構的，這個名字有兩層意義：1. 憨直，2. 天眞。伏爾泰於是取了它的意涵；最後主角雖然能保有直爽的性格，但經歷這麼多事情，他已脫胎換骨，不再那麼天眞，那麼會昏倒，那麼容易受騙上當了……。再者，龐格羅司（Pangloss）原也是不存在的名字，pan是全、總的意思，gloss則表詮釋或曲解，他本應「滿腹經綸」，事實上卻目光如豆，食古不化。此人自認爲學問淵博，他教授人文物理神學（psysicothéologo-cosmonoligologie），伏爾泰有意拼湊這個長字，以突顯龐格羅司的迂腐，愛賣弄玄虛。此外，一連串的發音（o）也頗逗笑，再加上nigo與nigaud（傻瓜）同音，作者分明是故意嘲弄龐格羅司這個人物。而居內宮（Cunégonde）這個名字，可能出自十一世紀德國高尙家族女士之名：1. Kunigunde是盧森堡伯爵西佛的女兒，嫁給巴伐利亞亨利公爵，後來被選爲神聖羅馬帝國皇帝。他們似乎是快樂的神仙眷侶，並誓言一輩子守貞。2. 另一種可能性，是指Kunégonde，威爾佛或蓋孚三世的姊妹，她後來嫁給艾伯多·阿索二世，艾斯特義大利屋的創始者。伏爾泰取的是一個老式的日耳曼名字，唸起來就有點拗口了，再加上居內宮到處流浪，早已被「糟蹋」千百次，根本談不上貞潔，其暗諷意味是存在的。

　　此外，伏爾泰取地名也不含糊，居內宮父親的城堡，被視爲「人間天堂」，名字卻是純德·天·通克（Thunder-ten-tronckh），在第二章中提到的鄰近城市名爲瓦德堡·好·塔伯克·迪多夫（Valdberg-hoff-trarbk-dikdorff），這兩個城市名稱都有個特色：子音特多。在當時法蘭西人的眼裡，他們根本就是土包子住的地方，才會以這麼拗口的普魯士腔命名，光唸起來就令人發笑。

在作品中，他並提到世代交替、主從問題、兩性關係、科學、宗教及哲學的探討；照理說，這些都是值得嚴肅深思和面對的課題，然而伏爾泰卻以明快的節奏，輕鬆流暢的筆觸，表達心中的感想與不滿，並化解許多劍拔弩張的氣氛。

字面上的諷刺固然有趣，不過卻不如事件爆發後的效果驚人。下面藉書中幾個重要議題提出說明。

三、本書主題

❶ 哲學與科學

書中自視為學養豐富的人，往往大放厥詞：「鼻子生來竟是為了要戴眼鏡的，因此我們戴眼鏡。腿本來就是要穿鞋的，所以我們有鞋。石頭形成就是待裁的，要拿來蓋城堡，因此大人有座美麗的城堡；全省最大的領主，應當住得最好；而豬原本就是要給人吃的，所以我們經年吃豬。」可笑的是，他的言論似是而非，但末了竟將領主和豬相比，簡直就是牛頭不對馬嘴。更荒謬的是，「他從美洲（想像中的天堂）新世界沒帶什麼好東西回來，卻把梅毒傳回歐洲（所謂的舊刻板社會）。」此外還替自己編了一套理論辯解：「既然命在旦夕，也就無法將病毒傳給別人了。」他的理論是：那麼因此也不能將自己的哲學思想散播給眾人了？！伏爾泰以這種不當的類比間接地諷刺，使人不禁莞爾，孰不知哲學也可能跟毒蛇猛獸般，對人類造成強大的殺傷力！而新天堂樂園並不如想像中完美，那塊新大陸存在著世上一切既有的問題，梅毒即象徵著夢想的幻滅。在第五、六章中，龐格羅司每次要高談闊論時，不是暴風雨，就是地震，難道不是伏爾泰故意安排這些啼笑皆非的場景，暗諷這並非好兆頭？有一回，龐格羅司還自以為是地分析，指出阿巴爾人和保加利亞人之戰就證明：戰爭是解決糾紛最可行的

方法，因為有人類就有問題，大量的死亡，等於消滅了一大堆問題！這種迂腐的人還批評不得，龐格羅司無法容忍他人的微詞，並妄下結論：「總之，我是哲學家：說我的壞話是不恰當的。」一旦被封為哲學家，形成主從關係，階級結構，似乎他就一言九鼎，不會犯錯？這正是伏爾泰最不屑的威權暴力。龐格羅司還很阿Q，認為憨弟德歷經千辛萬苦，是有代價的，這樣他才有吃「枸櫞蜜餞和開心果的機會。」他的話語前後矛盾，不合邏輯，還說得頭頭是道，大言不慚，令人發噱。

而故事中的醫生，只不過是個江湖郎中。在二十二章裡，憨弟德生病，但卻因服藥和放血，病情反而加重。再者，伏爾泰文中提到的智者，也好不到哪兒去：當憨弟德到波爾多時，城裡的學會正拋出個議題，那就是為什麼厄多拉多的綿羊會是紅色的？結果有個多烘先生獲得大獎，他的答案如下：「A加B減C除Z，所以綿羊應該是紅色的，並且死於羊痘症。」這是什麼數學理論？

❷ 宗教

伏爾泰表面上嬉笑怒罵，最終的目的是想揭發人類的愚蠢與不公，反對所有狂熱主義。打鬥、偷竊、欺騙在一般人眼中，本被列為不道德，但在他的筆下竟成了當代的「常態」，這些事變得並不悲情，反而笑話百出，令人哭笑不得。在第三章中，人稱士兵為「英雄」，然而他們幹得卻是燒殺擄掠和強姦婦人的勾當；而第五章中，行船時遇上暴風雨，一向行善的再浸禮教派教徒傑克，憨弟德的恩人，竟遭溺斃！後來伏爾泰一副「輕描淡寫」的提到葡萄牙教會把幾個人抓起來當眾用小火燒，說是這麼做可以防止地震！里斯本這場可怕的儀典，明明是殘忍的迷信行為，竟被講成「美麗的火刑」（bel auto-da-fé）。同一章裡，伏爾泰還描述三個人因娶了他們的教母（即視同母親），因此娶教母就相當於亂倫；他也沒表示猶太教不能吃豬肉，但就算薄薄一層肥油也在禁止之列。然而將娶教母和吃豬油這兩件事相提並論就足以令人

啼笑皆非，明瞭泛宗教化被濫用的程度。不過他諷刺宗教之意已溢於言表，且未偏袒任何宗教。在第四章中，一方濟會教士和一耶穌會教士都得了梅毒，他們不是標榜聖潔無瑕嗎？何況方濟會教士還偷了居內宮的財務……（見第二十二章），這些教士的行為卑劣，卻打著上帝的旗號到處招搖撞騙，小市民怎會信服？宗教審判所法官則假公濟私：他威脅猶太人伊薩沙若不放過居內宮，就要燒死他；看來他是個好人，其實他本人想占居內宮的便宜！其濫權情形可見一斑，他無異是「只准州官放火，不准百姓點燈」的人。在第二十四章裡，吉候菲的父母因家道中落，沒有嫁妝給女兒，再加上她得不到父母的歡心，就把她送往修道院當修女，她不是心甘情願的。那麼，修道院到底是慈善機構還是泯滅人性的煉獄？弔詭之處，不言而喻。

❸ 女性處境

老太婆（la vieille）在故事中似乎扮演平民先知的角色，她談了一些自己的遭遇：她原是權貴人家，美若天仙，奈何命運多舛，甚至曾遭去勢者強暴，被削了半邊臀（第十一、十二章），因此，她表示居內宮的際遇並不特殊，其中她描述女人在海盜眼中的地位最為傳神：「我們是除了鑽石和黃金外最珍貴的東西了。」諷刺的是，在第二十二章中，巴侯利尼亞（Parolignac）侯爵夫人曾為了幾顆鑽石，虛情假意地獻身給平民憨弟德：「美女瞥見年輕外國人兩手大鑽石，她竭盡能事諂媚，把它們從憨弟德的指頭上弄到自己指頭上。」而一男爵夫人的美麗女僕芭給（Paquette）亦曾藉美色賣淫，苟且偷生（見第二十四章）：「我向一位方濟世會修士告解，他卻勾引我。」；「這醫生是世上最醜的男人，而我是世上最不幸的女人，卻一直為了不喜歡的男人挨打。」；「除非我答應法官可接受醫生，他才釋放我。」；「我在威尼斯重執舊業：……一個老商人，一個律師，一個和尚，一個船夫，一個修道院院長。」當然，居內宮是女人中被著墨最多的：她年輕時就是個

不太聰明的漂亮公主，其父母反對她與憨弟德相戀，因爲他是個私生子，且門不當戶不對，而天眞的憨弟德追求愛情的代價竟「只獲得了一個吻和被踢了二十下屁股。」城堡被燒掉後，居內宮曾被一個保加利亞人染指，後來又被賣給猶太人（見第八章），淪爲奴隸、寵妓，甚至又變成布宜諾斯地方官的情婦（見第十三章）。然而居內宮在陳述她那些遭姦淫的陳年往事時，不急不徐、不慍不火，一副像在述說別人故事的樣子，毫無歇斯底里的煽情場面，反而讓人覺得那些事情既荒謬又不可能發生。結果一說完，大夥兒便高興地大吃大喝起來，這場景頗能讓人聯想到拉伯雷的寫作風格。最有趣的是，樂觀到毫無救藥的憨弟德則不計前嫌，仍然把那早已「變形的美女」：「眼睛破皮，胸部萎縮，滿頰皺紋，手臂又紅又長繭」娶回家。難道柏拉圖式的理想勝於肉體之愛？！都不是，只是居內宮的哥哥以「男爵之尊」反對。憨弟德嚥不下這口氣，才決定就算居內宮已變成又肥又醜，脾氣又大的老傭人，也要娶她爲妻，並唯唯諾諾但對她的命令聽而不聞。

伏爾泰似乎藉女人的處境如出一轍，嘲諷理想的愛情，強調肉慾有其優勢，且男女都會爲了權力與財富捨棄貞操、諾言，間接也點出當時兩性及社會階級的衝突，女性被物化或自甘爲玩物的情形，更比比皆是，她們都跳脫不了出賣色相或以勞力偷生的命運。

❹ 重逢篇

憨弟德、居內宮和龐格羅司在故事中聚散多次，每回都誇張好笑地令人無法落淚。第四章中，憨弟德和龐格羅司師徒重逢的一幕，本應是感人的，但被一連串的問號、驚嘆號弄得有些滑稽：「什麼？您，我親愛的大師！您怎麼會如此悲慘！發生了什麼事？您怎麼沒待在最美的城堡裡？居內宮小姐怎麼了，女孩中的珍寶，大自然的傑作？」

憨弟德和居內宮在第七章重逢的那一幕也很爆笑。又是一串的問號和驚嘆號顯得十分浮誇：「多偉大的時刻！多巨大的驚喜！」「什

麼？」，「妳還活著！我在葡萄牙找到妳！那麼妳沒被強暴？不像哲學家龐格羅司所說，有人破了妳的肚子？」其中充滿感情的對話儼然具哭鬧情節劇的模子：首先是斷斷續續的對話，問答交錯，嘆息，眼淚，哭聲……。

其中還有誇張的動作：「他跪在她面前，居內宮跌坐在長沙發上」。在巴拉圭重逢時，憨弟德和居內宮哥哥皆跌坐下來，互相擁吻，並淚流成河：「什麼！難道您是，我可敬的神父？您，美女居內宮的哥哥！您，不是被保加利亞人殺了嗎？您，男爵之子！您，巴拉圭耶穌會教士！我必須要承認，這世界是個奇怪的東西。──龐格羅司！龐格羅司！如果您沒被吊死就好！」，「什麼！是憨弟德！其中一位苦力說。── 什麼！是憨弟德！另一位說。── 這是在作夢嗎？憨弟德說：我是清醒的嗎？我身在其中嗎？男爵先生是我殺的嗎？我真的看到龐格羅司大師被吊死嗎？」，而憨弟德興奮之餘，親吻了男爵和龐格羅司上百次，接著又說「親愛的男爵，我竟然沒把您殺死？還有，親愛的龐格羅司，您不是被吊死了，怎麼還能活著？那又為什麼您二位都在土耳其船上當苦力？」似乎，他們之間所有恩恩怨怨都用這種搞笑、胡鬧的氣氛幾筆帶過，一笑泯恩仇了。然而，當憨弟德與居內宮重逢時，本當欣喜萬分，而他竟被她的醜陋嚇得倒退三步……其實他已經不想娶她了，卻礙於形勢，只能硬著頭皮承受……。

最後，憨弟德（伏爾泰）提出對人性的醒悟，他決定在自己的園子裡自耕，自給自足──「要耕耘自己的園子」（Il faut cultiver votre propre jardin），畢竟這才是最實在的。憨弟德回首前塵，雲淡風清，發覺世界不像龐格羅司所講的那麼樂觀，也不如馬丁所見的這麼悲觀，如今一切歸於平淡，或許，這才是真正的幸福。

 狄德羅

（Denis Diderot，1713-1784）

 生 平

　　狄德羅1713年生於香檳區（Champagne）一個篤信天主教的家庭，長大後就讀巴黎大學，在此期間，他半工半讀，替神父寫講道詞賺錢維生。然而他厭惡宗教和專制王朝的法律，對自然科學、哲學具濃厚興趣，並結識許多自由主義思想家，曾度過一段放蕩的生活。1745年，與達朗貝爾（D'Alembert）共同擔任《百科全書》（Encyclopédie）的編輯負責人，這部書最後在兩百六十位作者群策群力下，於1772年完成。他涉獵廣泛，在哲學、小說方面各有佳作，深受培根、霍布斯或洛克等人思想的影響，且頗具創見，但還曾因「思想危險」的罪名入獄了三個月。然而《百科全書》竟在社會上廣泛流傳開來，人們爭相閱讀，就連巴黎貴婦都喜歡在梳妝檯上放兩本精裝的《百科全書》。除此之外，狄德羅的《思想哲學錄》、《懷疑者漫步》、《論盲人書簡》等著作，表達了他的唯物主義哲學思想；而他的《論戲劇藝術》、《談演員》、《繪畫論》等，則展現了個人的美學思想。自稱「開明君主」的俄國女皇卡特琳娜賞識他，於是1773年，六十歲的狄德羅前往聖彼得堡，並經常與女王討論哲學問題，後來成為俄羅斯國家科學院院士。1784年，狄德羅於巴黎去世，享年七十一歲。

《修女》（*La Religieuse*, 1796）

時代的祭品

在文字紀錄中，以傳記、日記及書信，最具私密性；若以地點來看，自成體系的地方，如監獄、軍隊、修道院或宮廷，由於與外界隔絕，更容易蒙上一層神祕的面紗。而《修女》這部小說，自述部分宛如日記，內文娓娓道來居住修道院中的心路歷程，又似小傳。在第二輯附錄裡，則是好幾封書信的往返。狄德羅運用豐富的想像力，透過犀利的筆觸，勾勒出當時的社會處境，與一位女子被迫發願出家的不幸遭遇。而許多匪夷所思的事件，就發生在那似乎神聖的隱修院中。這是首部揭露隱修院不為人知一面的小說，愈發具時代性、聳動性及私密性，更可勾起讀者的好奇心，勢必引起他們的同情淚。

讀完本書，第一直覺就是狄德羅具強烈的反宗教情節。果真不錯，他有個妹妹被送進隱修院；難怪狄德羅當時曾邊寫邊流淚，這種移情作用是可以理解的。由小說中我們也可看出，在隱修院中的苦命女性，不在少數，她們都常被稱為不事生產的「社會殘渣」！

這部小說大致分為三階段：

❶ **十六歲半的少女 ── 栩桑・斯亦蒙南**：父親是律師，竟要取消女兒的嫁妝，將她送進隱修院；原來，他是母親因婚外情產下的私生女！栩桑因此成了「為母親贖罪」的祭品。這兒突顯的是狄德羅對中上階級私心的厭惡。此外，也指出聖・瑪莉隱修院則為了利（入院金），千方百計騙栩桑做見習修女，再逼她發願出家的事實。

❷ **第二段是尚龍隱修院的生活**：在那兒，栩桑吃足苦頭，歷經滄桑。她要的是「自由」，修道院卻要留住她，於是修女們先用懷柔手段或甜言蜜語，不見奏效就採恐嚇、汙衊、甚至暴力折磨，將人逼瘋、逼死亦不足惜。狄德羅在此要點出的是信仰問題，指責的是宗教狂熱偏執的激情，而其中多數修女採暴力手段，是令人髮指的惡行。

❸ **最後，栩桑入了聖‧德沱普隱修院**：與前者相比，簡直宛如天堂。尤其院長格外地疼愛她，使其受寵若驚；誰知院長是位女同性戀者，並愛她到無以自拔的地步⋯⋯。栩桑無端捲入複雜的同性戀情，她既嫌惡又憐憫院長。最後，院長瘋了，她則逃離修道院。狄德羅於本節呈現給讀者的是人類肉慾的問題，在違反人性的禁慾索居生活中，心理和生理上可能引發的危機。

　　法國大革命之前，似乎人心與道德十分靡爛，充滿山雨欲來的詭異氛圍。教會已紙包不住火，必須面對修道院層出不窮的亂象；富貴階級也得正視其外表道貌岸然，骨子裡偽善自私的面相。這也是薩德作品中，多次指控的現實。《修女》不是一部色情小說，反而是嚴肅的社會課題，閱畢後我們不禁懷疑「天下無不是父母」的正確性；誓言「信、望、愛」，便真能讓人喜悅、得福？當然，全書也非盡是晦暗面，譬如：尚龍隱修院的第一位院長德‧莫尼夫人、克瓦瑪爾侯爵、年輕的玉爾緒勒修女、馬努赫依律師、神父董‧莫亥爾、告解神父勒摩安，都曾幫助過栩桑，是她生命中的明燈。由此可知，基本上作者的態度仍算是持平的。

 包馬歇

（Pierre de Beaumarchais，1732-1799）

 生平

　　包馬歇（1732-1799）生於巴黎，父親是位鐘錶師傅，二十二歲時曾因鐘錶專利權問題涉及訴訟案，其鏗鏘有力的辯駁，獲得喝采，但僅獲得部分勝訴。後來，他在凡爾賽宮謀得一職，並與寡婦德·包馬歇夫人結婚，而冠上貴族姓氏，不料其妻次年即過世。1759年，他擔任路易十五女兒們的豎琴老師，同時也熱衷於金融投資，還到西班牙待上一年，似乎做了一些不光明磊落的勾當。

　　1767年，包馬歇完成了《尤金妮》（*Eugénie*），此劇透過女主角悲慘的遭遇，揭露貴族階級的罪惡，並探討當代婦女的社會地位。1768年，他再婚，娶了一位多金的寡婦，但兩年後也去世了。1770年他又寫了一部描寫商人生活的劇本《兩個朋友》（*Les Deux Amis*）；同年他和拉·伯朗許（La Blanche）伯爵打了長達八年的官司終於落幕，並獲勝訴。1773年之後，他曾為路易十五和路易十六擔任密使，走訪英國、德國，不過，包馬歇逾越了他的職權，甚至美國獨立戰爭期間，竟當起了軍火商！也為北美獨立戰爭提供財政支援。

1775年上演《賽維爾的理髮師》（*Le Barbier de Séville*），當時並不叫好，但經修改，將五幕劇改為內容較緊湊的四幕劇，結果大受歡迎，奠定了包馬歇劇作家的地位。1777年他還創辦了劇作家協會，以保護作者權益，而在劇本創作上，他深受狄德羅戲劇理論的影響，並提倡戲劇改革。1784年本來遭禁演的《費加洛的婚禮》（*Le Mariage de Figaro*）獲准上演，造成轟動，連續演了六十八場，且場場爆滿。1792年，以費加洛為主角的第三部曲《犯錯的母親》（*La Mère coupable*）完成，但盛況已不如前。

於法國大革命期間，包馬歇已發足戰亂之財，不過卻因曾參與反革命運動，東窗事發，遠走他鄉。1792年被捕遭監禁，幸得往日情婦搭救，免於一死，然而錢財散盡，昔日風度翩翩、充滿爭議的包馬歇晚景淒涼，1799年在巴黎黯然逝世。

《賽維爾的理髮師或防不勝防》
（*Le Barbier de Séville ou la Précaution inutile*, 1775）

一、劇情提要

西班牙貴族阿瑪維華（Almaviva）伯爵與羅辛妮（Rosine）巧遇，並為之傾倒。然而，羅辛妮是個孤兒，她的監護人霸多羅（Bartholo）則企圖娶她為妻。有一天，伯爵遇見他舊日的僕人現已是理髮師的費加洛（Figaro），費加洛表示願意幫他追求羅辛妮。生性多疑的霸多羅時刻提防其他男人勾引羅辛妮，而羅辛妮難忍遭監視之苦，盼早日見到心上人。霸多羅得知阿瑪維華伯爵已來到賽維爾（Séville）尋找羅辛妮，於是決定第二天就和羅辛妮完婚，並拉羅辛妮的音樂家教巴吉樂（Bazile）替他籌備婚禮。費加洛得悉後，悄悄告訴羅辛妮，並通知化名為藍道（Lindor）的伯爵，試

圖替兩人辦結婚登記。伯爵還想盡辦法混入府中，與羅辛妮見面，他謊稱巴吉樂生病，請他來代課，霸多羅不疑有他，但仍留在屋裡監視。不過至少羅辛妮和阿瑪維華得以唱情歌傳情，互訴衷曲。後來巴吉樂來了，伯爵怕謊言被拆穿，於是塞了銀子給巴吉樂，見錢眼開的他，就糊裡糊塗的回家了。後來霸多羅在羅辛妮面前造謠，說藍道拿她的情書到處炫耀，羅辛妮信以為真，一氣之下把藍道將與她幽會的事告訴霸多羅，霸多羅立刻通知法官和警察來抓人。但後來羅辛妮和阿瑪維華誤會冰釋，在費加洛的安排下，捷足先登，先在法官面前公證結婚，有情人終成眷屬，霸多羅只能怪自己百密一疏了。

二、時代背景

包馬歇的《賽維爾的理髮師》於1775年在法蘭西話劇院演出，造成轟動；在此之前，他已是赫赫有名的文人、軍火商及宮廷中人，其人生的經歷就如同一部精彩的小說。

十八世紀中葉，法國經濟空前繁榮，文化與藝術亦登峰造極，享譽歐洲，然而社會貧富差距卻十分懸殊：由於中產階級抬頭，這批人便渴望有朝一日能在政治上也插一腳，然而卻每每遭貴族精英階層的排拒；而一般平民百姓生活並未改善，反而要繳納更重的稅賦，供上層社會花用，積弊一久，民怨自然沸騰；雖然路易十五、路易十六都曾經試圖改革，但教會與貴族等既得利益者卻持反對意見，這些皆種下1789年法國大革命的苦果。

處於那個風雨飄搖的時代，聰明的包馬歇嗅到了社會的氛圍，這位鐘錶師之子因結交權貴而致富，又因裙帶關係而獲得貴族頭銜，名利雙收。同時，也受當時啟蒙主義思潮的影響，從其劇作中人物個性的複雜多變，揭露社會的不公不義，以及同情女性地位卑微的生活處境，即可看出端倪。為了

規避審查，包馬歇和許多其他作者一樣，只好利用撰寫小說、劇本，抒發己見，並將時空錯置，講的都是異國和過去發生的故事，實則影射國內當下情狀。

當時的戲劇流行說說唱唱，《賽維爾的理髮師》也不例外，除了雋永的對白外，並穿插了歌曲（羅辛妮和阿瑪維華伯爵即藉此傳情），這是借鏡西班牙和義大利戲劇風。此外我們不難發現本劇有《唐璜》（*Dom Juan*）的影子，原劇即出自西班牙莫立那（Tirso de Molina）之手，後來又經莫里哀改寫。不過包馬歇更加強調故事的冒險性，費加洛（Figaro）這個人物的命名，便源自於騙子無賴（picaresque）這個字。至於為何選擇理髮師這個職業，也是其來有自：「faire la barbe」表示嘲弄某人，那何不塑造一個傳統僕人角色，但卻膽敢嘲諷有權有勢的主人呢！而費加洛也因此就成了包馬歇的代言人。

三、戲劇類型

本劇較類似在市集演出的喜鬧劇或義大利式喜劇，其中不乏文字遊戲、滑稽動作和黃色笑話，不過它也頗吸引喜愛自由及爽快型幽默的貴族或布爾喬亞階級，因此本劇得以在法蘭西話劇院上演。於《賽維爾的理髮師》當中，我們不難發現莫里哀喜劇的影子，如《妻子學堂》，一個年輕人愛上一個老頭子的年輕未婚妻，其中並誇張地濫用拉丁文，伯爵喬裝成大學生藍道，後來又扮成喝醉酒的軍官；視錢如命的音樂老師，為了一袋錢不惜背叛主子；費加洛膽敢和主人霸多羅爭辯……此外，他還帶抒情劇的色彩，其中有歡樂、激昂及沉重緊張的場面，並配合著男女主角的傳情對唱。

四、情節轉折

第一幕相對較短，呈現的是費加洛和以前的主人阿瑪維華在賽維爾重逢，互訴近況的一幕，讓觀眾對主角的背景、身分有所了解。第二幕則較長，包括了三場羅辛妮和霸多羅爭執的場景（4、11和15場），第三幕有多處情勢大逆轉：一會兒是阿瑪維華假扮代課音樂老師，一會兒是男女主角在霸多羅面前堂而皇之互通款曲，一會兒又是費加洛為了想支開霸多羅，要幫他剃鬍子，再來就是霸多羅發現羅辛妮撒謊，並揭穿她，且更嚴格看守，並下令明天迎娶她。第四幕也很短，但劇情急轉直下，公證人糊裡糊塗地替羅辛妮和阿瑪維華證婚，霸多羅措手不及，徒呼負負。

五、人物

《賽維爾的理髮師》中，角色也多與一般喜劇大同小異：年輕男女主角、糟老頭、奸巧的僕人，不過他們的臺詞和動作則略跳脫傳統戲劇。

❶ 阿瑪維華（Amalviva）

男主角有如一個悔改的唐璜，他是西班牙伯爵，一向有求必應，情場無往不利，但也渴望真愛。為了追求羅辛妮，不惜扮成藍道（Lindor）（這個名字發音和lin d'or〔金亞麻〕相符），後來又裝作費加洛親戚，一個大學生，為入住霸多羅家，還扮成酒醉的軍人。另外，喜愛喬裝，也是莫里哀常用的戲劇手法。

❷ 費加洛（Figaro）

他是本劇的靈魂甘草人物，平民身分，曾是伯爵的僕人，之後又從事過多種行業，一波三折，但人生閱歷豐富，這名字的由來有兩種揣測：「fils caron」，包馬歇年輕時的簽字，它的發音與Figaro相近；

另一說是「picaro」，指的是西班牙小說中的主角，「faire la figue à quelqu'un」意指譏諷某人，兩個字拼湊在一起，變成了Figaro！他鬼頭鬼腦，替阿瑪維華出餿主意，好博得羅辛妮芳心。再者就是上一頁提過，為騙子無賴之意。

❸ 霸多羅（Bartholo）

這個嫉妒心很強，個性又偏執的老頭兒並不笨，他嚴加防範羅辛妮與外界接觸，並軟禁她，甚至還揭穿她的謊言。他的名字發音近似於「tombe à l'eau」（落入水中），與中文「泡湯」（失敗）之意具異曲同工之妙。

❹ 羅辛妮（Rosine）

女主角並不像莫里哀劇中的女子那麼天真，她有主見，並勇於和供養她的霸多羅針鋒相對，發出不平之鳴，結合了清新脫俗的美女，及潑辣敢言、機靈狡猾的女僕這兩者特色於一身。Rosine其實就是rose（玫瑰）的變體字，它美麗多刺，其意義不言而喻。

❺ 巴吉樂（Bazile）

這是包馬歇設計的角色，他是音樂老師，卻從未唱過歌，且穿著神職人員的服裝，與身分不搭，令人本能地就覺得他很奇怪。再加上見錢眼開，就可以不過問是非黑白，人格上根本有問題。

六、《防不勝防》的創作來源

《賽維爾的理髮師》副標題是《防不勝防》，包馬歇賦予本劇許多新的時代精神，但我們也從中發現一些古典作品的痕跡：老不修想娶認養孤女、男主角多次變裝，並突破包圍，終於贏得美人歸。它尤其明顯接近莫

里哀的《妻子學堂》（1662），史加隆（Scarron）的同名短篇小說《防不勝防》（*La Précaution inutile*, 1655-1657），還有莫里哀的《奇想病夫》（1673），其第二幕的第2、3場，與《賽維爾的理髮師》第三幕的音樂課，有類似情境。至於本劇與《唐璜》的相似點，在於故事發生地都是西班牙的賽維爾，故事男主角皆為風流倜儻的貴族，只是本劇主角已厭倦愛情遊戲，想安定下來；不像唐璜，一旦得手，用過即拋。

在《妻子學堂》中，糟老頭阿諾夫（Arnolphe）想娶孤女阿涅絲（Agnès）為妻，又成天擔心戴綠帽。而男主角奧哈斯（Horace）為阿諾夫朋友之子，他愛上阿涅絲，但不知阿諾夫是他的情敵，天真地還把心事告訴阿諾夫，結果阿涅絲父親從美洲回來，才打開僵局，令有情人終成眷屬。

《賽維爾的理髮師》基本上也採糟老頭─孤女─情人的三角模式，但包馬歇注入不少新意：阿諾夫與奧哈斯的長篇對話不見了，取而代之的是節奏明快的一些對白；羅辛妮不像阿涅絲那麼單純，她較有個性和主見，勇敢和她的監護人抗爭，宛如為當時女性發聲。此外，阿諾夫與奧哈斯為同一社會階層者，然而霸多羅則屬布爾喬亞階級，妄想娶年輕落難的貴族女子，當年輕伯爵出現時，他們的高下已經立判，足見當代社會雖不如十七世紀封建，但階級觀念仍然牢不可破。

七、本劇的延伸發展

《賽維爾的理髮師》經過一番波折，原本的五幕劇裁減成四幕劇，其中第一幕和第四幕相對較短，可感受到它的節奏飛快，立刻進入主題，結尾劇情亦是急轉直下，一氣呵成。本劇演出時立即造成轟動，也醞釀了作者未來繼續寫作《費加洛的婚禮》與《犯錯的母親》的計畫，這三部曲更奠定了包馬歇在法國戲劇界不朽的地位。不過，真正要讓本劇發揚光大的，則歸功於

羅西尼（Gioacchino Rossini）（1792-1868），他將其改編爲歌劇，把頗具煙硝味的社會批判除掉，並強調劇中角色貪財或好色的嘴臉，再加諸幽默、抒情、戲劇張力等元素，令本劇更爲活潑。1819年在巴黎演出後，佳評如潮，演出場次居一時之冠。

　　《賽維爾的理髮師》一直是法國人喜愛的戲碼，但可能由於羅西尼《賽維爾的理髮師》歌劇版鋒芒蓋過原著，再加上續集《費加洛的婚禮》話劇版與歌劇版激起觀眾們更大的熱情，而令它難免相形失色，但細細品嚐原汁原味的劇本後，我們更能感受到劇作家誠懇地對大時代的針砭，沒有這塊試金石，則難有包馬歇《費加洛的婚禮》的創作高峰。

《瘋狂的一天或費加洛的婚禮》
（*La Folle Journée ou le Mariage de Figaro*, 1784）

一、劇情提要

　　《費加洛的婚禮》是包馬歇繼《賽維爾的理髮師》之後的又一鉅作，且更受歡迎或更遭非議，它可說是後者的續集。故事大致是阿瑪維華伯爵與羅辛妮（阿瑪維華伯爵夫人）婚後生活日久生厭；正值男總管費加洛欲娶夫人美麗的貼身丫環蘇珊娜，然而伯爵好色心起，想行使逐漸退時的初夜權。然而夫人、蘇珊娜和費加洛不從，於是一同商量對策。偏偏費加洛曾積欠女管家瑪塞琳一筆錢，若無法還債就得娶她爲妻；伯爵聽聞，樂得「主持公道」，如此一來，便少了個情敵。殊不知，原來瑪塞琳竟是費加洛失散多年的母親，而霸多羅則是他的生父！於是他們贊成這椿婚事。又伯爵夫人命蘇珊娜接受伯爵的邀請，然後兩人換裝，由伯爵夫人冒充蘇珊娜前往赴約。費加洛起初誤以爲未婚妻朦騙他，長吁短嘆了一番；事實上，受騙的是伯爵，

他幽會的對象正是夫人本人。後來經蘇珊娜解說，費加洛才釋懷；而伯爵在眾人面前出糗，只好打消原先的念頭。

二、解析

這是齣充滿戲劇性的話劇，不論在情節、時間、空間、語言、布景、服裝和小物件的安排，處處都有玄機。它的故事錯綜複雜，又有雙關語、張冠李戴以及騙人或被騙的場景，令人目不暇給。

❶ 情節的轉折

在古典劇中，劇作家多奉行「三一律」，在情節方面，只會有個主線故事，其餘次要情節必須依附於主幹，它們則經常是主戲的障礙；而本劇最重要的事件當然是費加洛的婚禮。第一幕時，伯爵（主人）允許費加洛（僕人）成婚，但婚禮因故延遲；第二幕時，由於費加洛欠債，瑪塞琳前來求償，否則得娶她為妻，因此與蘇珊娜的婚禮又受阻；第三幕時，發現費加洛原來是瑪塞琳與霸多羅的私生子，所以官司也別打了，有情人終成眷屬的可能性大增；然而最大的阻礙其實是伯爵。在第四幕時，蘇珊娜虛與委蛇，答應伯爵的私會，因此妥協下的婚禮得以進行；直到第五幕，伯爵誤將喬裝成蘇珊娜的妻子認作前來赴約的可人兒，結果顏面盡失，只好求饒，費加洛的婚禮總算圓滿舉行。

本劇的頭號障礙就是伯爵，如何要令高高在上的既得利益者，改變占有蘇珊娜的企圖，煞費周章。再來就是瑪塞琳，金錢問題足以逼死小老百姓，要不是第三幕的大逆轉，母子相認，才讓瑪塞琳和蘇珊娜化干戈為玉帛。而當初霸多羅與羅辛妮婚事不成，都是費加洛攪的局，自然懷恨在心，想設法報復，不料竟因此尋獲親生兒子。還有一個次要障礙便是園丁安東尼奧，他是蘇珊娜的舅舅，以蘇珊娜母親託孤為藉口，非要沒爹沒娘的費加洛找到親生父母才肯點頭，沒想到這些困

難，費加洛都一一迎刃而解，猶如童話情節般神奇。在此我們實在不得不佩服包馬歇的足智多謀與巧妙安排，整齣劇架構堅實，高潮迭起，劇情進行節奏性強，但卻絲毫不牽強。

❷ 時間的提點

本劇的副標題即是《瘋狂的一天》（*La Folle Journée*），可見包馬歇是決定遵循三一律對時間上的限制。第一幕一開場，費加洛就誇蘇珊娜一大早為婚禮準備的花朵頭飾；第四幕時，包馬歇又利用舞臺指示，點出黃昏將近，長廊已點了燭火。到了最後一幕，包馬歇並明確指出，舞臺是昏暗的，場景在晚間的栗樹園──愛之樹──更增添戲劇的浪漫性。

❸ 空間的安排

包馬歇很確切地將主場景設於離賽維爾十二公里遠，阿瑪維華伯爵的城堡，也就是提醒大家這齣戲是《賽維爾的理髮師》的續集。當然，城堡絕不是個等閒之地，它是封建制度的象徵，牆上掛著國王的肖像，更是威權的符碼。

再者，第一幕場景是伯爵送給費加洛和蘇珊娜的新房，它介於男、女主人房間的中央；第二幕則是夫人房間，金碧輝煌，與第一幕相比，立刻會感受到社會階級的差距。而且夫人房間中「機關重重」，可躲也可逃：如盥洗室、閨房凹室和窗戶；而蘇珊娜房間只有一張大沙發，但卻是伯爵和薛呂班藏身之處……包馬歇的空間安排設計絕非偶然，都極具戲劇性。

❹ 語言的運用

(1) 旁白

　　若要令觀眾了解事情的來龍去脈，又不能讓臺上的另一角色知道，就得靠旁白。在《費加洛的婚禮》中，有許多爾虞我詐的場景，尤其在雙方缺乏互信的情況下，既想瞞騙對方，又怕自己受騙上當。第二幕中，伯爵懷疑妻子有外遇，便使用了旁白，表達內心的不安（第二幕，第17場、22場）。到了第三幕，伯爵欲試探蘇珊娜是否洩露祕密給費加洛，費加洛也對伯爵存有戒心，他們除了互相套話，其中亦穿插了許多旁白（第三幕，第5場），最後伯爵似乎得到結論，蘇珊娜背叛了他，告知費加洛一切。到了第五幕，包馬歇更是大量使用旁白，令伯爵、伯爵夫人、費加洛、蘇珊娜的四角關係更顯錯綜複雜，也使戲劇張力拉到極限（第五幕，第5、6、7、8、9場），觀眾亦感受得到所謂的主僕關係、男女關係，甚至夫妻關係原來是無比脆弱，不堪挑撥。

(2) 獨白

　　本劇有不少內心戲，幾乎劇中的要角，都會來上一段獨白，表明心跡。在此羅列如下：

a. 伯爵：第三幕，第4、8、11場；

b. 伯爵夫人：第二幕，第25場；

c. 蘇珊娜：第一幕，第6場；第二幕，第15場；

d. 瑪塞琳：第四幕，第16場；

e. 芳謝特：第五幕，第1場。

　　當然，主角費加洛幾乎可說是包馬歇的「代言人」，怎能捨去獨白？第一幕第2場僅小露身手，直到第五幕第3場，那是全劇最長的一段獨白，道出他對女人、愛情及婚姻的看法，觀眾的情緒也隨著他的慷

慨陳詞而起伏。

(3) 對話

　　包馬歇最擅長的，莫過於雙人的脣槍舌劍，它好比決鬥般刺激：我們可從中發現人物的衝突點，他們的詭計，還有挖掘對方祕密或要人落入陷阱的問答（見第三幕，第5場，費加洛與伯爵你來我往的對話）。

　　此外，蘇珊娜和瑪塞琳於第一幕第5場的針鋒相對，更突顯兩位女人在爭風吃醋時的互不相讓、口不擇言。

　　而費加洛和巴吉樂於第四幕第10場的爭吵，則演變為不理性的咒罵，你一言我一語的連珠炮，使人不由自主地血脈賁張、情緒亢奮，但情感上卻獲得若干宣洩。

(4) 大段臺詞

　　在第三幕第5場中，費加洛為了要耍伯爵，表示自己不是不會說英語，扯出一句英文咒罵語（God-dam）的故事，且表示只要會一句便可行遍英國；這段增加了劇本的喜感。此外，瑪塞琳於第三幕第16場義憤填膺的激昂表述，充分抒發了女性在當時社會中所遭受不公不義的待遇，為本劇增添了不少深度與廣度，同時亦流露出包馬歇對女性境遇的同情。

❺ 布置

　　首先，蘇珊娜和費加洛的洞房似乎傢俱不全，其中缺了最重要的床，這表示兩人尚未完婚，一切還沒準備就緒；且傭人房本該樸實些，和第二幕伯爵夫人的豪華房間有極大反差。

　　此外，栗樹為「愛之樹」，在幽暗的樹叢間私會無疑是絕佳選擇，令人立刻聯想到華鐸（Watteau）和華格納（Fragonard）洛可可風的畫作。而園子裡的涼亭有如愛情聖殿，更增加了遐想空間。

❻ 服裝

　　服裝可代表一個人在社會中的身分地位：當伯爵穿上法官長袍審問費加洛時，便是一種權威的象徵，令人敬畏。當然，服裝也可能具遮掩身分的功能：如薛呂班的男扮女裝；蘇珊娜與伯爵夫人變裝及角色的互換，它就成了掩人耳目的工具，也為戲劇注入一些變數。

❼ 小物件

　　第二幕，第21場，園丁安東尼奧撿到一封信（軍令狀），它有如一個楔子，提供了一個線索、揭開了一些祕密，也引起了一陣騷亂。再者，女人的貼身物品，如髮帶、別針，包含了情色意味，也成了製造本劇高潮的佐劑。美少年薛呂班從蘇珊娜手中奪去伯爵夫人的髮帶，並綁在受傷的手臂上，將之視為護身符，以及兩人間接肌膚相親的橋樑。而蘇珊娜把別針別在信封口，要伯爵送回別針表示同意約會地點，這有如變相的定情物。偏偏費加洛識破其中玄機，醋勁大發，懷疑起他未婚妻的忠貞。可見，一項小小物品，都可能令全劇戲劇性大增，甚至引發軒然大波。

　　由於本劇實在精彩動人，引起權貴階級的注意，路易十六察覺它的煽動性，就表示這齣戲不宜演出。而瑪麗皇后的兄長，奧國的約瑟二世，亦嚴禁《費加洛的婚禮》在維也納上演，就連莫札特將之改編為歌劇，刪去所謂「反動」的橋段，仍一度受阻。可見它不是一部純娛樂性的喜劇，人們已嗅到當代女性意識抬頭與法國大革命的氛圍。甚至有人戲稱包馬歇的劇作為法國資產階級革命的序曲。

《犯錯的母親或另一個達爾杜夫》
(*La Mère coupable ou l'Autre Tartuffe*, 1792)

一、劇情提要

　　許多年前伯爵一次外出時，伯爵夫人和薛呂班於某個晚上在一起。之後伯爵夫人心裡覺得愧疚，告訴薛呂班兩人不該再見面後，他便從軍去，並在戰場上受重傷不治。臨死前他寫了一封血書表達對她至死不渝的愛，並託步兵上尉貝傑亞斯帶回去給伯爵夫人。伯爵夫人捨不得將這封信丟掉，反而將它藏在首飾盒的暗夾層裡面。而貝傑亞斯竟是個口蜜腹劍的小人，一心只想得到伯爵的財產，於是設定一套行動計畫以博取伯爵全家人對他的好感與信任。他發現伯爵的二兒子雷昂並非兩人所生，乃是伯爵夫人與薛呂班的結晶；而芙雷絲汀也並非伯爵的養女，而是他的私生女。這無疑提供了外人見縫插針的好機會。

　　貝傑亞斯於是設計讓伯爵發現這封信，震怒的伯爵於是要求雷昂立刻離開這個家，傷心欲絕的伯爵夫人因為羞愧而暈厥。大家亂成一團，伯爵因此亂了方寸。他其實了解伯爵夫人與薛呂班都非壞人，只是年輕一時衝動而犯下錯誤，將心比心，他自己不也對不起夫人，有個私生女；於是趕忙呼喚大家把伯爵夫人救醒。最後眾人你一言我一語地揭穿貝傑亞斯的真面目，貝傑亞斯惱羞成怒之下，對著伯爵說要向國王告發他有華盛頓的肖像（民主的象徵），顯然密謀造反，在大家驚慌失措之餘，足智多謀的費加洛則拿著國王的赦免令，站出來解救伯爵。於是這個騙子被趕出了家門，伯爵家又恢復了平靜，而費加洛與妻子蘇珊娜看雷昂和芙雷絲汀情投意合，便促成了他們的婚事。

經過這次家庭紛爭，伯爵深深感到寬容和諒解是家庭幸福的保證。千萬不要讓年輕時代所犯的過失來干擾老年時期的安寧，此乃本劇的宗旨。全劇最後在融洽、諒解、歡樂的氣氛中閉幕。

二、解析《達爾杜夫》和《另一個達爾杜夫》

在《犯錯的母親》（*La Mère coupable*）這齣劇中，我們察覺到許多莫里哀《達爾杜夫》（*Le Tartuffe*）的影子，劇情的安排十分類似，包馬歇也毫無避諱地將副標題寫爲《另一個達爾杜夫》（*L'Autre Tartuffe*），我們也可從以下表格清楚地看出其雷同點。

	《達爾杜夫或僞君子》	《犯錯的母親或另一個達爾杜夫》
1.	諷刺的對象：宗教	諷刺的對象：道德
2.	引達爾杜夫入室	引貝傑亞斯入室
3.	奧爾公欲將愛女嫁給達爾杜夫	阿瑪維華伯爵欲將愛女嫁給貝傑亞斯
4.	奧爾公欲將財產託付給達爾杜夫	阿瑪維華伯爵想把財產託付給貝傑亞斯
5.	驅逐兒子，剝奪其財產繼承權	驅逐兒子，剝奪其財產繼承權
6.	達爾杜夫勾引女主人	貝傑亞斯引誘伯爵夫人貼身丫環蘇珊娜、又想娶芙雷絲汀爲妻
7.	達爾杜夫利用政治文件陷害奧爾公	貝傑亞斯利用預藏信件要挾伯爵與伯爵夫人
8.	國王下旨逮捕達爾杜夫	費加洛拿國王的赦免令救主

三、結語

包馬歇雖然和莫里哀一樣，憎恨那些假道學的虛僞之人，但隨著時代的變遷，內容上也做了幾許調整。如達爾杜夫以宗教之名，行詐騙及好色之

實，而貝傑亞斯則假裝以好友身分，排難解紛，其實是為達詐財騙色目的不惜製造人倫悲劇，可惡程度有過之而無不及。當然，包馬歇也不忘藉機嘲諷那些放高利貸、從事銀行業的敵手，而莫里哀則較針對十七世紀那些假宗教之名、討好王室的那批偽善者。在《達爾杜夫》裡，他勾引的對象是女主人，而《犯錯的母親》中，貝傑亞斯更富心機，欲利用女僕挑撥伯爵一家人，並分化主僕感情，再迎娶伯爵女兒，圖謀其家產，這也反映了當時社會貴族與平民間的緊張關係。最後，在《達爾杜夫》中是國王下旨逮捕達爾杜夫，於《犯錯的母親》裡卻是機智多謀的忠僕費加洛再度護主成功，顯見包馬歇欲提高升斗小民的地位，且王權至上的時代已逐漸式微，不過仍可窺見劇作家衛護王權之心（如由國王下赦免令）。觀賞《達爾杜夫》後的心情可能大快人心，然而《犯錯的母親》卻令人五味雜陳。首先，它不像《賽維爾的理髮師》或《費加洛的婚禮》般具喜感、富音樂性與節奏性，反而讓觀眾更加省思婚姻制度、性別歧視、社會不公等嚴肅議題；且包馬歇不但如往常為民喉舌，替女性發聲，也體諒貴族以及男性遭逢衝擊時的心境。不過一部類似其人生回顧的持平劇作，要討好各方觀眾似乎難度頗高，而他此時早已擺脫想令所有人「皆大歡喜」的境界。因此我們認為本劇雖非包馬歇最受歡迎之作，但和《賽維爾的理髮師》和《費加洛婚禮》形成三部曲，一併觀賞或閱讀，能讓我們更加明瞭當時的社會氛圍與包馬歇的心路歷程。

拉克羅
(Pierre Choderlos de Laclos，1741-1803)

 生平

　　拉克羅1741年生於亞米安（Amiens），1761年曾擔任加拿大、印度遠征軍的炮兵少尉，即想在軍旅生活中求發展，然而表現平平。1769年因在格勒諾伯（Grenoble）紮營六年之久，於是有空收集關於《危險關係》（*Les Liaisons dangereuses*）的寫作資料，從1780年開始撰寫，於1781年秋天完成初稿，1782年正式出版。除本書外，他還寫過許多歌劇劇本及有關女性教育等書，不過皆為平庸之作。在法國大革命期間，他加入莫桑傑特派，同時又參與奧爾良公爵的陰謀，後來又與羅伯斯比（Robespierre）和拿破崙知遇，因此有人批評他是投機主義者。

《危險關係》（*Les Liaisons dangereuses*, 1782）

一、前言

　　法國十七世紀貴族沙龍文化盛行，是男性交際應酬發表意見的場所；女性則扮演招待、傾聽、附和的配角，但這並不表示女性沒有想法，而書信便成了她們抒發己見的極佳工具，如賽維尼耶夫人（Madame de Sévigné）

便藉由書信教導女兒宮廷中的爾虞我詐及做人處事的道理。浪漫主義者也喜好書信體，因爲它具私密性，僅止於寄件者與收件人之間，可在字裡行間盡情地以第一人稱表達看法，又可以第二人稱向對方示意，且能用第三人稱評判他人的是非，卻只限於你知我知，眞正符合浪漫主義派重情感輕理性的精神。著名的書信體小說，也包括了吉勒哈格（Guilleragues）的《葡萄牙信札》（*Lettres portugaises*, 1669）、孟德斯鳩（Montesquieu）的《波斯信札》（*Lettres persannes*, 1721）、理查森（Richardson）的《克萊絲·哈洛維》（*Clarisse Harlove*, 1748），還有盧梭（Rousseau）的《新艾洛伊絲》（*La Nouvelle Héloïse*, 1761）及歌德（Goethe）的《少年維特的煩惱》（*Die Leiden des jungen Werther*, 1774）。

十八世紀啓蒙時代（Siècle des Lumières）介於十七世紀的古典主義與十八世紀末的浪漫主義，它的書信體文學，則屬「眾聲喧譁」（polyphonique）型：其小說架構複雜，人物對話交疊。對頭腦清晰的人而言，是極佳的腦力練習，會覺得興致盎然，又可滿足偷窺的欲望，如同在一旁看好戲的觀眾，時而讚嘆作品內人物巧妙的言詞，時而情緒亦隨著其中角色起伏，彷彿自身化爲信中主人翁。它結合了哲理的闡述與浪漫的想像，充分地反映了十八世紀兩股力量的拉扯：理性主義的堅持和放蕩主義的反撲。

拉克羅的《危險關係》包含道德的勸說，但當中愛情的算計與鬥法才是最精彩的部分。此書一問世，警方立刻禁止其陳列販售，認爲它淫蕩不倫，警世作用不強。同一時代的薩德（Sade）除了如拉克羅一般，將性與殘酷聯結，他更直指放蕩者如何物化、玩弄或羞辱女性，在他的小說中，有性無愛。然而仰慕拉克羅的史丹達爾（Stendhal）卻認爲應分辨熱情（l'amour-passion）與品愛（l'amour-goût），並發展出一套昇華（la cristallisation）理論，因此寫成《愛情論》（*De l'amour*, 1822）。不管讀者以何種角度閱讀或站在什麼立場，一部引起討論爭議的作品，必有其引人矚目之處，正因他

充滿理性與感性的崢嶸，才更合乎眞正的人性。

二、子爵對決侯爵夫人

　　小說內容藉著其中人物的魚雁往返，流露了他們的意圖和祕密，也將他們串在一起，呈現了當代上流社會的恩怨情仇。其實，小說裡的主要人物有五人：凡爾蒙子爵（Vicomte de Valmont）、梅黛侯爵夫人（Marquise de Merteuil）、杜薇院長夫人（Présidente de Tourvel），賽西兒・沃朗熱（Cécile Volanges）以及唐瑟尼騎士（Chevalier Danceny），但眞正的主角則是前二者；此外，沃朗熱夫人（Madame de Volanges）與羅斯蒙德夫人（Madame de Rosemonde）則是替拉克羅道德教訓下註腳的配角。

❶凡爾蒙子爵（Vicomte de Valmont）

　　凡爾蒙子爵周旋在三個女人之間：梅黛侯爵夫人是他的老密友，也是共謀者；他勾引初出修道院的賽西兒，便是經梅黛夫人的慫恿；而杜薇夫人一副「聖女貞德」的樣子，更是凡爾蒙這花花公子喜歡挑戰的對象。這隻愛情兀鷹，敏銳地掌握每個女人的情緒，而自己的感受卻深藏不露。起初，他和梅黛夫人似乎棋逢敵手，各出奇招，漸漸地，我們發現梅黛夫人薑是老的辣，略勝一籌。至於杜薇夫人，她被情場高手所迷惑，誤以爲愛情的力量足以逆轉凡爾蒙桀驁不馴的放蕩形骸。其中小說裡的第四十八封信，在妓女艾蜜莉背上寫情書給杜薇夫人最爲諷刺：竟有人可以臥倒在一個女人懷裡，仍有辦法文情並茂地寫信給另一位女子！在史蒂芬・費爾斯（Stephen Frears）執導的《危險關係》中，凡爾蒙寫完信時，和艾蜜莉兩人狂笑不止，這不禁令觀眾毛骨悚然，似乎聽到撒旦嘲弄杜薇夫人的癡情錯愛。當梅黛夫人要凡爾蒙寫絕交信給杜薇夫人時，爲了證明他並未被愛沖昏頭，他依然厚顏無恥，故作瀟脫放肆狀，就如馬樂侯（André Malraux）所說：「就是它完成了

本書最大的行動——寄給杜薇夫人的羞辱信。」

❷ 梅黛侯爵夫人（Marquise de Merteuil）

梅黛侯爵夫人為本書的靈魂人物，她操攬全局，將所有的人玩弄於股掌之間：梅黛夫人的舊情人傑爾古（Gercourt）想迎娶初出修道院的賽西兒為妻；前者報復之心甚強，可不樂見傑爾古稱心如意，便唆使老相好凡爾蒙子爵去引誘年少無知的賽西兒，讓傑爾古戴綠帽。對情場老手而言，征服一個懵懂的少女勝之不武，但鮮嫩欲滴的美人當前，豈能輕易錯過？因此，凡爾蒙也就順水推舟地入了梅黛夫人設的局。不過，凡爾蒙同時也看上了另一個獵物：杜薇夫人，她容貌出眾且品德高尚，若能一親芳澤，擄獲芳心，才具挑戰性。這一隻腳同時踏多條船的豔遇，倒挺對凡爾蒙的脾胃，而梅黛夫人也樂得一旁看好戲。

然而，當梅黛夫人發現過往情人凡爾蒙子爵違背了彼此遊戲人間的默契，對杜薇夫人動了真情，嫉妒之心油然而起。失望之餘，也心生恨意，於是，擬了一份凡爾蒙致杜薇夫人的絕交信，要凡爾蒙照抄一遍再寄出，藉以「懲罰」他；不服輸的凡爾蒙豈肯示弱，於是照辦，以顯示自己的玩世不恭。但這致命的第一百四十一封信令情勢急轉直下，因而揭開了悲劇的序幕：杜薇夫人原以為凡爾蒙對她是認真的，本來篤信上帝、視貞潔如命的她，晴天霹靂，因羞憤而發瘋。

梅黛夫人借刀殺人的手段不僅止於此，她除了親自「調教」涉世未深的唐瑟尼以滿足個人淫慾，後來，還把凡爾蒙子爵勾引賽西兒的信給唐瑟尼騎士看，血氣方剛的唐瑟尼終於恍然大悟，明白凡爾蒙的卑劣行徑，最後只有決鬥一途……這也造成了子爵斷魂的下場。不過，是否是他厭倦人世，故意放水而輸，則不得而知。

梅黛夫人似乎玩得過火，當初她並無意致凡爾蒙於死地，也沒料到杜薇夫人會發瘋、賽西兒遁入空門；而自己則罹患天花，幾近毀容，落得走避他鄉，孤寂而終。其實離開花花世界與世隔絕，即如同宣

判她死刑，對她來說，遊戲結束，比一刀斃命更令她痛苦難耐。這種報應便是拉克羅要給予世人的道德教訓。

　　再者，梅黛夫人從少女時期就明白，知識即為她唯一獲得自由的妙方：唯獨如此，才能擺脫男人強加給女人的既定想法，動搖他們的掌控地位，而她解放的契機便是寡居：唯有在這種情境下，當代女性才可能不受男性操縱。她把握這自主的機會，無師自通，訓練出狐狸般虛情假意、精明冷酷的個性。在第八十一封信中，梅黛夫人就罕見驕傲地向凡爾蒙透露了她成長的心路歷程，內容既懇切又冷血，似乎應驗「閱讀的女人最危險」：

　　我在小說裡研究我們的風俗習慣，在哲學家的著作中研究我們的思想觀點；我甚至從最嚴肅的倫理學家作品中探詢他們對我們的要求，我就此明白什麼是可以做的，心裡該怎麼想，外表上又該顯現出怎麼一副樣子。

三、結語

　　其實，整部小說中，真正左右全局的除了上帝，就是梅黛夫人。

　　讀者在閱讀時確實會被小說主角之間微妙的多角關係所吸引，有如玩魔術方塊般刺激，但那種善於心計、戲弄感情到玩火自焚的地步，造成人格上不同層次的扭曲，則令人始料未及。本書於1782年問世，結果立即引起各方的注意，雖然結局是以道德為訴求，所有主角都「罪有應得」，遭受悲慘的下場，不過當時已有人間接嗅到法國大革命之前社會動盪不安的喧囂氣息，認為貴族階級之間的淫亂關係，也是造成三餐不繼的一般百姓憤恨不平的重大原因之一。若說《危險關係》為導火線，那是言過其實，但如果認為它是法國大革命的風向球，則並不為過。

 史丹達爾
（Stendhal，1783-1842）

生平

　　史丹達爾原名爲亨利・貝爾（Henri Beyle），1783年出生於格勒諾伯（Grenoble），七歲時喪母，父親爲高等法院律師。但他的父親，身爲僧侶的家庭教師，還有姑媽，都是僞善者，因此他從小心中即對壓抑與僞善存在強烈的反感。在求學期間，唯一覺得不虛假的課程就是算學，所以熱衷研讀，表現也很優異。1800年投入陸軍，追隨拿破崙進攻米蘭，後來遠征莫斯科，在調集軍糧方面，發揮高度的手腕。不過1814年拿破崙慘敗，於是他移居米蘭。又1821年奧地利警方懷疑他爲義大利黑手黨同夥人，只好避居巴黎。之後出版了《愛情論》（De l'amour）等書，但未獲得好評。1828年曾屢次尋短，遺書達六封之多。《紅與黑》（Le Rouge et le Noir）刊行後第二年，即1831年，新政府任命他爲奇威塔衛基亞的領事，他也終身任職於此。1842年，返回巴黎度假，突然在街上昏厥而死；其位於蒙馬特（Montmartre）的墓碑上則刻著：「活過，寫過，愛過！」

《紅與黑》（*Le Rouge et le Noir*, 1830）

一、社會事件

　　在傳媒資訊發達的今天，讀者享有知的權利，而報章上的社會版，提供了各式各樣五花八門的消息，其中包括天災人禍、搶劫殺人、作奸犯科等事件。這些發生在你我周遭的故事，似乎與每個人日常生活都有關，但又不見得那麼直接。正因為它存在的真實性，但往往又不合乎平常理性，尤其難以捉摸，更容易激起大眾的好奇心、偷窺慾，而成了茶餘飯後不可或缺的話題，而人們更想藉由不斷地抽絲剝繭，進一步了解真相，探知祕辛、內幕，甚至醜聞。

　　為了滿足閱聽群眾的要求，新聞記者便不遺餘力的加以商品化包裝，大肆報導，並加以渲染，凡有關性、謊言、暴力、色情、死亡、法律、違反社會倫常的事件，只要具聳動性，賣錢第一，於是一些似是而非的耳語或詆毀，便甚囂塵上。因為平常萬事都合乎邏輯或社會道德規範，一連串的巧合或無法解釋的原因，造成了荒謬的結局或無法彌補的後果，當一切無解時，人們便常將之歸因於命運。

　　這些特殊的社會事件，有其私密性，不足為外人道也，但部分會延伸為政治、經濟、文化、社會、心理議題，而成為公共事務，其間的分野有時很難界定，但我們卻不容忽視事件背後所潛藏深層的人性問題、哲學思考、社會現象或時代意義，正因它前所未聞或長久以來是個禁忌和避諱的話題，所以更有其談論的空間。

　　戲法人人會變，只是巧妙不同，《紅與黑》跳脫了故事的八卦性，將真實與虛構相揉，取新聞簡短精鍊的特點，注入作者賦予作品的新意，同時亦

突顯了弱勢者內心的焦慮以及在社會上的不適應性與孤單感。因此它不再是譁眾取寵的社會新聞、廉價情色故事或僅只為疑雲重重的偵探小說，而是刻劃人性的偉大經典。

二、靈感來源

《紅與黑》小說的靈感來源有二：一是1829年拉法格事件（L'affaire Laffargue）：在阿爾卑斯高山區的木工拉法格，殺死了他的情婦，最後被判五年徒刑。二是1827年的貝特事件（L'affaire Berthet）：曾任米舒夫人（Mme Michoud）子女家庭教師的貝特，因試圖射殺米舒夫人，也就是他的情人，於1828年被送上斷頭臺。

其中尤以貝特一案，與《紅與黑》中朱立安‧索黑爾（Julien Sorel）的故事，可說是如出一轍：譬如故事發生的虛構城市維利葉爾（Verrières），與貝特所居住的城市格勒諾伯（Grenoble）很相似，而史丹達爾本人童年亦在此度過。人物方面，貝特即是索黑爾，米舒先生夫人則為黑納夫婦（M. et Mme de Rênal），至於柯登先生（M. de Cordon）、柯登小姐，就是德拉莫爾先生（M. de la Mole）和女兒馬蒂德（Mathilde）。

誠然，貝特事件在當時是個十分轟動的案子，貝特受審之日，法庭內擠滿好奇的群眾，就連極少露面的地方貴婦，也前來聆聽判決。若《紅與黑》只是將一些地名、人名稍做更動，重述一遍故事，充其量不過是描寫愛情與嫉妒，三角戀情的小說，但經由史丹達爾過人的記憶力，豐富的想像力，及細膩的觀察力，始刻劃出一部不朽的巨作；其中揉合了一些自傳的影子，再配合上時事與史丹達爾對當時政治和社會的觀感，他既像劇作家，又似演員，縱橫於整部小說中。

三、小說人物：三角習題

我們不妨從小說中重要人物著手，窺得史丹達爾如何拿捏小說中的真實與想像。

❶ 黑納夫人（Mme de Rênal）

史丹達爾年輕時曾觀賞過一幅蓋蘭（Guérin）所繪情婦被殺的畫，留下深刻印象；又他十九歲時，曾愛慕黑布菲夫人（Mme Rebuffel），她的身影亦深深印在史丹達爾的腦海裡。他也曾喜歡過達魯伯爵夫人（Comtesse Daru），而紅粉知己達維爾夫人（Mme Derville）的一顰一笑，亦融入創造黑納夫人的儀止中。還有，德瓦杭夫人（Mme de Warens）十分具母性，特別疼愛其子女的一面，史丹達爾也將這優點加諸於黑納夫人身上。此外，史丹達爾很喜好盧梭《新艾洛伊絲》（*Nouvelle Héloïse*）裡艾洛伊絲的個性，她既溫柔、靦腆卻又熱情，簡直就是他心目中理想女性的化身，這些優點，我們在剖析黑納夫人特質時都能尋見，她似乎儼然成了史丹達爾心目中的完美女人。

❷ 馬蒂德・達拉莫爾（Mathilde de la Mole）

這個角色就更複雜、更多元了，包括史丹達爾的短暫情婦德如邦蓓（Alberte de Rubempré），她是畫家德拉瓦（Delacroix）的表妹，秉性聰慧，反對傳統，史丹達爾曾形容她是他「所遇到最不像娃娃的巴黎女人。」；對史丹達爾採取主動，坦白大膽的女貴族西尼耶西（Giulia Rinieri），他們之間對愛情所花的心機，也融入朱立安和馬蒂德的戀愛過程；還有拒絕家庭安排的婚事，和梅里美一個朋友私奔的德奈維爾小姐（Mary de Neuville）；又史丹達爾對活潑的當伯思嘉（Métilde Dembowska）念念不忘，就連女主角的名字都稍微雷同。但朱立安起初不敢接近馬蒂德的一幕則是杜撰的，且貝特心路歷程的獨白，亦未

納入，反而是將史丹達爾與西尼耶西的那段戀曲相融，其中充滿了夢想和對愛情的渴望。此外，馬蒂德視朱立安爲年輕的但敦（Danton），革命份子，這正是他當時所認爲的英雄人物。史丹達爾的高明之處是，他先下伏筆，點出馬蒂德的祖先波尼法司（Boniface de la Mole），在文藝復興時代，曾反叛國王，並是皇后的情人，難道這不是一種個性遺傳？一種輪迴？一種報應？再者，史丹達爾將朱立安和馬蒂德這兩個社會地位不等的人放在一起，反而刺激了朱立安對馬蒂德的好奇心，馬蒂德則以有位與眾不同的情人而沾沾自喜，充分滿足其叛逆的虛榮心，他們的愛情故事確實充滿挑戰與盤算，這更引起了讀者的興趣。

❸ 朱立安 · 索黑爾（Julien Sorel）

貝特的本性愛抱怨、健忘、軟弱，對教會不滿，曾想過自殺。史丹達爾只不過以他的故事爲「藉口」，大多部分反而是一種自我投射。他七歲喪母，與父親並不和睦，而朱立安的父親是個粗魯的木匠，看不慣文弱書生型的朱立安，成天只捧書本。史丹達爾本身是粗壯肥胖的身材，描寫朱立安的纖細惹女人愛憐，其實是種心理的補償作用。此外，史丹達爾的父親是保皇派，虔誠的天主教徒，而史丹達爾則爲共和黨派，並反對宗教的霸權與虛僞，他崇拜拿破崙那種出身貧窮、富想像力又受良好教育的上進青年。史丹達爾曾閱讀《聖·海倫回憶錄》（*Mémoire de Saint-Hélène*），他將記憶超強、企圖心旺盛、騎馬英姿的美好形象加諸於朱立安身上，小說中朱立安所常捧著的書，則正是《聖·海倫回憶錄》。綜合以上朱立安與史丹達爾雷同的特點，我們不難看出史丹達爾是同情朱立安的。爲了寫好這「野心勃勃」的年輕人，史丹達爾曾說：「我甚至想去迎娶我那年長的女鄰居，目的當然是爲了她的財產。我覺得，要犯罪不是不可能的。」可見他寫作時已「走火入魔」，十分投入朱立安這個角色中。然而，朱立安想殺黑納夫人的那段心路歷程，則是依據《法庭新聞》（Gazette des tribunaux）上

貝特的陳述。

朱立安‧索黑爾有如法國文學作品中達爾杜夫（Tartuffe）——假裝虔誠教徒的偽善者、瓦爾蒙（Valmont）——玩弄女人高手和杜華（Georges Duroy）——吃軟飯男人的綜合體。照理說，他的汲汲營營、處心積慮，應會遭人唾棄才對。除了前段所述的某些可取的人格特質外，我們發現，索黑爾之所以去刺殺黑納夫人，是因一時衝動，臨時起意的，並不像貝特，曾多次去信恐嚇對方；況且，人之將死，其言也善，在獄中，索黑爾著實好好地省思，悟出自己真正的最愛是黑納夫人，這些都增加了故事的浪漫性，也引起讀者的同情。而且，經過長期政治壓抑，法國大革命後，正值社會脫序混亂之際，對「投機主義者」而言，是個攀升社會階級，改變自己，飛上枝頭的大好機會。此時，在家庭中也發生變革，國家既非君主獨裁，依同理延伸至家庭，父親的權威也受到挑戰，《紅與黑》正突顯了父子間的衝突，這也是反應社會現實的一面，因而引起共鳴。

四、結語

貝特事件引起群眾譁然的原因，除了這是段罕見的不倫戀情外，其次是因為喋血事件竟發生在神聖莊嚴的教堂，貝特褻瀆了聖靈，罪加一等，再加上他欠缺悔意，對教會採取批判的態度。但史丹達爾本身也是反對宗教裡的偽善行為，藉由朱立安之口，提出控訴：「啊，就算我找到了天主教徒的上帝，我的一切到此也都要結束了」他這麼想著，「祂是個暴君，就因為如此，所以充滿了報復的念頭；祂的《聖經》不說別的，說的盡是可怕的懲罰。我從沒喜歡過祂，我從不相信有人是真心愛祂。祂是冷酷無情的（他想起《聖經》裡的一些片段），祂會用某種可怕的方式處罰我。我一向熱愛真理……但真理何在？」此外，朱利安出身平凡，竟還「始亂終棄」，又攀上權貴之女馬蒂德，他「誤闖」上流社會，顯然是個不受歡迎的入侵者。

小說原是虛實混雜的，但教廷竟「認眞」起來，於1864年將《紅與黑》，甚至史丹達爾所有的「愛情故事」全列入禁書之列，一直到1966年禁書目錄廢除後才正式解禁。1850年，在俄國，沙皇尼古拉一世以維護政治、宗教、民族性爲豪，亦將之列爲禁書。1939年，西班牙也發生了一場類似的運動，在法朗哥獨裁統治下，這部小說被人從圖書館中剔除。

　　拉法格事件和貝特事件只是個引子，其實《紅與黑》所揭示的，並非一單純的色情暴力社會事件，而是史丹達爾嘔心瀝血地將個人對愛情的憧憬、家庭制度的挑戰（他終生未婚）、宗教的不滿、政治與社會的批評交雜在一起，發酵而成的鉅作。二十一世紀的今天，由於時空的差距，其中的眞實與虛構已不復重要，不過確實留下些許當代的鱗爪！

巴爾札克

（Honoré de Balzac，1799-1850）

　　從巴爾札克成名開始，新聞記者和插畫家便擁有他的肖像，他過世後傳記陸續出爐，包括泰奧菲爾‧高提耶（Théophile Gautier）、雷昂‧勾斯瀾（Léon Gozlan）或其他名人所寫的，許多作家也對他很有興趣，其中有史蒂芬‧史維格（Stefan Zweig）和安德烈‧莫華（André Maurois）。關於巴爾札克及其家庭的文章更是不計其數，近年來漫畫與電視亦推出不同版本的巴爾札克一生傳奇。

　　每部傳記都賦予巴爾札克一個新觀點，提及的是十九世紀沒注意到的問題，也評論一些久遠的事件、表達新的好奇。一本成功的作品會促成傳記誕生，然而巴爾札克的傳記幾乎與寫作本身無關，而是著重在將他塑造成一名偉大的作家，更勝於描述他的一生。漫畫和電影則以慣用手法描繪這位「偉人」以吸引廣大群眾。而他的財務窘困一直是當代人們關切的話題，直到二十世紀，大家才對其戀愛故事、工作方式或母子關係產生興趣。不過，他兩本記事簿早已清楚顯示，他有時與幾位女作家過從甚密，甚至和厄建‧蘇（Eugène Sue）共有一個情婦達數月之久。

巴爾札克傾向結交比他年長的女性，而他的愛情啟蒙者德‧貝尼（Mme de Berny）夫人在他們相遇時已經當祖母了。蘿荷‧依那（Laure Hinner）是宮廷豎琴師之女，在法國大革命之際嫁給德‧貝尼伯爵，在這段不幸福的婚姻生了九個孩子，而後與拿破崙家族的摯友安德烈‧甘比（André Campi）維持了一段長久的關係。接著至1821年起，對巴爾札克「不僅是一位朋友、是個姊姊，更像母親，甚至尤勝於此……簡直就是位女神」。雖然「雀屏中選」的她對《婚姻生理學》（*La Physiologie du Mariage*）表面上的厚顏無恥感到震驚，但她就是這本書的繆斯，作者將女性的憧憬與沮喪描繪得淋漓盡致。

　　巴爾札克曾經愛過的女性眾多，其信箋中表達得生動活潑：蘿荷‧達邦代斯（Laure d'Abrantès）、蘿荷‧德‧貝尼（Laure de Berny）、露易絲‧伯紐（Louise Breugnoit）、昂妮艾特‧德‧卡斯提（Henriette de Castrise）、瑪麗亞‧達米諾（Maria Daminos）、吉波多尼‧維斯康堤伯爵夫人（Guidoboni Visconti）、艾娃‧韓斯卡（Eva Hanska）、卡洛琳‧馬普狄（Caroline Marbouty）、奧林匹‧貝里西耶（Olympe Pélissier）、艾倫‧德‧瓦勒特（Hélène de Valette）、露易絲（她得以保住姓氏不曝光）……尚有一些曖昧的友誼，譬如與蘇瑪‧卡霍（Zulma Carraud）甚或喬治桑（George Sand）。

　　這些關係在巴爾札克生前很少被提及，新聞記者和漫畫家尊重其隱私，只做幽默式的總評——巴爾札克被三十歲的女子糾纏，他不是逃跑就是專橫地控制他人。這不是真正愛情的線索，只是諷刺方法，並且在他與韓斯卡夫人結婚時才登出來。

　　艾娃‧者烏斯基，後來的韓斯卡夫人，生於1805或1806年，係出波蘭

貴族家庭，因此會說法語，約莫1825年嫁給凡斯拉・韓斯卡。她先是在閱讀小說時發現巴爾札克，1823年3月她署名「外國人」，由奧迪賽寄了第一封信給他，兩人魚雁往返直到1848年韓斯卡先生過世，巴爾札克希望迎娶他「親愛的小狼」，她卻警覺到他無止盡的債務和風流韻事而打算和他分手，不過後來和好；他們並同遊歐洲，艾娃終於在1850年3月14日成了巴爾札克夫人。五個月後，巴爾札克回到法國，死在巴黎的旅館，這淒美的故事留下四百多封巴爾札克的信箋（韓斯卡夫人的信已遭銷毀），這是他文學作品中重要的一面，既是愛情小說、自傳、藝文界生活的記事，也是《人間喜劇》無可取代的評注。

巴爾札克在世時就是一位受矚目的小說家，事實上他和同時期的藝術界也多有接觸：小說家和詩人，如亞歷山大・仲馬、泰奧菲爾・高提耶、海因里希・海涅（Heinrich Heine）、雨果、喬治桑；還有音樂家，如白遼士（Berlioz）或羅西尼（Rossini）；畫家和雕塑家，如大衛・當傑（David d'Angers）或德拉克洛瓦（Delacroix）；插畫家如亨利・莫尼耶（Henry Monnier）和卡瓦爾尼（Gavarni）；還有出版商、新聞記者……十九世紀藝文界特別受推崇作家，與演藝界名人齊名，政商關係也很密切。

人們在巴爾札克過世數年後著手重寫他的愛情生活，有時會以很奇怪的形式出現。例如他在逝世三十多年後，於1881年以招魂方式寫出的《義大利之旅》（Voyage en Italie）。人們從中發現巴爾札克和當時陪他出遊的卡洛琳・馬普狄有不尋常的關係，而且相當美化馬普狄。

然而巴爾札克在他有生之年毫不遮掩風流韻事，最佳佐證就是那把土耳其玉權杖：公眾人物和私生活都因這象徵花花公子的信物呈現在世人面前，它如同作家的權杖、一個天賜隱形神奇配飾，向巴爾札克的真知灼見致敬。事實上，《人間喜劇》在出版數年後即主導文壇，而新聞記者和其他小說家

也未免把那根土耳其玉魔杖想得太偉大了，不過它倒是預示了巴爾札克今日的文壇地位。

《小氣財奴葛蘭岱》（*Engénie Grandet*, 1833）

拜金主義下的犧牲者：歐琴妮・葛蘭岱

對巴爾札克而言，1833年是關鍵的一年，他在此時出版《小氣財奴葛蘭岱》（原名：歐琴妮・葛蘭岱）並非偶然，這是四冊「私生活場景」（*scènes de la vie privée*）如《高老頭》、《三十歲的女人》外，另一系列書「外省生活場景」重要的轉折點；同時，這也是他感情生活的重要時刻。在本書題詞中，巴爾札克是獻給一位叫瑪麗亞的美女，這位女士確有其人，且巴爾札克也是以她來塑造歐琴妮・葛蘭岱的輪廓，但若更深一層的剖析，才發現本書其實是獻給熱戀對象韓斯卡伯爵夫人的，意指不論天荒地老，巴爾札克會像歐琴妮般癡心，等待美人奔向自己的懷抱。

此外，巴爾札克也將其跌跌撞撞的個人生活，結合了法國大革命後紛擾的局勢，而完成此書。他就曾在《人間喜劇》的導言中說過：「……我不過是個歷史學家的書記而已，在列出善惡德性的清單，蒐集激情的故事，描繪各種個性，選擇社會上的主要事件，結合若干相同個性之特點並歸類的同時，我或許能寫出一部被歷史學家遺忘的歷史，即風俗史。」

本書最精彩的部分，就是巴爾札克用漫畫式誇張的手法塑造了一個既貪婪又吝嗇的老葛蘭岱形象，他的一言一行，都表現了視財如命的個性：親情、友情對他來說都是些無聊的東西，但他曉得如何利用它們，就像他明白如何抓住時機買空、賣空、囤積居奇一般。

首先，我們都看出老葛蘭岱苛刻成性，早上分配麵包與食物，晚上分配蠟燭給妻子和女兒，只要跟開銷有關的事，他都要插手。再者，巴爾札克以大篇幅描述老葛蘭岱為了趕走姪子查理，故意裝出口吃的樣子，以使人相信他是個負債的兄長，其實他欲從中牟利的情景，實令人匪夷所思。後來，老葛蘭岱看到查理留下來的小金匣子時，眼睛為之一亮，原先盛怒的表情立刻堆滿了笑容，口中直誇女兒獨具慧眼，雙手企圖搶奪首飾盒，並拿出刀子要將鎖頭精緻的徽飾撬下來，這一幕更露骨地呈現他唯「金」是圖的本性。

　　而巴爾札克極盡諷刺之能事，更證明了「人之將亡，其言也善」對老葛蘭岱並不適用；在葛老頭的身上，我們見不著一丁點人性的餘暉；重病時，他窗口是鋪滿黃金的；當收租和進帳日子來臨時，他僵直的身體便活了起來，且叫女兒把錢裝在袋子裡疊起來，鎖在密室裡。臨終前，他要求將金子拿到面前，傻傻地盯著金路易，還說「它讓我暖和。」當神父來做法事時，他看到十字架、燭臺和銀製的聖水缸時，眼珠子竟活了起來。當教士把鍍金的銀耶穌聖像拿近他的嘴脣邊，讓他親吻基督時，葛老頭做了一個很大的手勢，想要抓住的竟是金子，而這最後的使勁，就成了致命的一擊，此乃「人為財死」的最佳寫照；另外，造成鮮明對比的是，女兒滴在他冰冷手上的熱淚，他則視而不見。最後的囑咐竟是「好好照顧一切，妳知道我那邊的東西（錢財）！」

　　此外，巴爾札克並透過老葛蘭岱的獨生女——歐琴妮的心路歷程及悲劇形象，控訴了拜金主義對社會的荼毒，當父親希望女兒在克于秀家族及格拉森家族擇一而嫁時，歐琴妮未正面頂撞，只是試圖做一些使大家族不悅的事，而這一切都讓她很高興。當風度翩翩的巴黎堂哥查理出現在女主角的面前時，那兩家人簡直就是鄉巴佬，早就被比下去了。在父權淫威下成長的歐琴妮，為了替堂兄準備一場豐盛的早餐，首度察覺自己開始「背叛」小氣的父親，並有罪惡感，但她已二十三歲，「決定順著自己的天性，不違背自己

的感情與感受」。連高個兒娜儂，也因查理而與她所敬重的主子老葛蘭岱起爭執⋯⋯。何況葛老頭對家破人亡的姪兒，自是百般嫌棄，還說風涼話：「這年輕人沒啥好的，他關心死者比關心錢還多。」從此刻起，歐琴妮更感受到父親的殘忍無情，她還爲了父親要查問金子的事，首次不惜與他爭辯。這些事件似乎令我們看到一絲女性意識的抬頭，至少歐琴妮不像葛蘭岱夫人般軟弱，不過歐琴妮仍是被情所困，她僅是從這個父權牢籠跳入另一個桃色深淵而不自知，事後亦不後悔。

巴爾札克在作品裡就多次提醒女人注定要以悲劇收場的原因：

1. 「女人的錯誤幾乎都來自對善的信仰或自認爲是對的。」這點與十八世紀薩德的看法不謀而合。

2. 「大部分情況，女人比男人有痛苦的理由，而且比他們更受苦。男人有他的力量及權力；他們做事、前進、幹活、思想、擁抱未來，並從中得到安慰。查理也是如此。可女人卻是停滯不前，帶著無法掙脫的憂傷面面相覷，跌落在男人爲她們挖掘的痛苦深淵裡，常常是帶著希望與淚水來滿足他們。歐琴妮也是這樣，她的命運就此開始。感覺、愛情、痛苦、奉獻，永遠是女人的宿命。⋯⋯」巴爾札克在此闡明當代男女處理感情和處事態度的不同，造成女性比較爲情所苦的現象，但並未提出解決之道。

3. 對歐琴妮而言：「她的初戀即唯一的愛，又是憂傷的起源。」難道巴爾札克的意思是，只要女主角無愛無戀，也就無所謂傷心可言？！

4. 「索繆爾的房子，那間沒有陽光、沒有熱氣、路樹成蔭、悲傷的屋子就是他生活的寫照。」歐琴妮因爲愛情，而體認到自我的存在，最後也由於愛情，縮回她那陰冷的角落。

其實，歐琴妮並沒有從這段心靈折磨中得到教訓，跳脫出男性宰制的天地，只知躲在娜儂的保護下，哭泣地說：「只剩我們倆了⋯⋯」、「只有

妳愛我。」但只要男方答應讓她保有肉體的聖潔，她願隨俗結婚；甚至守寡後，仍有再婚的念頭……。說穿了，她的生命就一直浪費在無盡的守候中，也無意與社會制度挑戰，是個十足的行屍走肉。

再者，巴爾札克乃沿襲了十七、十八世紀書信體小說的手法，將部分情節，藉魚雁往返巧妙地交代，例如歐琴妮閱讀查理寫給女友維妮和友人艾楓斯的信。原本查理對歐琴妮一家，甚至整個索繆爾而言，是個「闖入者」（intrus），而歐琴妮踏入查理房間，反而也成了「闖入者」，這一進一出的「窺探」頗具情色意味。又最後查理從印度衣錦榮歸，七年來沒隻字片語的人，動起筆來，必是無事不登三寶殿。信首稱謂是「親愛的堂妹」，而非「吾愛歐琴妮」；信中的內容可說是廢話連篇，重點只在信尾：「您可以用快馬幫我把小匣子寄到伊勒漢——貝騰德·奧比翁宅邸。」此刻查理已迫不及待地再度用小匣子當定情物，送給新歡奧比翁小姐了。七年來，藉著愛、宗教、對未來的信心活下去的歐琴妮，在看了格拉森先生寫給他夫人的信後，才更加了解查理的為人；愛雖幻滅了，但她對他仍是愚忠。這些年來，她唯一學會的，就是明白金錢的妙用，不過，當她周遭的男人都是可以用金錢來收買時，這世上就沒有什麼是珍貴的了。

《高老頭》（*Le Père Goriot*, 1835）

天才筆奴巴爾札克

巴爾札克是法國十九世紀的文學巨匠之一，他的一生就是一部傳奇：在少年時代，他比同年齡伙伴酷好閱讀，尤其對哲學感興趣，觀察力也十分敏銳。他曾習法律，當時正值拿破崙執政晚期。巴爾札克本人較偏好寫作，但父母親對此其實是相當有意見的，認為筆耕豈能溫飽？他則發出豪語：「拿

破崙的劍所達不到的地方，我的筆辦得到。」

　　我們很難統計出巴爾札克作品的正確總數，因為他在寫作初期，曾用不同筆名撰寫小說，並在一些小報刊登文章；後來由於試圖投資出版事業失敗，負債累累，只好躲起來拼命寫作以償還債務。光是以「人間喜劇」為名的系列小說，就達九十多篇，其中有兩千多個人物，內容從家庭祕辛到大銀行內幕，貴族沙龍文化至升斗小民生計，巴黎生活乃至於鄉村風情，不一而足，可說是法國十九世紀前半期，社會寫實的一個縮影。

　　自1830年起，巴爾札克在名字前冠上「de」，以表身分之尊貴，後來曾兩度被提名進入法蘭西學術院未果，自尊心受極大打擊，不過大文豪雨果和拉馬丁則都支持他。巴爾札克一生的另兩件憾事是，無暇顧及他熱衷的政治與戲劇。

　　巴爾札克的人格特質是非常需要獲得大眾的肯定，超量創作，亦是他自我實現的一種方式；成名後，光是稿約就應接不暇，而戀愛則為其寫作的靈感來源之一，何況巴爾札克自知並非俊美，作品受女性歡迎，很能滿足他在巴黎社交圈的虛榮心。再者，他自幼不得母親的喜愛，因此有人從心理層面分析，認為巴爾札克往後情婦都較他年長，或許這可作為彌補其幼時缺乏母愛的遺憾吧？！

　　而在巴爾札克周旋於女人之間的戲劇人生中，最令人津津樂道的，是他與韓斯卡夫人的戀愛史：韓斯卡夫人是波蘭人，本為巴爾札克的忠實讀者，直至1833年，在瑞士首度碰面，兩人雖互表情意，但一直等到1841年夫人寡居後，才更密切往來。1850年3月，巴爾札克逝世前五個月，這對常兩地相思的情侶方結為連理。然而沉重的工作和濃烈的咖啡，早已損毀作者的健

康，身心俱疲的他，以五十一歲英年辭世，雨果還爲他致哀悼文。

包了糖衣的薩德式小說

　　《高老頭》的內容簡而言之就是一個父親過分溺愛兩個女兒，最後落得晚景淒涼……。本書結構十分清楚，共分爲四章：一、平民宿舍；二、初見世面；三、鬼見愁；四、父親之死。第一章中，作者立刻將平民宿舍中的三個主要人物點出來：哈斯提涅，修習法律的窮學生；佛特漢，外表開朗，但個性深沉，權力慾極強的神祕人物；高老頭，本是細麵條商，偶爾有貴婦人前來造訪。第二章則以描寫哈斯提涅如何打入上流社會的奮鬥歷程，以及爾虞我詐的愛情故事。第三章的主角，爲神祕怪客佛特漢，以「斯芬克斯」（獅身人面怪獸）形容他的亦正亦邪，再恰當不過了；這一章有點像偵探小說，情節曲折，扣人心弦。小說最後是以高老頭的孤寂而死作終結，但這卻是一場「人間喜劇」的開始。

　　此部作品極富戲劇性，首先就開門見山指出小說中的三位靈魂人物，他們同在一個屋簷下，分別與這個社會發生多重金錢及地位的糾葛，戲劇衝突很大。況且書中人物沒有所謂的絕對善與惡，作品甚至常流露出好心不一定有好報，莫非巴爾札克的小說，是另一種包了糖衣的薩德作品？！其中尤以佛特漢對哈斯提涅強勢洗腦的對話最爲精彩，讀者可能不禁和哈斯提涅一般，遭佛特漢顛覆，頓時對原來是非善惡判斷和標準產生極大的質疑。

　　此外，高老頭臨終前長篇的獨白是另一個重點，巴爾札克將父親對女兒愛恨交錯的複雜情緒激化到最高點，對人類的自私、虛榮又做了一次赤裸裸地剖析。最後，巴爾札克並以哈斯提涅語帶埋葬所有理想，充滿挑戰意涵的短句：「現在輪到我們了。」（A nous deux, maintenant.）作結束，鏗鏘有力。

有趣的是，本書雖名為《高老頭》，然而對哈斯提涅的刻劃最為生動活潑，仔細分析，不難發現他即是巴爾札克的化身，因此也有人將本書歸納為自傳體小說；他們兩人同年誕生，都是從外省來巴黎讀法律的窮學生，欲靠裙帶關係躋身社交圈（巴爾札克的後臺是貝尼夫人，哈斯提涅的靠山為鮑賽昂夫人）。而無獨有偶，他筆下的哈斯提涅，又與史丹達爾《紅與黑》中的索黑爾（Sorel）有幾分神似：他們都是外省來的年輕窮小子，羞怯而天真，但終因旺盛的企圖心，難逃金錢、權位與美色的誘惑……。不過，當代的小說中，此類人物亦比比皆是，似乎並無時空的界線！因此，能否引起讀者的興趣，巴爾札克的寫作技巧就變得十分重要了。

　　莫里亞克認為《高老頭》是巴爾札克「人間喜劇」系列中精彩人物的大集合；所以，未閱讀過巴爾札克《高老頭》的，等於不知道「人間喜劇」為何物，巴爾札克為何許人，十九世紀的法國社會現象如何。而毛姆更將《高老頭》列為世界十大小說之一。

 雨果

（Victor Hugo，1802-1885）

 生平

　　雨果1802年生於伯桑松（Besançon），是拿破崙一個手下的兒子。自小隨家庭到處旅行，少年時曾定居巴黎，早年即立志要當文學家，他曾說過：「我要做夏多布里昂，或者什麼也不做。」又雨果正趕上浪漫主義盛行時期，他發表了《東方詩集》（les Orientales）很受注目。1830年，他的劇本《埃那尼》（Hernani）造成轟動，並使古典文學不得不向浪漫主義稱臣，他儼然成為浪漫主義文學運動的領袖。後來他與相戀結合的妻子反目，幼子夭折，愛女又遭溺斃，次女因愛上一個風流軍官，最後得精神病；這些家庭變故都曾使他消沉。後因女伶茱麗葉・德魯耶（Juliette Drouet）獻出真情，才使他振作起來。1840年因參加政變，反對拿破崙三世，被放逐海外長達十九年，而《悲慘世界》（Les Misérables）就在當時寫的。1870年法國帝制瓦解，他又重回巴黎。1885年逝世，法國政府並為他舉行國葬，並被埋在先賢祠（Panthéon）。

《一個死囚的末日》
(*Le deriner jour d'un condamné*, 1829)

一、摘要

　　《一個死囚的末日》主角是一個被監禁在牢房中，與世隔絕的死囚，描寫的是他的內心處境及思想活動。他由個人的感受及個人命運的感嘆轉向對社會問題和生存問題進行思索及質疑。囚犯非常珍惜人生的每分每秒，以速記式的筆觸，寫下自己的心路歷程，他並不想死，仍寄望可以活著，其間最強的支持便是他的家人，最大的牽掛就是他的女兒。

　　雨果是位人道主義者，認為決定他者的生死，基本上就是暴力行為，因此反對死刑。在這中篇小說中，他依少年時期親眼目睹，揣摩主人翁敏銳的洞察力與對生命的執著。我們也可說，死囚道出了雨果本人對此議題的看法，也令讀者感受到這是部心有戚戚焉的感人作品。

二、雨果對死刑的省思與辯證

　　在省思與辯證中，雨果具崇高的位置，原因有二：

　　首先，因為他執意廢死，持續六十年。第二，他義正嚴詞的駁倒了贊成極刑的人，並且他貼切的論點一世紀後仍無懈可擊。

　　有人認為：

❶ 死刑殘酷

　　猶記得在法國，廢除死刑的決定性爭議，就在於這種刑罰太殘

忍，而且本身就是個野蠻判決，冷血無情，這也正是大家對殺人者的責備，雨果則稱之爲「合法的殺人」。1862年雨果在一篇文章中曾描述此種野蠻刑法，這也說明了他力爭不懈的原因：

「巴黎在1818或1819年的一個夏天，快正午，我經過法院廣場。那兒有一群人圍著根柱子，我湊上前去。柱子上綁了一個頸上了枷鎖，頭上寫字的人，有位年輕女人和一個小女孩，而裝滿熱炭的爐子放在她腳跟前，火鉗子叉在火炭裡，都燒紅了，群眾似乎很得意。這女人犯的錯，法律上稱之爲家庭竊盜，其實就是報假帳、揩油。突然，正午鐘聲響起，女人後面，有個男人上了斷頭臺；我察覺到那女人的粗呢囚衣後邊有一個縫，用繩子綁著；男人迅速地解開繩子，剝開囚衣，拿了火爐內的鐵鉗子，往她的背後燙，在裸肩上用力地壓。劊子手的拳頭和鉗子在白煙上中看不見了。四十年後，我耳邊仍有那受刑人的慘叫聲。對我而言，她是個小偷，那是種折磨。我當時十六歲，下定決心，永遠對抗惡法。」

❷ 死刑的威嚇特質

死刑眞的可以嚇阻罪犯嗎？雨果反對：「我們否認酷刑的情景產生人們所期待的效應……回復到十六世紀，回復各種酷刑……回復絞刑，火刑，五馬分屍……粗糙的說，裝枯骨的地窖，它的樑，它的鉤子，它的鎖鍊，它的骨叉……。」

他還說：「現在執行死刑把斷頭臺藏起來……不再示眾，群眾沒有呼喊，它避開市集的日子，午夜才行刑……在美洲及普魯士，都是在密室中吊死和斬首。」如果死刑具嚇阻作用，爲什麼要躲起來執法？此外，假如死刑眞的有嚇阻作用，那麼如何解釋死刑犯的人數有增無減？

❸ 社會有權報復

針對這點雨果也表示了他的看法：

「報復屬於個人，懲罰是屬於神的。社會則介於二者。處罰凌駕其上，報復則在它之下。不應該『爲了報復而懲罰』，應該糾正，以期改善」。

我們很詫異在傳統的天主教國家會贊成這種多餘的死刑。除非如《舊約》中所說「你將絕不殺人」，這還稍可理解，但卻流於詭辯。再者，雨果認爲，同等報復的法律會轉向攻擊司法，以暴制暴，這並非解決之道。

❹ 消滅犯罪

罪犯不該從社會中消失嗎？雨果回答：「如果只爲了這一點的話，終身監禁就足夠了。」這些決定性的論據，無懈可擊，可以彌補司法可能發生的誤判。事實上，現實令我們得知，司法的錯誤並不少。若僅爲了不願「浪費社會資源」，而枉顧人命，難道這是節省社會資源的良方？

事實上雨果1863年便寫道：某些文明國家如今已取消死刑：人道的不可侵犯性爲所有原則的出發點，若達成哲學眞理、社會現實，並消除嚴峻血腥的文明，將是十九世紀的榮耀。

在法國，人們等了一世紀，才遣散劊子手和擱下斷頭臺不用，然而執行死刑的方法日新月異，甚至可做到安樂死，但不論如何，重點是，剝奪他人生命就是不仁的行爲，以暴制暴只可能釀成更多悲劇。事前教育，事後感化，或許才是比較釜底抽薪的辦法。

 大仲馬

（Alexandre Dumas Père，1802-1870）

 生平

　　大仲馬於1802年7月24日生於法國的維勒——科特萊（靠近巴黎），與母親相依為命，到了十三歲還沒念過什麼書，整天在森林遊蕩。後來去公證人事務所謀得見習生的差事。大仲馬認識了一個叫阿道夫的貴族朋友，引導他進入文學殿堂，阿道夫帶著大仲馬認識戲劇，以及拉馬丁等詩人作品，於是大仲馬立志要成為一個作家，拿了打彈子贏來的九十塊法郎，前往巴黎打天下。一位將軍看在他父親的面子上，又見得他寫了一手好字，推薦他到奧爾良公爵府裡當文書，他始能勉強餬口。大仲馬經常替法蘭西話劇院騰寫劇本，貼補家用，後來忍不住技癢也自己寫劇本，三年後他的第一齣劇《亨利三世與其宮廷》使他在文學界嶄露頭角。1844年的《基督山恩仇記》則讓他成為家喻戶曉的作家，從此聲名不衰。他一生著有一百五十多部小說，九十多個劇本，文集二百五十卷，創作量驚人，作品多達兩百七十餘種，甚至還寫了一部《烹飪大全》，在法國通俗文學中的魅力歷久不墜。

　　生性豪爽的大仲馬在成名後十分奢侈，經常遊歷四方，足跡遍及整個歐洲，他以「基督山伯爵」自居，不惜花費巨資二十萬法郎，在巴黎附近的聖日耳曼昂來森林裡蓋了一座新歌德式的基督山城堡，在那裡款待朋友與情婦

們，舉行盛宴和舞會。1847年7月25日，美食家大仲馬宴請五十位客人，也包括法國大作家巴爾札克。他在一片森林中以同樣名稱建造了另一個城堡式的別墅。

生活上一擲千金，使他常常大量的負債，必須靠大量的作品賺取巨額的稿酬，託人代寫捉刀成為必要的手段，因此他的作品良莠不齊，飽受研究者的批判，由於揮霍成性和創造力的枯竭，晚年的大仲馬非常貧困，為了抵債，他將兩座城堡都拍賣了。他的最後一位情婦是美國女演員阿達‧孟肯，後來演戲時墜馬摔死。半個月後，大仲馬去世，享年六十八歲，小仲馬整理他的遺物時，發現家裡只剩下最後幾塊錢。

2002年，法國總統席哈克宣布，將大仲馬移靈巴黎的先賢祠，始得與作家雨果、左拉等人共享殊榮。

《三劍客》（*Les Trois Mousquetaires*, 1844）

大仲馬是法國文化資產中的一塊璞玉，1802年，在法國誕生了兩位文學奇才：雨果和大仲馬。長久以來，學術界對雨果推崇備至，然而與前者相比，大仲馬似乎就相形見絀了。後者遭漠視的原因是，他常和別人集體創作、道德觀念不夠純正、老把戲劇和小說兩種不同的文類混寫，而且「大批製造」，品質堪憂，他因而被封為「小說製造工廠廠長」、「通俗小說之王」。但難道不是有人因為嫉妒他的作品遭大眾喜愛，本本暢銷而刻意詆毀嗎？

直到1985年，克勞德‧修普（Claude Schopp）的博士論文，算是替大仲馬「平反」了。歷史學家亞蘭‧德高（Alain Decaux）並成立了大仲馬之

友會，藉其兩百年誕辰之際，寫信給席哈克總統，表彰作者對文學及歷史的貢獻，並於2002年10月3日移靈至先賢祠（法國歷代偉人墓園）。相信大仲馬地下有知，對這遲來的肯定，必頗感欣慰。

在大仲馬六百零六本小說裡，以十七世紀路易十三王朝爲背景的三部曲最具連貫性：《三劍客》（*Les Trois Mousquetaires*, 1844）、《二十年後》（*Vingt Ans Après*, 1845）、《布拉熱洛納子爵》（*Le Vicomte de Bragelonne*, 1848-1850）。此外，《瑪歌王后》（*La Reine Margot*, 1845）和《基督山恩仇記》（*Le Comte de Monte-Cristo*, 1844-1845），也都是家喻戶曉的精彩小說。不過，公認爲最經典的，莫過於《基督山恩仇記》和《三劍客》。

一、故事摘要

《三劍客》（中譯本亦曾被譯名爲《俠隱記》）實際上是有四位主角：寡言重諾的阿多斯因交友不愼，導致原爲地方領主的他，自我放逐，成了火槍手；粗獷高大的波爾多斯因追求財富，成爲火槍手；矢志做教士的亞拉密斯，則因經歷一番風流韻事後，而當了臨時火槍手；失意的貴族子弟達泰安，因家道中落，當起火槍手，希望有朝一日能飛黃騰達。他們四人是在一次決鬥中，結爲好友。

小說中除了強調男性的兄弟情誼外，還穿插了兩則愛情故事：一、達泰安愛上安娜王妃的忠心侍女康絲坦司，並和他的三位夥伴開始爲王妃效命。二、安娜王妃與白金漢公爵相戀，並贈公爵一條鑲了十二顆鑽石的項鍊做爲信物。首相呂希留主教得知消息，建議國王路易十三要王妃在宮廷舞宴時務必戴上它……，這無非是企圖對王妃的貞操提出質疑，也藉此間接削弱路易十三的威信。

爲了破解呂希留主教的計謀，達泰安和另外三個同伴便趕往英國，向白金漢公爵討回項鍊。經過多重波折，達泰安終於完成任務。但呂希留派去的米萊迪（阿多斯的前妻）也毫不手軟，她找人刺死了白金漢公爵，又毒殺了博納修太太。最後達泰安等人活捉了米萊迪，並將她繩之以法。呂希留主教十分氣惱，卻不得不擢升達泰安爲火槍營副統領。

　　而新教徒聚集的拉羅謝爾城失去英國人的支持，只好投降。波爾多斯和亞拉密斯陸續退出了火槍隊，前者娶了貴夫人，後者進修道院，僅阿多斯留下，直到1633年才離開。

二、《三劍客》故事眾說紛云

　　自《三劍客》問世以來，無數版本的作者名都印上大仲馬，其實，他並非這部小說的唯一作者，奧古斯特・馬凱也參與創作。據馬凱本人說：「憑著年輕人的熱情，甚至在尚未商定提綱之前，我就開始寫了十幾卷。經驗豐富、才華洋溢的大仲馬，成功地參與其事，最後我們共同完成它。……」從一些他們往來的信札中，亦可證明，大仲馬除了自己動筆外，還給馬凱不少十分具體、細膩的指導，他們可說是本作品的總工程師。

　　可是，對《三劍客》做出貢獻的，並不只大仲馬和馬凱二人，據法國文批家阿爾梅拉在《亞歷山大・仲馬和〈三劍客〉》一書中曾指出：「三位才華大相逕庭的作家共同寫出這部小說：庫爾蒂茨設定了梗概和情節；馬凱擬了初稿；大仲馬賦予了它生動的敘述、對話、風格與生命。」這段話不僅充分顯現大仲馬和馬凱在《三劍客》作品中所扮演的角色，且給予提供本小說主要素材的庫爾蒂茨一個適切的歷史定位。

大仲馬曾在《三劍客》的序言裡聲稱：「……為了編寫一部路易十四的歷史，我曾到王室圖書館搜尋資料。」這並非實情，馬賽市立圖書館的一張卡片證明，大仲馬是於1843年自該館借了庫爾蒂茨所著之《達泰安回憶錄》一書，但並未歸還，而《三劍客》中的確向這本書借用了不少人物及情節。

據考證，達泰安確有其人，本名是呂皮阿克，原為平民，因兄長在御前火槍營立功，故取得貴族身分，賜姓達泰安。阿多斯等三人原本是表兄弟，亦都於1640年前後成為火槍手，克爾蒂茨將他們寫為親兄弟，大仲馬則把這四個人改寫成來自法國各方的英雄好漢。此外，在庫爾蒂茨筆下，達泰安初抵巴黎結識的小酒館老板娘，於《三劍客》裡變成惹人喜愛的康絲坦司，並將安娜王妃的持衣侍從與梳妝女官兩人的遭遇，都加在康絲坦司頭上，這替小說增添許多曲折動人的插曲。而庫爾蒂茨筆下米萊迪的故事，只限於談情說愛，但大仲馬將之融於驚心動魄的政治鬥爭中。我們不禁要讚嘆大仲馬選材的功力，豐富的想像力及改變歷史的卓越才能，還有提高女性在歷史小說裡的重要性。

三、結語

如果我們說雨果是思想派，那麼大仲馬就屬於行動派。其實，大仲馬在小說界嶄露頭角之前，他的劇本早就大受歡迎。因此，我們不難發現作品中人物活靈活現，言語簡短生動，節奏輕快，動作栩栩如生，難怪多位導演將其作品改編後搬上大銀幕，其中尤以《三劍客》的版本最多。事實上，大仲馬寫歷史小說，旨不在描摹歷史，他曾發出豪語：「什麼是歷史？就是給我掛小說的釘子呢。」由於他的黑人血統，在當時法國文學界遭受歧視，於是他想，至少，寫歷史小說，不會被譏為憑空杜撰，且又符合當代讀者口味，

何樂而不為。但是，大仲馬在寫《三劍客》前下了不少功夫搜集資料，路易十三的意志薄弱和昏庸無能、呂希留的老奸巨滑、二人權力的矛盾、還有國王與王后的互不信任、新舊教徒的衝突……在小說中皆多所著墨。

不過，《三劍客》的重點畢竟是達泰安和另外三劍客的傳奇故事，讀者喜歡的是大仲馬作品中風流俠義的英雄人物，而在他們身上，我們也間接欣賞了十七世紀法蘭西人民特有的精神風貌。法國學者白里戈在《亞歷山大・仲馬》一書中的闡述，最淋漓盡致：「達泰安、阿多斯、波爾多斯和亞拉密斯這四位英雄人物的魅力，在於一種濃烈的法蘭西情感。熱烈的意志，貴族的傷感，有些徒然的強大，加之微妙多情的風雅，這一切都將他們塑造成勇敢又輕佻的法蘭西縮影。……有些羅曼蒂克的達泰安，隱瞞自己身分與愛情的貴族阿多斯，瀟灑並具宗教氣息的亞拉密斯，愛用手指撫摸短鬚的波爾多斯，這四位好友代表我們國家中東、西、南、北的四方好漢。」

再者，人們常把《三劍客》的風靡，和狄福的《魯賓遜漂流記》當年在英國引起的轟動相提並論。其中最畫龍點睛的一句話，莫過於有人說：「如果此刻在某個荒島上有個魯賓遜，他會閱讀《三劍客》。」那麼若與金庸的武俠小說相比，我們是不是也可以說：「亞拉密斯在修道院裡，除了唸《聖經》外，就是看《天龍八部》？」

 梅里美

（Prosper Mérimée，1803-1870）

　　1803年，梅里美生於巴黎，父親為畫家。他在法律方面學有所成，且廣交藝文界的朋友，如德拉克瓦、史丹達爾等人，並以其才華與博學，而獲得眾人青睞。1825年，曾翻譯西班牙一位女演員作品成名，出版了《卡拉·加蘇戲劇集》（*Théâtre de Clara Gazul*），深受好評，同時也成為沙龍界的新寵。1830年幸得拿破崙三世王妃的母親——蒙奇賀伯爵夫人（Comtesse Motijo）知遇，當了王妃的心腹。1832年，受命為史記督官，被派往歐洲各地勘察瀕臨崩塌的歷史建築，並盡量恢復其舊觀。他甚至常以唐璜自居，鬧出花邊新聞。1845年，梅里美發表了《卡門》，因此名聲大噪，並於1847年出版。次年，又出版《可倫巴》（*Colomba*），故事是以科西嘉島為背景。梅里美晚年致力於研究與介紹俄國文學，1870年與世長辭，得年六十七歲。

《卡門》（*Carmen*, 1845）

一、小說源起

步入中年的梅里美，和他的好友史丹達爾一樣，厭倦了中產階級的偽善和矯飾，於是在他的作品中，出現強盜作風的主人翁。他們行爲或許魯莽、言語或許粗鄙，但卻十分自然，頗能反映當地風情。而作者尤其對科西嘉、西班牙或波西米亞人充滿地方色彩的生活，產生濃厚的興趣，並詳加研究。作品最早的靈感之一可能來自福樓拜的《包法利夫人》中，艾瑪帶她的情人雷昂前往觀賞西班牙舞蹈。而我們也可在塞萬提斯《唐吉訶德》與《吉普賽女郎》裡的男主角身上，看到賀西的影子。當然，他的作家朋友嘉德隆（Estebanes Calderon）曾親自帶他逛賽維爾街道和了解安達魯西亞波西米亞人的生活，這點對其寫作亦很有助益。

此外，我們仍得追溯梅里美本身的愛情經驗：1830年七月，梅里美失戀，懷著一顆感傷的心，他隻身前往西班牙，這種移情作用，則塑造出女主角的形象：年輕、漂亮又迷人。她善於勾引，兼具野性美，使男人內心澎湃洶湧。雖然梅里美花了一星期閉門謝客，振筆疾書，完成了《卡門》，可是這部小說的醞釀期竟長達十五年，直到1845年才發表。由此可證明，「羅馬不是一天造成的」。

二、劇情簡介

一位考古學家在旅途中遇見一個神祕怪客，兩人頗投緣，但嚮導知道對方就是官府重金懸賞的江湖大盜賀西・那伐羅（José Navarro），於是跑去告密；考古學家則叫神祕怪客快逃，後來，他又在路上遇到一個吉普賽女郎，她帶他去住處聊天，突然有名男子闖入，那人正是賀西。幾週後，他折

返原地，卻聽說賀西被捕，於是前往獄中探視，賀西便將他與卡門的故事娓娓說給考古學家聽：

騎兵下士賀西被派到賽維爾的製菸工廠當警衛；有一回，女工卡門因鬥毆事件被捕，賀西在她甜言蜜語下將之釋放，結果不僅遭軍中嚴厲處分，更被降為普通士兵。卡門為表報答之意，於是奉獻了她的肉體，不過當賀西渴求再度見面時，女方悍然拒絕。日後，賀西禁不住卡門突然造訪的誘惑，兩人相偕出走，他並殺害了情敵中尉，因此加入卡門他們的幫派。

不久，卡門的丈夫加爾西亞（Garcia）越獄而歸，賀西在嫉妒之餘，藉口與加爾西亞決鬥，結果獲勝。此時賀西不僅在名義上成為卡門的丈夫，對她的愛亦有增無減，卡門對他卻日漸冷淡。原來卡門愛上一名鬥牛士路加司（Lucas），賀西一怒之下，將卡門拉到深山中攤牌談判，他抽出短刀含淚哀求卡門和他共同去美洲過新生活，然而卡門不為所動，賀西忍無可忍，最後用短刀將她刺死。

三、賀西遇上卡門

本作品採倒敘手法，考古學家扮演獨白者角色，主要人物是卡門及賀西。

❶ 卡門

卡門原意為魔法和音樂，梅里美選這個極富特色的名字，絕非偶然，比才將之編為歌劇，更是絕佳素材。卡門是個多情善變的謎樣女子，她個性獨立任性，愛好自由，過慣居無定所的流浪日子，撒謊、偷竊、放浪形骸則是家常便飯。這個妖冶赤辣的噴火女郎，頗諳如何點燃男性肉體慾火及浪漫幻想。她的皮膚是發亮的古銅色，不時賣弄地扭著

她那有力的腹肌和腰部，加之酒酣耳熱，鮮少男人能逃脫這蛇蠍美人的股掌。她那披肩的黑色長髮及深邃的深褐色大眼睛，更增添其神祕嫵媚的氣息，誰敢正視她，就會被一雙懾人的眼神勾了魂。當卡門拋下耳際致命火紅花朵，黑貓突兀地匆匆掠過，撲克黑桃的出現，似乎都為這場悲劇埋下了伏筆。

❷ 賀西

賀西本是貧苦出身的巴斯克人，努力上進，充滿理想與抱負，盼望有朝一日在軍中出人頭地，以光耀門楣。然而碰上了要命的卡門，際遇逆轉，賀西為她由官兵淪為強盜，並經常處於善與惡、靈與肉的掙扎。原來家鄉的女友是個單純樸實的金髮女子，千里尋他卻已枉然。難道這應驗了「女人不壞，男人不愛」的說法？後來賀西以決鬥方式除掉卡門的丈夫，但卻未因此鞏固兩人的情感，當第三者鬥牛士出現時，卡門喜新厭舊、不安於室的本性便流露無遺，當歌劇中「…toréador, toréador…」之聲響起時，劇情再度緊繃。為了卡門斷送前程的賀西，於是興起帶她到新大陸，過新生活的念頭。無奈，過慣來去自如日子的卡門，怎麼可能跟一個已經不愛的男人離開自己熟悉的生活圈子，投奔另一個陌生的國度？事實上，他們的衝突點是無解的，最終只有死亡一途，而賀西所採取的激烈方式幾乎是等於同歸於盡、玉石俱焚。

四、《卡門》的命運

小說《卡門》初問世時，得到的回應是譏諷多於欣賞。原因是當時文壇人士認為，梅里美這個花花公子，只不過是寫了一本三流的中篇言情小說，姑且拿稿費「買條蕾絲內褲穿穿罷了」。它的架構鬆散，內容過於寫實，人物個性詭異，不符合中上階級的口味。

直到音樂家比才（Georges Bizet, 1832-1910）發現了《卡門》這塊璞玉，作曲家萃取其中精神——強烈炙熱的情感：激情→嫉妒→致命，再配合西班牙舞曲佛朗明哥的節奏，將劇中人的愛慾情仇激化到最高點，觀眾情緒也被牽引得起起伏伏。卡門這個「妖女」令男人又愛又恨，又癡又迷，這齣歌劇亦激起男性潛藏於內心深處那股原始動物的狂野，滿足了男人對異國情調及「畸戀」的性幻想。和《紅與黑》一樣，其中這兩種強烈的對比色，充斥於觀眾的眼前及腦海，難怪尼采要說：「這是繼史丹達爾以來，描寫激情的最佳作品。」

五、延伸探討

當唐璜遇見卡門——唐璜與卡門的宿命

唐璜與卡門都是西方經典文學中的傳奇人物，但將這兩位時代背景不同，性別、信仰和社會階級差異甚大者相比，似乎有些不倫不類；不過，當仔細研究二者的「放蕩行止」、魅力，以及故事發生的地點，其相似處不得不令人產生許多聯想，因此很好奇想進一步去了解和分析比較這兩部經典。上述若干不同的元素，造成兩人相異的境遇，但他們終究都走向死亡，這是宿命，抑或天譴？

莫里哀的《唐璜》是以戲劇形式呈現，而梅里美的《卡門》則是部中篇小說；經過時間的淬鍊，兩部佳作分別被莫札特與比才改編為歌劇，並發揚光大。不同方式的藝術呈現，它們之間是相輔相成，或是互別苗頭，這也頗值得玩味。

❶ 命名

兩部作品皆以主角姓名爲題，因此讀者或觀眾一目了然，這是較傳統的命名方式。

(1) 唐璜（Dom Juan）

Dom在西班牙文中，意即先生、老爺，在當時雖是對貴族的稱呼，但唐璜僅止於是個小貴族罷了，並非什麼大王公國戚。

(2) 卡門（Carmen）

光Carmen一個字，便有三種詮釋；

1. 它的字根來自拉丁文，推到法文則是Charme，魅力的意思。
2. 此外，它還有「歌唱」（chanter）的意思。
3. 它是種「魔咒」、「預言」。當卡門這「巫女」將耳邊的花朵丟向賀西時，就如同向他下了蠱！

至於《唐璜》，它並非莫里哀的創作，早在中世紀多里蒙（Dorimon）和魏里耶（Villiers）已寫過《唐璜》；而莫里哀在《僞善者》一劇慘遭禁演後，一方面想找個賣座的舊戲碼，救個急，一方面也不想放過那批嫉妒他的對手，於是稍加改編了《唐璜》，譬如，和窮人對話的那一幕就是新增的。因此，莫里哀便搭原《唐璜》的順風車，也未更名。然而《卡門》則不然，雖然梅里美號稱兩週即完成大作，並被某些人譏爲那稿費是拿來買繡花內褲用的，但他對吉普賽文化的了解及字裡行間的字斟句酌，甚至書名的推敲，並不像可以一蹴而成的，其實梅里美的考古學修養深厚，再加上文筆流暢，才有辦法完成此佳作。

❷ 發生地點

不謀而合的，故事發生地點都在西班牙的賽維爾。這到底是個什麼謎樣的城市？難道是所謂製造浪男蕩女的淵藪？

首先，這兩個故事都發生在異國，因此可避開直接影射某人的嫌疑：當時的輿論認爲，只有他國才會發生這種傷風敗俗的事情，而且故事也因此極富異國情調，更引人遐思。尤其賽維爾原是摩爾人的勢力範圍，充滿穆斯林的東方情調，在十九世紀末，以製造菸草著名，而菸草又是紙醉金迷的象徵之一，當煙霧瀰漫之際，更增添卡門的神祕性和賀西的頹廢感。

❸ 出身、外表

唐璜雖不是什麼大貴族，但乃貴爲子爵，他的地位或許未必比來往的朋友高人一等，但擄獲美女芳心的紀錄可是無人能出其右（在莫札特歌劇中，由Mil et tre〔一千零三〕一句，即可得知）。他的裝扮、地位等客觀條件，再加上善於誘拐女人的個性，似乎印證了「男人不壞，女人不愛」這句名言。

至於卡門，她的身上流著吉普賽人的血液，喜愛自由、講究義氣，不過既狡猾又好騙人。一雙烏溜溜的亮眼及亮黑的長髮，別上朵豔麗的紅花，愈發火辣冶豔。吉普賽人到處流浪，四處爲家，通曉人情世故與夾縫求生的本領一流，身爲女性的卡門，自不會忽略本身的優勢，往往會不擇手段，以色誘達到其最終目的。

❹ 色男對浪女（homme à femmes V.S. femme fatale）

在莫里哀的話劇中，唐璜先遺棄妻子艾薇兒（Elvire），又勾引夏洛特（Charlotte）和馬杜琳（Mathurine）兩個鄉下女子，看來遭誘拐的女人並不眾多；不過，這是蜻蜓點水，象徵唐璜不論貴婦或民女，一概來者不拒。

又，表面上這是個愛情劇，事實上，莫里哀要探討的是更深一層人性問題；艾薇兒當初是被唐璜從修道院中拐跑的，一旦到手，唐璜就離她而去。其實，唐璜真正要挑戰的對象是修道院的主人——神。而當唐璜見夏洛特和皮耶侯即將成親，進而從中阻撓，橫刀奪愛，他並非真的那麼喜歡夏洛特，只不過想證明自己的男性魅力，且挑戰人們認為神聖的愛情與婚姻制度。在當時，婚禮也是在教堂內舉行，為神所許可的，他破壞體制，無疑也表達了對神祇的不敬。那麼安排兩個女人爭風吃醋的用意為何？這一幕頗逗趣，更突顯了人陷入戀愛時的盲目，還有唐璜玩弄女人的本事。每回女人一到手，拔腿就跑的就是他，可見他要的不是持久的愛情，而僅是被愛的感覺，因此對他而言，愛情、婚姻只是手段，並非目的。此外，唐璜戲耍窮人，要他詛咒神便賜他金幣的行為，其實也是試圖挑戰威權、神明。他曾向父親「懺悔」，請求赦罪，亦是愚弄父親認為人性本善，浪子回頭的信念。最後，他願赴石像餐宴，實質上也是基於不信邪，挑戰神明的心態。唐璜凡事都是有目的有原因的，並認為他必勝天。

至於卡門她曾勾引賀西的長官，也色誘賀西，她還有個獨眼丈夫，後來為了走私，又勾搭上一位英國軍官，最後甚至愛上鬥牛士……。她的豔史不斷，但似乎都不長久，顯示她不願受拘束、喜新厭舊的個性。而且其中不乏利用美色以換取物質上的需求，這不禁令人

懷疑，她是否明白愛的眞諦。其實卡門具十足野性美，她的愛是獸性的、率性的。因此當賀西想帶她遠走高飛，到新大陸過新生活時，正意味著她得放棄她以往流浪天涯自由自在的生活方式，放棄她的吉普賽同胞。況且，她已經厭倦賀西了，要她違背個人好惡到一個陌生的環境，比要她的命還痛苦……於是，她選擇了「宿命」——撲克牌告知她的命運只有一死。卡門基本上是迷信的，她並未向天挑戰，只是覺得自己劫數難逃，反而是向命運臣服。

❺ 宿命

「死有重於泰山，輕於鴻毛」，我們不能說唐璜與卡門之死有多悲壯，但在戲劇或小說中，如此這般的結局，必定有其涵義。莫里哀在寫《唐璜》一劇之前，已因上演《僞君子》，得罪了不少宮中的僞善及衛道人士，而遭禁演，他得趕緊找一齣保證賣座的戲演出，但莫里哀絕不甘心臣服於敵手的淫威，在字裡行間仍不忘暗諷那批人假道學、假正經，但戲的結局又得令一般人「大快人心」，因此唐璜遭天譴應該算是不錯的結局。但不少學者似乎認爲，其實莫里哀是同情唐璜的，因此只有上天才配懲罰他。

而卡門只是個世俗女子，加之她妖冶過人，「死有餘辜」。栽在自己情人手下，既悲情又淒美，這也符合了一般讀者對「壞女人」下場的期待，亦象徵再桀驁不馴的女子，也難逃父權的股掌。

於古典劇中，貴族是不會犯錯的，即使有差池，也唯有上蒼能懲罰他，況且男人玩弄女人，在當時也不算是什麼大罪，只是唐璜不願遵守上層社會的「遊戲規則」，才引發「天怒人怨」。而卡門乃一介小民，十九世紀末，就算是個吉普賽浪人，也不可一再逾矩，不守婦

道。蕩婦紅顏薄命也正合乎當時一般人的理解，但人們卻忽略了她也有表達情慾的權力。何況十九世紀時，歌劇是中上階級的一種消遣，卡門不僅在舞臺上吸菸，打群架，又宣揚愛情自由，如此「離經叛道」，自不可讓良家婦女師法，所以當時大眾認為她死有餘辜。

與其說這是宿命，不如說梅里美替他們的死亡做了註腳，當然也留下伏筆，讓讀者或觀眾去回味、深思或討論。

 ## 小仲馬

(Alexandre Dumas fils，1824-1895)

 生平

　　法國作家小仲馬，是著名作家大仲馬與一名女裁縫卡特琳・拉貝（Marie-Catherine Labay, 1794-1868）所生下的私生子。因此，小仲馬從小由母親獨力扶養，直到七歲時父親才正式承認這個兒子。小仲馬九歲時進入寄宿學校就讀，直到十七歲離開學校後，在巴黎過了一段紙醉金迷的日子，同時結識了巴黎高級交際花瑪麗・杜普萊希（Marie Duplessis, 1824-1847），並對她一見鍾情。

　　事實上，當時的小仲馬一直想躋身文壇，於是他開始蒐集巴黎上流社會的故事，試圖作爲創作的素材。另一方面，小仲馬卻對瑪麗・杜普萊希不肯離開上流社會表示憤怒，而寫了斷絕往來的信件。不久後，瑪麗・杜普萊希不幸罹患肺癆，終日臥病在床。西元1847年，瑪麗病逝於巴黎，令小仲馬悲痛萬分。之後，小仲馬便將這段故事寫成小說《茶花女》（*La Dame aux camélias*），小說發表後小仲馬一舉成名，更在友人的建議下，並將其改寫爲劇本。

　　西元1852年，小仲馬的戲劇《茶花女》初演時，大仲馬正在布魯塞爾

過著流浪的生活，小仲馬透過電報告訴父親：「第一天上演時的盛況，讓人誤以為是你的作品登臺了！」大仲馬則回電說：「孩子，我最好的作品就是你。」然而，當時的法國政府卻認定此劇不道德，而試圖予以禁演。儘管如此，《茶花女》哀婉動人的愛情傳奇，加上環環相扣的故事情節、緊湊的戲劇張力，仍然獲得大眾的好評，加演的場次更是場場爆滿。

西元1875年2月27日，小仲馬高票入選進入法蘭西學術院，並成為當時的院士代表。十九世紀法國小說家左拉在歡迎小仲馬入院的演講中說：「小仲馬為我們再現的不只是平凡的生活故事，而是富有哲理意味的狂歡節，只有《茶花女》是永存的。」或許是小仲馬的出身背景卑微，他的作品中，不難發現極力推崇家庭和婚姻的價值，在文學史的地位上，小仲馬也被視為近代「寫實主義」、「風俗劇」的代表，亦是法國戲劇從「浪漫主義」轉向「寫實主義」的重要作家。

小仲馬的作品數量雖然不及父親，但都是精鍊之作。其內容多以寫實的社會事件為背景，卻又不失其藝術價值。此外，小仲馬著名的戲劇作品則包含《上流社會》（*Le Demi-monde*, 1855）、《金錢問題》（*La Question d'argent*, 1857）、《私生子》（*Le Fils Naturel*, 1858）和《克勞德的妻子》（*La Femme de Claude*, 1873）等。它們較不為大眾所熟知，有待我們去發掘其精妙之處。

《茶花女》（*La Dame aux camélias*, 1852）

蒼白的紅茶花

法國大革命後，王公貴族式微，中產階級勢力抬頭，由於重商主義盛

行，經濟日漸繁榮，王室的奢華逐漸由資產新貴承接。花花世界巴黎流動人口增多，有些人便「飽暖思淫慾」，「享受」這種新特權；部分貧家女遂爲家計賣身，從而滿足了人肉市場的供需。十九世紀巴黎娼妓業發達，小說中常出現妓女這角色，如巴爾札克的《寵姬的璀璨與悲慘》（*Les Splendeurs et les misères courtisanes*），雨果的《悲慘世界》（*Les Misérables*），福樓拜的《情感教育》（*L'Éducation sentimentale*），莫泊桑的《菲菲小姐》（*Mademoiselle Fifi*）以及左拉的《娜娜》（*Nana*）。歷史學家戈班也曾對當代妓女的特質做了一番描述，他認爲她們善變、饒舌、好吃懶做、愛說謊、易怒又好賭，而且貪杯，尤其愛嗜苦艾酒。不過，她們的優點是：團結、喜歡小孩，並富宗教情懷，甚至很愛國。

小仲馬（1824-1895）是大仲馬的私生子，自己的身世難免對他心理上蒙了一層陰影，因爲他就是所謂「不符善良風俗的產物」，因此他對社會邊緣人有份莫名的同情與諒解。在撰寫《茶花女》之前，法國文壇並未注意到小仲馬這號人物，只以爲他不過是由於大仲馬的關係，才躋身巴黎社交圈，直到1848年作品發表時，才令大家刮目相看，《茶花女》隨即成爲十九世紀最暢銷小說之一。後來小仲馬又將小說改編爲五幕劇，政府竟以「該劇不符合道德規範」爲由，禁止上演；而以針砭社會不良習俗爲己任的小仲馬與官方抗爭達三年之久，直到1852年才在巴黎通俗劇院（Théâtre de Vaudeville）上演，結果盛況空前，世事荒謬，莫過於此。之後他急忙打電報給父親：「非常成功，我還以爲親臨您某部傑作的首演。」大仲馬則立即回電稱道：「我的最佳傑作是你，吾兒。」可見大仲馬是以小仲馬這個私生子爲榮的。而以愛國劇著稱的義大利作曲家威爾第（Verdi）也爲這部小說動容，於1853年將《茶花女》這個故事改編爲淒美愛情的歌劇《*La Traviata*》，若直譯劇名，則爲「墮落的女人」，然而這是個正話反說的標題。其中音樂優美，戲劇張力十足，造成全球轟動。威爾第的風格不變，卻爲自己闖出另外一片天地，自此《茶花女》也奠定了它成爲世界文學作品與

歌劇的經典地位。再者，《茶花女》也是第一部法翻中的小說，於清末時期由林紓與王壽昌合譯。

茶花女成功的原因不外乎以下幾點：

❶ 親身經驗

　　其實，小仲馬所撰寫的這個故事，正是他年輕時與名妓瑪麗‧杜普萊希的一段羅曼史。男主角化名為阿爾芒‧杜瓦（Armand Duval），名字縮寫（A.D）正好與Alexandre Dumas的縮寫相符。至於女主角，則改名為瑪格麗特‧戈蒂耶（Marguerite Gautier）。Mauguerite在法文中就是雛菊的意思，它是楚楚可憐的小花朵，需要人家疼惜。而瑪格麗特本人最喜歡的花朵則是茶花，尤其是白色的（她一個月有二十五天戴白茶花，其他五天則配戴紅茶花）。它既嬌美又純白，就像瑪格麗特一樣，這是種自戀的投射，它象徵著她心靈的純潔及品德的高尚。此外，並用以暗喻她的不幸，就如同一朵嬌豔欲滴的茶花，卻遭狂風暴雨無情的摧殘，因而凋零、枯萎。另一種說法是十九世紀30年代有個花花公子記者羅杜‧梅赫雷（Lautour-Méreray），常在西裝領口的鈕扣孔插朵茶花，並帶動流行風潮，所以獲「茶花先生」的雅號，小仲馬因此得到靈感。當時男主角因看見這人人稱羨的美女因肺癆咳血而心生愛憐，他又別於其他愛好漁色的男性，因而便擄獲了她的芳心，相處一年後，仍終告分手。年輕的小仲馬當時自感尚未功成名就，無力供養兩人的生活，又不願依賴瑪麗，於是才分開；在作品裡，他則將分手原因昇華為阿爾芒的父親懇求瑪格麗特顧及家庭名譽，不致影響妹妹的婚事為由，而做了分手的犧牲。

　　又瑪麗悵然離世，小仲馬人在西班牙，而小說中瑪格麗特香消玉殞時，阿爾芒則遠在東方，可想而知，女主角在臨終前無法見心上人

最後一面，是多麼失望無助，抱憾而亡。男主角未能送葬，也是遺憾終身。1885年，小仲馬將他寫給瑪麗的分手信，送給將茶花女演得活靈活現的莎拉·伯納，承認了這段戀情：「親愛的瑪麗，我不夠富有，不能像妳期盼的那樣去愛妳，又不夠貧窮，不能像妳期盼的那樣被愛。就讓我們一起遺忘，妳忘掉一個妳應該不會在意的名字，而我忘掉一份不可能的幸福吧。」自己刻骨銘心的經歷，寫來最能真切感人，這就是《茶花女》成功的關鍵。

❷ 寫實主義健將的道德勇氣

小仲馬關注當時社會的婚姻、家庭和妓女問題，並以此為題材，他描寫資本主義階級中的淫靡墮落生活，彰顯金錢勢力對愛情與婚姻的破壞，或譴責夫妻之間的不忠，並反映布爾喬亞的腐敗。而風塵女子混跡上流社會，本是遭剝削、被糟蹋的對象，卻成了千夫所指的代罪羔羊，孰不知她們僅是有錢人的玩物，何罪之有？而瑪格麗特自知癆病難醫，於是選擇及時行樂，縱情歡場，在花花世界中提早結束她短暫的一生。小仲馬深深體會到人與人之間的不平等，社會的不公，一個欲洗盡鉛華，「從良」的女子所承受的社會壓力，於是他站出來對浮華世界做無情的揭露與批判，試圖替落入風塵的女人發聲。

❸ 寫作技巧

除了字裡行間感情自然流露外，其中對白亦流利精彩，充滿辯證思想。小仲馬以倒敘法將故事娓娓道來，頗能引人入勝，有欲罷不能之感。而結尾則是以瑪格麗特在病榻前寫信給阿爾芒做終結，她如白天鵝般發出最後泣血的哀鳴，其言也真，她的純情令人鼻酸。又書信是有其隱密性的，情書又比一般信件更涉及隱私，小仲馬寫活了這一段，讀者的情緒似乎也隨著瑪格麗特的病情起起伏伏。

再者，阿爾芒爲瑪格麗特選購的《瑪儂‧雷思歌》（*Manon Lescaut*）這本悲情小說，也爲茶花女的結局做了伏筆，兩部作品中女主角的迷人處相互輝映，更增添一股無奈的蒼涼。

小仲馬並非提倡荒淫或墮落，基本上他仍固守當時中產階級的社會價值觀，小說中瑪格麗特是孤寂而死，下場並不佳，這也算是不鼓勵女子向她學習吧。而《茶花女》中歌頌的是浪漫的愛情，小仲馬本人則堅信甚至是在風塵中打滾的女人，仍可保有一份誠摯的情義。

 繆塞
（Alfred de Musset，1810-1857）

 生平

　　繆塞於1810年生於巴黎，在極具人文素養的優渥家庭中長大，與雨果、魏崙、梅里美均有往來。他才華洋溢，又早熟，因此受大家囑目。1833年，和女作家喬治桑戀愛，他們的威尼斯之行家喻戶曉，結果繆塞飽嘗愛情背叛苦果，無奈伊人竟與他的義大利醫生交好，因而遭世人挖苦和諷刺，但此後反而是他創作的高峰期。他的代表作，除劇本《愛情不可兒戲》（*On ne badine pas avec l'amour*）外，尚有《五月之夜》（*La Nuit de mai*）、《十月之夜》（*La Nuit d'octobre*）（詩），自傳體小說《世紀兒的表白》（*La Confession d'un enfant du siècle*）。他一生未婚，晚期耽於酒肆，於1857年即英年早逝，得年四十七歲。

《心血來潮的瑪麗安》
（*Les Caprices de Marianne*, 1833）

一、繆塞浪漫劇的現代性與古典性

　　繆塞的戲劇承接了十九世紀浪漫主義風格，其人物和劇情仍不脫古典戲

劇的規範，但若違背寫作自由這個前提，他則不惜打破傳統，獨樹一格。

❶ 語氣的不統一性：繆塞的劇作往往不完全是喜劇，也非全是悲劇口吻，而是兩者相混，時而緊張，時而放鬆，時而粗野，時而崇高。這也更加突顯繆塞欲呈現多重層面、多重現實的意圖。例如第二幕第1場，歐塔夫和克羅迪歐你一言我一語針鋒相對的場景，就很逗趣；接著，歐塔夫與絕望的賽立歐碰面，得知瑪麗安的絕情，這幕戲即充滿了悲劇性。

❷ 時間的不統一性：劇中繆塞巧妙地安排賽立歐找樂師在瑪麗安窗前奏樂，單戀示好已達數月；歐塔夫願意拔刀相助，已經一週沒回家了。且悲劇真正發生，則在當天完成：一早（I, 1）克羅迪歐即下令要僕人迪比亞（Tibia）找刺客去殺了瑪麗安的愛慕者；到了第二幕第5場時，歐塔夫則表示「天色已晚」（Il est nuit.），直到賽立歐遇刺，都合乎古典劇規範，但最後一幕，歐塔夫與瑪麗安在事發後數日，於賽立歐墳前見面，雖然違反了劇情需在二十四小時內結束的限制，但還不太離譜。

❸ 地點（空間）的不統一性：事件發生地點多，這邊亦不符所謂的三一律。本劇分三大場景：一是克羅迪歐宅邸和花園（I, 3；II, 5）；二是賽立歐居所（I, 2；II, 4）；三是發生在戶外馬路上（I, 1；II, 1, 3），還有墓園（II, 6）。繆塞意圖明顯地將觀眾從封閉的室內場景，帶到戶外，且變化頻繁，這也是為何當代有人會認為他的劇作適合閱讀，不宜演出的原因之一。此外，繆塞的劇作具那布勒斯（Naples）地方色彩，半史詩性的浪漫情懷，不過，他講求創作自由，結局的大逆轉將戲劇張力拉到最高點，亦增添了其不真實性與不可思議性。

❹ **劇情的邏輯性**：繆塞在劇情鋪陳上交代的很清楚：賽立歐的純情和瑪麗安的抗拒，其實已點出悲劇的宿命，接著絕望的賽立歐與嫁給糟老頭卻驕傲無比的瑪麗安之間，插入了一個善於雄辯的律師歐塔夫，故事發生微妙的變化。然後又有克羅迪歐的嫉妒，賽立歐母親艾米亞的提醒，以及西于塔的挑撥，令劇情日益複雜。最大的轉折點是女主角爲報復丈夫的猜疑，決定找個情人。然而她的任性，反覆無常，再加上一些陰錯陽差，成了無法挽回的慘劇。友情的喪失，愛情的幻滅也正是繆塞個人最刻骨銘心的痛，也爲當代年輕人的文明病（le mal du siècle）。繆塞有條不紊的引領讀者或觀眾入戲，對白鮮活，具對稱性與邏輯性。

二、賽立歐、瑪麗安和歐塔夫的三角關係

❶ **賽立歐（Célio）**：他對瑪麗安一片癡心，卻遭斷然拒絕，然而對賽立歐而言，愛情是絕對性的，毫無妥協讓步的餘地，若不成功便成仁，他不相信「天下的女人都是一樣的。」（Toutes les femmes se resssemblent.）（I, 1）事實上他在尋找一位類似他母親的情人，不幸的是，卻身陷曾單戀其母的一位男士相同的命運，這種固執注定將他步入危險的境界。再者，白色代表痛苦、焦慮，黑色代表死亡、哀悼；於第一幕第1場，歐塔夫見賽立歐身著黑衣、面色蒼白，即預示不幸的結局。

❷ **瑪麗安（Marianne）**：當時的婦女婚姻無法自主，瑪麗安並非心甘情願嫁給老法官克羅迪歐，她內心嚮往自由戀愛，但又怕受騙受傷害，於是寄情於宗教，天天上教堂，既不招惹也不勾引男人，然而遭造化捉弄，她的美麗、無感和心血來潮，竟導致賽立歐的死亡。歐塔夫就曾形容過她：「……妳就像朵班加勒的玫瑰，瑪麗安，無

刺也無香氣」（vous êtes comme les roses de Bengale, Marianne, sans épines et sans parfum.）。瑪麗安自覺下嫁克羅迪歐的委屈，但也承受不起賽立歐的熱情，她認為若一個男子眞誠愛慕，為何要透過他人之口表達？這種非敢做敢當的個性，令瑪麗安無法釋懷。倒是歐塔夫的玩世不恭沒給她壓力；此外令她不解的是，喜愛品上等好酒的歐塔夫，竟會隨意召妓，這點更勾起她的好奇心。

❸ 歐塔夫（Octave）：歐塔夫的人生哲學是及時行樂，女性只是他的玩物、「消遣的東西」，他羨慕賽立歐對愛憧憬，自己則在多次戀愛經驗後心灰意冷。不過歐塔夫卻十分重視友情，一心想促成賽立歐與瑪麗安美事。他遊戲人間，對愛情不具幻想，但卻為賽立歐的純情所感動，願助他一臂之力。同時，莫名的正義感亦驅使他不願見到瑪麗安跟著糟老頭，就這樣虛度一生，於是竭力扮演說客的角色。不過若說他面對美女完全沒心動過，也不見得：「天啊，天啊，她的眼睛好美。」（Ma foi, ma foi! Elle a de beaux yeux.）（I, 1）。最後賽立歐卻誤以為歐塔夫背叛他，想配角變主角，因此一心求死，堅持他「絕對的愛」（l'amour absolu）。歐塔夫則未達成使命，悲憤萬分，最後一幕時他感慨的說：「這個墳是我的……；他們殺的是我。」（Ce tombeau m'appartient...; c'est moi qu'ils ont tué.）。事實上，歐塔夫比消逝的賽立歐更痛苦，他的夢碎了，還背個永遠無法洗刷的背叛之名。

《愛情不可兒戲》
（*On ne badine pas avec l'amour*, 1834）

格言浪漫劇是沙龍浪漫劇的一種，上流社交場合的遊戲：於十七、十八

世紀，文人雅士聚會時，以一句格言、諺語為題，大家即興創作一齣戲。繆塞除了撰寫《愛情不可兒戲》（1834）之外，還著有《千萬別發誓》（*Il ne faut jurer de rien*, 1836），《必需一扇門是開的或關著》（*On ne saurait qu'une porte soit ouverte ou fermée*, 1849）。它不禁令人聯想到莎士比亞的《無事生非》（*Much ado about nothing*），還有《皆大歡喜》（*As you like it*）。

一、戲劇的構思過程

繆塞會想寫這劇本，和他個人的感情生活也有些許關係：他與喬治桑的戀情始於1833年7月，止於1835年3月。這部劇本則在1834年7月出版。年初他與喬治桑仍在威尼斯度假，結果生病，但卻孤單一個人在春天返回巴黎，然而喬治桑竟和繆塞在當地的醫生打得火熱，直到同年8月才返法。繆塞一直處於友情、愛情及怨恨的情緒中，痛苦萬分，他甚至認為與喬治桑的姊弟戀關係，形同「亂倫」；我們可以在《愛情不可兒戲》中，第一幕第2場裡，卡蜜兒覺得她和表兄白迪康若結為連理有亂倫之嫌互相對照。

二、本劇的架構

至於本劇是否遵守古典劇的三一律，我們可從時間、地點、情節的統一性做分析。由時間方面來看，故事就發生在三天，確實地說，是三個中午，不符古典劇中事件應於二十四小時內結束的規定。在地點上，包括城堡內（客廳、餐廳、男爵書房、卡蜜兒閨房、祈禱室），還有城堡外（城堡前廣場、路上、田野、小樹林）。不過，當初繆塞撰寫此劇，本來就不是為了演出，因此場景多變。這對「沙發戲劇」（Spectacle dans un fauteuil）而言並不妨礙，但自然也不符古典劇的規範。談到情節，雖也有些旁支故事插科打諢之處，卻不致影響情節的主線發展。它確實包括鋪陳（exposition）、癥

結（noeud）、劇情急轉直下（péripéties）和結局（dénouement）四部分。

三、對稱的三角習題

本劇總共三幕，故事發展達三天之久，而內容則是關於白迪康、卡蜜兒和羅賽特的三角習題，就連劇中人物也分成三個等級：貴族（男爵、白迪康、卡蜜兒），教會人士（布里丹神父、布拉吉玉斯教士老師、普露絲修女），平民（農民、農民合唱團、羅賽特）。

其中合唱團的角色，便預示了如古希臘悲劇的結局。它代表了傳統悲劇的戲劇功能：1. 陳述劇情（第一幕，第1場），2. 談論婚事（第一幕，第4場），並提及男主角過去的童年時光，3. 預示悲劇的發生（第三幕，第4場）。再者，劇中的喜感人物，也漸次一一退場：男爵和布里丹在第三幕第5場及第三幕第7場的退出；布拉吉玉斯於第三幕第1場離開，普露絲在第三幕第6場溜走。

當然，最扣人心弦的，自是白迪康、卡蜜兒及羅賽特之間錯綜複雜的情感糾葛，尤其羅賽特母親是卡蜜兒的乳母，她倆可謂「乳濃於水」，本應猶如姊妹。首先，白迪康和卡蜜兒是表兄妹，有「亂倫」之嫌，這個客觀的障礙加之阻擾。至於羅賽特，她是最無辜也最慘烈的犧牲者，而她的死，則確實是壓垮駱駝的最後一根稻草，使白迪康與卡蜜兒破鏡難圓。原本可以是椿親上加親的美事，但由於男女主角愚蠢的面子問題及互相傷害，釀成第三者的不幸。耐人尋味的是，繆塞於劇中採用你來我往、針鋒相對的耍心機手法，令觀眾目不暇給、心繫懸念：其中包括了信件的傳遞（第三幕，第2場，卡蜜兒要寄給修道院友人的信被白迪康攔截了；第三幕，第3場，白迪康去信卡蜜兒，要求臨別前一見）。還有隱身幕後愛情的見證（第三幕，第3場，白迪康故意報復卡蜜兒，讓她見到他向羅賽特求愛；第三幕，第6場，

羅賽特隱身幕後偷聽到兩人的告白）。

這些安排都令劇情急轉直下，並突顯了上層階級的自私自利，他們操弄下層階級，令其愛情與生命幻滅。這些弄巧成拙的舉措，損人不利己，也給後人莫大警惕──愛情不可兒戲！

 福樓拜
（Gustave Flaubert，1821-1880）

 生平

　　1812年生於盧昂（Rouen），父親為外科醫生，因此醫院即為他幼時的生活場所，解剖室的情形在他腦海中留下永難抹滅的印象。1832年，他進入盧昂高中，受當時流行的浪漫主義影響，狂熱的崇拜繆塞、拜倫等人。1836年夏天，福樓拜愛上愛麗莎・史雷辛格夫人（Mme Elisa Schlesinger），她的形象常出現在福樓拜的小說中，《情感教育》（L'Éducation sentimentale）中的阿爾努夫人，簡直就是史雷辛格夫人的翻版。1842年，入巴黎大學法學院就讀，但發現志趣不合；翌年則以巴黎學生生活為題材，著手寫《情感教育》，結果因癲癇發作，臥病在床；癒後搬到盧昂近郊定居。1856年，《包法利夫人》（Madame Bovary）完稿，福樓拜則因此書奠定了他寫實主義宗師的地位。他於1880年病逝。

《情感教育》（L'Éducation sentimentale, 1869）

一、故事源起

　　《情感教育》被一些文批學者認為可歸自傳體小說，女主角阿爾努太

太就是福樓拜十五歲左右在諾曼地海灘邂逅的愛麗莎，她比作者年長，後來嫁給史雷辛格先生。他的《瘋子回憶錄》（*Mémoires d'un fou*, 1838），其中的瑪麗亞，即則是愛麗莎・史雷辛格的化身；《十一月》（*Novembre*, 1842）當中和一個風塵女子有一段情，在描寫她的外表和長髮那段，會令人聯想到瑪麗・阿爾努。又首部《情感教育》（*La première Éducation sentimentale*, 1845），其中也有兩個年輕人——朱爾（Jules）和亨利（Henry），前者在藝術界嶄露頭角，後者則於商場得意，結局美好；然而《情感教育》（1869）裡的腓德烈克與德洛里耶，就沒那麼幸運；這些也讓人聯想到福樓拜和他的好友杜康（Maxime Du Camp）。而亨利的情婦艾蜜莉，則又有愛麗莎・史雷辛格的影子；腓德烈克的心上人瑪麗・阿爾努亦然。

不論這些影射的真實性有多少，小說家作品中部分反映其周遭生活的情形，再加以潤飾修改亦常有之。

二、小說架構與內容

《情感教育》是部長篇的成長小說，全書分為三部分：第一部分是由1840年至1845年，共六章；第二部分是1845年至1848年，共六章；第三部分則從1848年至1869年，但1867年至1869年並未交代發生事件，總共七章。第一部分有如戲劇中的鋪陳，重要人物在第一部分幾乎都已出現：男女主角腓德烈克和阿爾努太太在第一章就相遇了，接著是鄰家女孩露薏絲的出現，再來是好友德洛里耶、丹布羅斯貴族夫婦。唯有交際花羅莎妮要到第二部分才現身，不過賣個小關子會更具有戲劇張力。再者，這部分發生時間雖僅僅三年，卻是劇情發展最緊湊之處。

小說以腓德烈克與阿爾努太太在回家的船上相遇，一見鍾情為起點，後

來得知阿爾努先生是畫商，他甚至想成為畫家，藉著賣畫試圖接近阿爾努太太。二次受邀家庭聚餐，令腓德烈克更神魂顛倒了，家鄉的老母、摯友與小露薏絲早就被拋到九霄雲外。這位在巴黎修習法律的大學生，只有在學業不順、情場失利、囊空如洗之際，才會回到家鄉諾冉（Nogent）。後來他意外獲得叔父的大筆遺產，心中又重燃希望，立刻前往巴黎，再試身手。

喜好追求名利的腓德烈克不久便周旋在三個女人之間：不過首先阿爾努先生將人盡可夫的老相好羅莎妮介紹給他，不久成了他的情婦；美麗的丹布羅斯夫人擁有貴族頭銜，事實上，和她出雙入對，才更能滿足腓德烈克的虛榮心；而後來經商失敗的阿爾努先生，竟厚顏無恥地利用妻子與腓德烈克若有似無的曖昧情愫，借錢不還，遠走他方。

腓德烈克功成名就的野心大夢未果，又陸續發現兩個情婦的愚蠢與貪婪，摯愛又隨夫遠離巴黎避債，他可說是一無所有。十五年後，阿爾努太太前來造訪，但人事已非。腓德烈克和德洛里耶哥倆好，圍爐話當年，不禁想起少年時期二人差點兒入窯子，遭煙花女嘲笑的一幕，慨然感嘆：「那才是我們最美好的回憶。」

三、人物對比

❶ 德洛里耶（Deslauriers）

十九世紀末出現兩位朋友或兩個兄弟的故事，數見不鮮，如巴爾札克《幻滅》（*Illusions perdues*）裡的大衛和呂西安，莫泊桑的《皮耶與讓》（*Pierre et Jean*）。而福樓拜《情感教育》中的腓德烈克及德洛里耶，無論外表和道德觀都相去甚遠，竟然是好友，反增添了不少喜感，然而作者的另一部作品《布伐和貝居歇》（*Bouvard et*

Pécuchet），也是兩個截然不同的人，卻形影不離。

若說腓德烈克最大的敗筆是感情問題，那麼德洛里耶最失敗的則是他的野心：他一心想靠著好友飛黃騰達，儼然如恬不知恥的寄生蟲，賴著他吃喝玩樂。他崇拜腓德烈克，就如腓德烈克欽羨傑克・阿爾努一般：德洛里耶嫉妒腓德烈克的家境、體面，甚至希望有朝一日能取代好友。他竟敢向阿爾努太太表達愛意，又和羅莎妮上床，後來還娶了腓德烈克不要的露薏絲・羅克。這個損友毫不忌諱「收拾廚餘」！不過，至少他比腓德烈克更勇於嘗試、冒險。

❷ 腓德烈克（Frédéric）

腓德烈克就和巴爾札克《高老頭》（*Le Père Goriot*）中的哈斯帝涅（Rastignac）、史丹達爾《紅與黑》（*Le Rouge et le Noir*）裡的索黑爾（Sorel）一樣，都是從外省赴巴黎尋求實現淘金夢的年輕人，結局卻是一場空。若小說命名為《幻滅》也不為過；而福樓拜則替它取了個副標題──《一個年輕人的故事》（*L'histoire d'un jeune homme*）。

其實福樓拜筆下的腓德烈克，就是當代典型失落的一代，對自己的前途茫然，卻很想闖蕩出個名堂，然而他是個徹底的失敗者：

(1) 職場上的失敗

十八歲的腓德烈克從家鄉諾冉，帶了一些家產投入巴黎這個花花世界修習法律，想藉著人際關係（阿爾努夫婦、丹布羅斯夫婦）打入上流社會。老天似乎給予他些許眷顧，讓他獲得一筆叔叔遺留下來的財產，孰料他並沒善加利用，反而揮霍殆盡。

(2) 藝術上的失敗

腓德烈克以為靠自己的小聰明，隨便畫上兩筆，就可藉由畫商阿爾努的吹捧，一夕成名；同時又可近水樓臺，獲得阿爾努太太的芳

心。他的天眞和一廂情願注定了他的失敗，因爲藝術不是自戀與勾引女性的工具，而是孤寂、不一定有物質報償的工作。

(3) 政治上的失敗

事實上他並沒有明顯的政治立場，只是隨波逐流，唯有在第一共和時，腓德烈克的情敵戴爾馬要參政競選，他不甘示弱爲扳回顏面，搶奪羅莎妮，才投身選戰。這裡再度突顯他意志薄弱、舉棋不定的個性，因此一事無成。

(4) 情場上的失敗

這是腓德烈克一生最大的挫敗，因爲他原先爭取物質或藝術方面成就的目的，就是希望得到愛情，然而他的兩個情婦（羅莎妮和丹布羅斯夫人）皆非所愛，唯有瑪麗·阿爾努才是眞命天女。不過腓德烈克太過理想化他的夢中情人，下意識認爲不會成功，又惟恐褻瀆了她；此外，游移不定、優柔寡斷的個性，也讓他錯失了擦身而過的幸福。

四、小結

這部小說一開始就充滿浪漫情懷，男女主角初次相遇之處就在塞納河上的小船，那種飄浮不定的感覺很不踏實；而兩人由於陰錯陽差（如羅莎妮和腓德烈克一起去看賽馬，卻被阿爾努太太撞見；腓德烈克約瑪麗·阿爾努在旅館見面，由於兒子突然生病，她不克前往……又無法在一起）；最後還是女方多年後前來造訪，才得以冰釋誤會，然而腓德烈克懦弱膽怯缺乏擔當的個性，往往就讓身旁的一些機會，如塞納河水般緩緩流經巴黎，又朝未知的方向消逝。

 左拉

（Emile Zola，1840-1902）

 生平

　　1840年生於巴黎，父親為土木工程師，三歲時，舉家搬到南法的艾克斯鎮（Aix）。父親過世後，便和母親，外祖母同住，少年時期喜歡雨果、繆塞等浪漫詩人的作品，夢想成為偉大的詩人。1858年左拉赴巴黎，由熟人介紹，到出版社工作。他開始對寫散文、小說有興趣，因受巴爾札克《人間喜劇》的影響，立志要描寫第二帝政下法國社會的全貌。從1860到1893共二十四年，全神貫注地完成《盧貢‧馬夏爾叢書》（*les Rougon-Maquart*），其中1867年發表的《黛蕾絲‧哈甘》（*Thérèse Raquin*）成為名作，後人還將它改編為電影。1880年梅塘文學團體組成，出版了《梅塘夜壇》，左拉是自然主義派作家，認為他的小說不單是複製現實，還要汲取科學的實證精神，他還出版了著名的自然主義理論《實驗小說論》。1885年，《萌芽》（*Le Germinal*）出版，轟動文壇，這是左拉創作中的又一高峰。而這部描寫近代資本主義的不朽傑作，如今已成為法國中學生必讀的文學作品。1888年，左拉獲頒榮譽團騎士勳章，但1890-1897年之間，他先後二十五次競選法蘭西學院院士未果，追究原因，是由於創作傾向遭非議，1897年左拉介入德雷福事件（l'affaire de Dreyfus），次年並在報上發表《我控訴》（*J'accuse*）一文，從此與法蘭西「四十名不朽者」（40 immortels）

絕緣。1902年9月，他因瓦斯中毒意外身亡，還有作品尚未完稿。

左拉的摩登時代

一、時代背景

　　十九世紀末奧斯曼男爵，銜拿破崙三世之命，欲將巴黎建造成全歐最大城市，而奧斯曼認為巴黎欲達此目標，首先須解決居住、食物供給以及衛生問題，於是將巴黎進行大改造：修建羅浮宮，重整中央市場，還有打通巴黎東西、南北橫向與縱向的運輸道路以及環城大道和周邊城鎮的連結。這是巴黎繼工業革命與法國大革命之後的巨大變革，目標當然是要建設一個現代、進步、傲視全球的國際大都會。

　　時勢造英雄，除了魄力十足的奧斯曼男爵改造巴黎這個城市外，左拉這位法國文壇偉大的長篇小說巨擘，將長篇小說推向了寫實主義的高峰，並更增添其自然主義風的深度。他所寫的二十部系列小說被一併冠名為《盧貢·馬卡爾家族》，為人類、文學想像力做出巨大貢獻，這套長河小說多半以巴黎為主題，維妙維肖地再現拿破崙三世第二共和時期的巴黎風貌。1871年，《盧貢·馬卡爾家族》第一冊問世，替這驟變的法國社會烙下印記，那是二十年前巴爾札克時代所無法想像的新氛圍。

二、寫實小說（le roman réaliste）

　　左拉是位實證主義者，在寫一部作品之前，會投身於調查和考證素材的工作：他為了寫《巴黎之腹》（*Le Ventre de Paris*, 1873），在每個季節與每天每個固定時間都到巴黎中央市場（Les Halls）進行調查，有時甚至整

夜留守，看蔬果、肉類、海鮮如何運達，並將警察局的一些管理規章、公告都抄錄下來；他甚至還到中央市場地下室裡，觀察成堆的小雞。左拉的鼻孔盡是這些家禽的氣味，整整一個月，味道遲遲不散。爲了寫《酒店》（*L'Assommoir*, 1877），作者到小酒館去廝混，熟悉了巴黎十八區的商店和洗衣房，並調查鐵匠、泥水匠、洗衣婦的生活境況，他還學會巴黎郊區底層社會的用語，這些字句在他的小說中出現，使作品更顯生動。爲了寫《娜娜》（*Nana*, 1880），他找流氓去了解情況，還收集了許多有關第二帝國時代末期玩女人的生活素材，親自跑到遊樂場所和廊香（Longchamp）賽馬場去觀察，跟「高級妓女」一同用餐。在他寫《婦女樂園》（*Au Bonheur des dames*, 1883）之前，即留意當時羅浮百貨（Le Louvre）與好市集百貨（Le Bon Marché）的歷史，流行商品店店員的氣息，生意的利潤及職工的薪資，並親自去看成群的女顧客在出清存貨和大拍賣時如何瘋狂殺價與搶購的盛況。爲了寫《金錢》（*L'Argent*, 1891），他調查了巴黎證交所，參考了有關交易所問題的專書，並觀察交易所的活動以及職員與銀行行員的談話內容。

在左拉的小說中，對新社會產生的正面效應觀察入微；而對社會發展產生的負面影響亦不吝針砭，我們可藉由他這大部頭鉅作中，找出代表十九世紀末巴黎特性的片段，一窺那個大時代發生的劇變。

❶ 《巴黎之腹》（*Le Ventre de Paris*, 1873）：中央市場

左拉以中央菜市場的物質性和雨果歌頌大教堂的理想性做強烈對比，他的宗旨在於使現代城市及其他種發展趨勢體現於巴黎中央市場。它展露了物質領域、琳瑯滿目的食品市場，左拉批判的正是食慾、物慾及肉慾橫流的社會景象。

巴黎中央市場歷經十五年，到1868年完工，在《巴黎之腹》中，遭放逐法屬圭亞那多年的弗羅朗，由畫家克勞德帶路，前往中央市場逛

逛。畫家為眼前充滿活力的市場景象所感動，心醉於這幅由光和影交織的真人圖像，尤其遠處飄來的一陣清香，又將兩人的腳步帶往鮮花市集。

就連作品中的人物也被濃烈的香氣浸透：

「夏天，薩雷特幾乎昏倒在水果中。」

「一股李子味從她的裙邊往上升。頭巾鬆鬆繫著，散發著草莓味」：那個諾曼地女人「如絲般細膩的皮膚好像有一股經久不散的芳香。潮溼的羊脂順著她豐滿的胸脯、高貴的臂膀和柔軟的腰身流淌著，使她身上女人的氣味中加進了一股刺鼻的香氣」；賣花女卡迪娜，用她情人的話來說，她像她的那些花兒一樣香：「她是一束溫和而生氣蓬勃的花兒。」

以上是女人香與花果香結合的美好圖像，而左拉又巧妙地將讀者帶入花香和肉類腥羶味混雜的突兀境界：

左看右看，陶磚地板上都坐著賣花女，在她們的前方擺著方形的籃子，籃子裡則裝滿了玫瑰、紫羅蘭、大理花、瑪格麗特等……。在活魚的生腥味及牛油、乳酪的酸苦味刺激後，能在步道上嗅到這股清香，更教人感到一種甜美的春天氣息。

形容人高馬大的女魚販露薏絲散發出「鮪魚的淡淡氣息、胡瓜魚麝香似的紫羅蘭味，還有鯡魚和鰩魚的腥辣味……。她搖來擺去的裙子掀起陣陣薄霧；她走入了一股由帶淤泥海草蒸騰起的雲霧裡……。她魁梧的女神身軀就像一尊在海裡漂流多時，再被沙丁魚夫網回岸上

的漂亮古代大理石像。」

　　然而，從圭亞那甫回國門，赫然驚見中央市場此龐然怪物的弗羅朗，卻被市場的熱氣和味道給壓得喘不過氣來，恨不得趕快離開。在他眼中，這座由鋼鐵支架、玻璃搭建的冰冷建築中央市場就如一個大怪物的內臟，將全巴黎的食物都吞進肚囊，並大口咀嚼。

　　他聽得見由這座市場發出來的低沉呻吟。為了全巴黎的兩百萬人口，它必須咀嚼食物；彷彿是一具龐大的中樞器官，用力地跳動脈搏，將維繫生命的血液輸送到各個血管裡去。

　　它好像一部現代的機器，大得異常，彷彿是一蒸汽機，好像是一個民族，用來消化食物的大鍋爐似的，一個巨大無比的金屬肚子，釘滿了螺絲釘，有螺旋的，拿木料、玻璃和金屬配成的，具有一種美妙又帶有一種機器馬達的動力，在那裡轉動著、燃燒著，發熱，震耳欲聾的震動著，輪子也轟轟地顫動著。

　　從遙遠的地方在黑夜潛入巴黎的他，見識到這番景象，恍如隔世，更感受到自身的格格不入。被淹沒在人、車、菜、肉的洪流中，他備受威脅，彷彿遭巨大欲望吞噬，帶來一種無法名狀的痛苦折磨著，內心油然升起莫名的恐懼。他想盡速逃離此地，但眼前的十字三叉路，卻令人難以抉擇。

　　左拉不僅發揮個人對光影的敏感度，將中央市場描繪出印象派的場景，呈現出它美好的一面；此外，左拉亦觸動嗅覺，將「巴黎之腹」這個巨大機器所製造出的髒亂、廢氣、腥羶表露無遺。他藉由小說中兩個人物，呈現一體兩面的社會景觀。

此外，左拉對中央市場的描寫也很精細，且包羅萬象，不論是對當時新建不久、風格獨特的鐵架結構市場建築的描繪，還有對市場內各種攤位的分布，魚類和蔬果等到市的景況，以及商販們大聲吆喝叫賣商品嘈雜盛況的刻劃：無論是地下的家畜倉庫，還是乳酪店內各地五花八門、各種氣味的乳酪羅列，這些都足以引起讀者的好奇和食慾。左拉精彩的照相式描寫，成了他作品中最出名的特色之一。

❷ 《酒店》（*L'Assommoir*, 1877）：小酒館

《酒店》所寫的是下層社會者的生活，小說中的工人都從事手工業：瓦匠、鎖匠、鐵匠、花匠、裁縫、洗衣工人。他們通常在小酒店聚會，雇主可上前找臨時工。當時在巴黎的大工廠仍處開始發展階段，需要大批勞動人口，而這些工人無固定雇主，獨立性高，各憑門道或本事過活。假如夠勤勞，手藝佳，省吃儉用，再加上不生病，日子還過得去。但如果運氣不好，人再懶惰，又染上酗酒習性，便會墜入萬丈深淵……。

如小說中蓋屋頂的工人顧保，摔傷後出門散心，跟幾個同伴喝了小酒：「不管怎樣，喝上點兒倒不賴；說說笑笑嘛……」殊不知這便是墮落的開始，他交了損友，成天泡在酒店中，後來酒後中風死在瘋人院裡。之後，連本來勤奮持家度日的維紫也因嚐了高隆勃老爹的燒酒，變得無心幹活，欠下債款，甚至試著去賣淫。最後死在樓梯底下的洞裡，還是她從前隔壁鄰居扛屍的八祖若，喝得醉醺醺的，把她抱入棺材……。

左拉發現酗酒不僅是中上階層紙醉金迷的催化劑，下層階級百姓為麻痺自己也大口狂飲劣酒；左拉企圖以酗酒的禍害來恫嚇某些人，再激起另一些人採取行動禁酒，以便消弭這種惡習。事實上，《酒店》背後道德說教意味濃厚。

❸ 《娜娜》（*Nana*, 1880）：賽馬場

娜娜是名妓女，別號「金髮女神維納斯」，她出賣肉體的價格因人而異，且同時勾上許多男人，其淫亂荒唐的一生反映出拿破崙三世時代法國布爾喬亞社會的腐敗現象。她毀了別人，肥了自己，但最後難逃命運的捉弄，染上天花，花容失色，於普法戰爭開打之際，在窗外隆隆的炮聲中，結束了她的一生。

其中左拉以馬車來描寫交際花心理的一幕十分細膩，可供我們窺視當代布爾喬亞的豪奢場面，也令我們大開眼界：馬車是金錢、名聲、權力、女人等許多男人渴求物的象徵之一；對女人而言，豪華馬車則可以滿足炫耀盛裝的自己，贏得眾人的讚嘆。搭乘這臺「鑲銀」的豪華馬車，在巴黎到處遊逛，可享受看與被看的視覺快感。

尤其在娜娜前往廊香賽馬場探望同名母馬「娜娜」的那一幕最為諷刺，這匹馬本來不被看好，竟在賽馬大會中出人意料地獲勝，而搭乘豪華馬車的娜娜，卻自戀地認為人們對馬兒的喝采，是對自己的讚賞，因此陷入狂喜中：

> 娜娜站在馬車座位上踮著腳，感覺就像是自己受到喝采。……娜娜一股腦地專心聽著自己的名字，平原讓回聲傳入她耳裡，人民為她喝采，她在陽光中直挺著身子，金髮隨風飄逸，她穿著宛如天空色的藍白衣裳接受這一切。……圍繞著她的馬車那鼎沸人聲，終於轉為對她的讚美，娜娜彷彿受到家臣擁戴而陷入狂喜的女神維納斯。

娜娜在女伶生涯遭受挫折，無法在劇場舞臺獲得掌聲，而左拉卻於此替這交際花提供了開放式豪華馬車搭建的美好人生舞臺。而人獸孰貴孰賤，亦是另一個辛辣諷刺的話題。

❹ 《婦女樂園》（*Au Bonheur des Dames*, 1883）：**百貨公司**

　　左拉曾在筆記本裡記下他寫作《婦女樂園》的動機：「在《婦女樂園》中，我要譜寫現代生活的詩篇。因此哲學觀已完全改變了。首先，不再是悲觀主義，結論也不再是愚蠢和平庸的生活，而是繼續不斷的勞動、民生樂利。一言以蔽之，與時俱進，表現時代特色，這是個行動與征服的世紀，是個從各方面來說都應作努力的世紀。」總之，對左拉而言，《婦女樂園》儼然成了人類創造精神的讚美詩。

　　《婦女樂園》算是《盧貢・馬卡爾家族》系列小說中最具光明面的一部小說，結局是麻雀變鳳凰，鄉下女子嫁給了百貨公司老闆；她因此也更能體會員工的辛勞，並為他們爭取應有的福利：如合理工時。

　　這部小說代表了大百貨公司的興起，色彩繽紛奪目的商品堆積如山，令人眼花撩亂，婦女們被吸引，瘋狂前往搶購。女人走進絲、棉織品王國，上百個售貨員一旁侍候，顧客則幻想自己像皇后般榮寵。百貨公司金碧輝煌，宛如一座聖殿，一座大教堂，吸引了無數貴客的朝聖；然而附近的商人不是遭併吞，就是失業，他們既無積蓄也雇不起員工，更沒了顧客，只落得紛紛倒閉……這大百貨公司則像一架巨型壓榨人力的機器。

　　左拉在頌揚巴黎百貨公司光鮮亮麗場景之際，亦不忘提醒眾人，繁榮的背後是多少小市民遭踐踏後的結果。《婦女樂園》真正吸引讀者的，是對現代化大商場的精確描繪以及對商人複雜心態和女顧客們消費心理的逼真刻劃。這本小說真正的價值在於它是一部關於現代化大商場的誕生、發展的完備資料，它不但實錄了法國十九世紀誕生的那種鋼筋水泥和玻璃結構的大商場建築全貌、商場經營管理、資金籌措、進貨銷售組織、職工的勞動條件、售貨員的心態等大商場內部運作的情況，並且還如實反映了當時新興的大商業資本與傳統小本經營商家之間「大魚吃小魚」的商業競爭，商人們的勾心鬥角，還有和商業相關的法律，大

商場外部的歷史與社會背景。由於這部小說故事對描繪巴黎布爾喬亞階級物慾追逐的精彩性及複雜性，歷久彌新，因此多次被搬上舞臺、銀幕，叫好又叫座。

❺ 《金錢》（*L'Argent*, 1891）：股市

左拉在《獵物》（*La Curée*, 1872）中，書寫的是不動產（地產）投資致富的情形，在《金錢》裡描繪的是動產（股票）投資發財的現象，他生動地刻劃交易場所那些衣冠禽獸們爭鬥的嘴臉。

《獵物》中的主人翁阿里斯提德·盧貢（Aristide Rougon）是個充滿發財點子的野心份子，為了放膽大幹一場，改名換姓，自稱薩卡德（Saccad）。他像頭禿鷹嗅到獵物羶腥的氣味，來到巴黎，打算在這遍地黃金的新城市，踩出百萬財富，巴黎的空氣令他陶醉，他相信「在馬車的轆轆聲中聽見了馬克白的吶喊：你要闊起來啦！」

左拉的《金錢》是在銀行倒閉風潮和巴拿馬事件（1890）之間，受第三共和時代一樁財政貪汙案的啟發而寫成的。他描寫了整個證券交易所的生態，那些投資者瘋狂的撈錢，你爭我奪、爾虞我詐，想方設法投靠政客、高官。他敘述了這批人寡廉鮮恥的手段、卑鄙齷齪的勾當，在股市興風作浪、愚弄對手，並在所謂「合法」的形式下搞光老百姓的錢財，這些惡行令我們見識到銀行活動熱絡外表下隱藏的各種祕密。

在那個時代，股票取代黃金，財富集中在少數幾個人手中，銀行家甘德曼便是左拉所描繪的金融寡頭，他滿腦子都是數字、計畫和憂慮：他是這樣一個人物，和只有金錢的守財奴不同，甘德曼不屈不撓地建築他的百萬金塔，心中只有一個指望：把這筆錢財留給子孫，子孫再擴張資本，直到統治全球為止。然而薩卡德不自量力，想搞個世界銀行，與甘德曼銀行對抗，下場是慘遭消滅。不過薩卡德雖破產，被捕入

獄，幸虧他當部長的兄弟幫忙，助他出走荷蘭，但他並未善罷甘休，又繼續投入新的投機事業這條不歸路。

三、結語

如果說巴爾札克小說爲法國十九世紀上半葉的社會風俗史，那麼最能反應法國十九世紀下半葉人民生活寫照的，則非左拉作品莫屬。他藉著小說帶領我們上窮碧落下黃泉，俯瞰巴黎（如《獵物》）、搭馬車訪賽馬場（如《娜娜》）、步行閒逛巴黎中央市場（如《巴黎之腹》），到百貨公司消費（如《婦女樂園》），進股市觀看金錢遊戲（如《金錢》）。並針對人性弱點，令吃（如《巴黎之腹》）、喝（如《酒店》）、嫖（如《娜娜》）、賭（如《金錢》）五光十色的場景與貧富不均的醜態，歷歷在目；許多導演亦把左拉本人的傳記或多部精彩作品拍成影片，更加彰顯當時時代劇變的氛圍，並將當代寫實主義與自然主義風格具象化，使得法國第七藝術的電影亦增色不少。

再者，左拉一生與畫家有深厚關係，他與塞尚即是艾克斯同鄉好友，他對色彩亦具強烈的感受力。由陽光燦爛的南法北上至陰鬱、喧囂、臭氣沖天的巴黎，其不適應之情可想而知。他在《酒店》（1877）和《萌芽》（1885）之中描繪的街道都是在黑暗中，未見一絲陽光。左拉想像世界裡的巴黎經常是陰暗、灰色、濃煙繚繞的。黑鴉鴉的天空下充滿穢物與惡臭，腐爛的胡蘿蔔味、馬糞的臭氣還有熱油脂味，街頭瘋狂擁擠的人潮，衣裳襤褸的乞丐，骯髒的建築物，一下雨就泥濘不堪的馬路……。這種多雨多霧，潮溼寒冷的景象，成了巴黎的特徵。不適合人類生活的環境，正和他小說中社會墮落、敗亡、死亡等主題相對應，這就是人類追求高度文明所得付出的慘痛代價。

左拉是由鄉村人的角度來看城市的演變，他相信接近大自然的生活是有益於人類生存的，而擠入大城市則是人類道德敗壞的起始。因此在他筆下，巴黎宛如一幅遭文明腐化的地獄圖像，而鄉村才是生命力豐沛的象徵。

 莫泊桑

（Guy de Maupassant，1850-1893）

1850年誕生於第耶普（Dieppe）近郊的米羅美尼（Miromesnil），雙親離異後，他和母親及弟弟則搬到諾亞地，過著樸實的農村生活。隨後，他入義浮多（Yvetot）神學院求學，因反對舊式天主教會的教育方式，便轉學到盧昂高中去，於1869年畢業。1870年，普法戰爭開始，莫泊桑被徵召入伍，親眼目睹戰爭慘狀，因此極爲厭戰。戰後他赴巴黎謀生，在海軍總部任職，後來轉入教育界，直到1881年爲止，他都在公家機關上班。這段期間，他不但寫詩，也寫短篇小說和劇本，並時常就教於母親童年好友福樓拜。每當福樓拜逗留巴黎時，也常去參加他舉辦的文人聚會，結識了都德、龔固爾兄弟、左拉等人。1880年以左拉爲中心，編撰了一部堪稱自然主義宣言的中短篇小說集。其中收錄了莫泊桑的《脂肪球》（*Boule de suif*），使他躍登文壇。1883年，他的首部長篇小說《她的一生》（*Une Vie*）推出，因而成爲知名的作家。

至1891年爲止，十年當中，莫泊桑寫了三百多部中短篇小說，六部長篇小說，以及三本遊記，創造力十分旺盛。晚年，他逐漸有精神異常的現象，所寫的作品都屬於神祕幻想的東西，如《奧爾拉》（*Le Horla*）。1891

年曾自殺未遂，三年後死於精神病院，據說是因梅毒導致發狂而亡。莫泊桑的創作高峰僅十年左右，但對後世短篇小說創作產生巨大且深遠的影響。

左拉說得好：「讀他的作品時，可以笑或是哭，但永遠是發人深省的。」

《脂肪球》（*Boule de Suif*, 1880）

至於莫泊桑的中短篇小說《脂肪球》是於1880年，在左拉集結友人出版的合集《梅塘夜譚》中初次與讀者見面。「脂肪球」原意為「小肉球」，形容此人矮胖。而此處當然是翻成「小肉彈」比較適合，指的就是故事中的小妓女。

《脂肪球》的故事情節很簡單，它描寫的是普法戰爭時期，法軍節節敗退，普魯士軍隊占領法國多數領土，很多有辦法的法國人，共同搭乘一輛大馬車，打算穿越敵人封鎖線，前往港口逃亡，孰不知遭到普魯士兵的刁難，扣押了車輛，除非車上的妓女願意陪睡一晚，大夥兒才得放行。

原本鄙視她或不屑她的人，突然將她捧上了天，並曉以大義，要她「顧全大局」。雖然眾人認為妓女與他人過夜是「天經地義」的事，然而，「脂肪球」的犧牲其實是人性的挫敗！

那些在旁動口者出賣了他們的靈魂，難道就比獻出肉體的妓女高尚？再者，以間接手段強占別人肉體者，不也是拉皮條兼嫖客嗎？光是祈禱唸經的修女和滿口正義道德的民主革命鬥士，遇上個人性命與道德情操的抉擇，竟也毫不猶豫的要小妓女「捨己為人」。反之，「脂肪球」犧牲個人榮辱，置

內心掙扎與愛國情操於一旁，成為拯救群體的「聖女」，有如背負十字架的耶穌基督，何者令人可敬可佩，當下立判。於「脂肪球」暗自哭泣的當兒，那群踐踏她人格的人卻高唱起「馬賽進行曲」，故作愛國狀，顯得分外諷刺，這真是莫泊桑藝術處理的高招。

莫泊桑短篇小說中女性的處境

一、前言

　　法國十九世紀寫實主義大師首推巴爾札克與福樓拜；而莫泊桑又師承福樓拜，尤其受他懷疑主義（le sceptisme）思想的影響，凡事多要自行求證；此外，莫泊桑並對德國叔本華亦推崇備至，特別贊同其悲觀主義（le pessimisme），因為他的中心哲學思想就是死亡。與上述兩位大師最大不同的是，莫泊桑擅長的並非長篇大論，而是中短篇小說。

　　然而，愛德蒙・龔固爾（Edmond de Goncourt）在他日記中則記載：「這不是位作家，而且他令寫作藝術降級，……莫泊桑的書寫只是一種屬於大眾的通俗好文章罷了。」在他眼裡，莫泊桑不過是個通俗的大眾文學寫作者。

　　愛德蒙・龔固爾是屬於理想派（l'idéalisme），寫作十分講究詞藻的華麗、優美，對於莫泊桑這種直截了當的寫作風格並不欣賞，認為他強調物質主義並譁眾取寵，但卻見他大受歡迎，心中並不服氣。這顯然是路線之爭，愛德蒙・龔固爾批評莫泊桑的缺點，正是寫實主義派作品的特點，他們常採用社會事件或街坊傳聞為素材，再加上他對周遭事物的觀察判斷與剖析，而撰寫出作品，內容多為當時市井小民的生活寫照，並無低俗高雅的問題，只

是角度相異，見解不同。

莫泊桑身處法國大革命、工業革命後政治、社會劇變的環境中，他試圖冷靜地以科學的觀點去審視當代社會既有的與產生的問題，且做人物的心理分析，尤其針對財產、婚姻、違法、不公等議題著墨甚多。

首先，我們討論莫泊桑短篇寫實小說的特色，然後再就其中女性人物在當時社會的處境與宿命，一窺他的寫作技巧和功力。

二、短篇寫實小說之特色

莫泊桑在《費加洛報》的副刊上連載其短篇小說，除了要考慮文字的優美，還得估量文章的篇幅及可讀性，因此其文字宜精鍊，語言掌握也得準確，他之所以大受歡迎，其優點如下：

❶ 內容為茶餘飯後的話題

十九世紀不論是一群男人的餐敘（如《獵人故事集》〔*contes de la bécasse*〕），女性閨中密友的交心（如《巴黎故事集》〔*contes parisiens*〕），討論社會新聞或軼聞趣事都是當時的社交方式，莫泊桑以此為寫作素材，大受好評，結果他連載小說就如同當今的連續劇般，也成為布爾喬亞階級茶餘飯後的話題之一，真可謂戲中有戲、劇中有劇。

❷ 文句簡短、富節奏感

短篇小說顧名思義，它的篇幅不可過長，而且文字不宜太生冷，句子也不能太冗長。簡而言之，就是要立刻切入正題，並令讀者在短時間內充分了解一個故事的來龍去脈，因此全文的節奏感也很重要；否

則他們看了兩三行文字就生厭，那就是部失敗的短篇小說。再者，這種文體頗適合登在報紙上，每天一小段，像看連續劇般容易上癮，融入劇情，在當時這也是刺激購報率的方式之一，符合經濟效益。

❸ 具衝擊效應

莫泊桑將強烈意象的事物以文字傳達給讀者，它可能是驚世駭俗，也可能是大家不願面對的事實，或者是人們共同的感受，其目的就是引起群眾的注意與共鳴。題材甚至可以是刻骨銘心的《戰爭故事》（*récits de guerre*），也可以是滿足小人物狂想的《神怪故事》（*contes fantastiques*）。

❹ 以因果循環為基礎

莫泊桑在行文中預藏伏筆，藉各種方法暗示、明示一些線索，讓讀者在閱讀時進行反覆思索，抽絲剝繭，像猜謎語般刺激。如《恐怖故事及短篇小說集》（*contes et nouvelles de la peur*），它可說是具偵探小說的影子。

❺ 結局出人意料

故事到了結尾，若莫泊桑無法讓讀者留下深刻印象，這短篇小說就算大大失敗了，因此它一定在最後關鍵時刻來個大驚奇，讓眾人錯愕、感嘆，有時會像寓言故事般說些富哲理的小啟示或警句，提醒世人。

不過莫泊桑在《皮耶與讓》（*Pierre et Jean*）的前言中即表示過：「我寫作的目的並非只是講故事、惹人開心或感動人，而是讓大家去思考，了解其中深層意義及事件所隱藏的意涵。」其作品並非消遣恩物，也非道德教訓，反而是他抒發世態炎涼的時代見證。

三、女性人物在當時社會的處境

莫泊桑是個多愁善感、極富同情心的人，常會將生活周遭人們的不幸與個人的際遇融入作品中，尤其女人、棄兒、可憐人等社會弱勢者，是他最常關注的對象。莫泊桑往往以旁觀者的角色，藉作品主人翁之口提出一些看法或嘲諷。我們在此則以當時女性的境遇為分析主軸。

❶ 《西蒙的父親》（*Le Papa de Simon*）

於《西蒙的父親》一文中，莫泊桑描述純真美麗的白朗秀（Blanchotte）（字根即表潔白的意思）和一名男子發生戀情，但遭始亂終棄，她只好離鄉背井獨力扶養小孩，終日以淚洗面，悶不出聲，不信任別人也不和任何人來往，僅偶爾去教堂祈求上帝保佑。但那個她所相信的神明真的能拯救她嗎？她的兒子在學校被同學恥笑沒有父親，卻連反駁的能力也沒有，只能天真地認見義勇為的工人菲力浦為父。這對年幼無知的下一代而言，並不見得公平，但這就是當時女人不遵照現實社會既定規則的下場，她的生活空間只剩家庭與教堂，一時的天真浪漫，換來的是「終身自囚」。而始作俑者則揮揮衣袖，一走了之，不必負任何責任。在此，人們也發現養父可能比生父更懂得如何去疼愛一個天真無邪的小孩，似乎他有意反映了自己缺乏父愛的童年，這也算是莫泊桑對父愛的質疑與挑戰。

莫泊桑透過三名鐵匠之口，替白朗秀抱不平，第一位說：「雖然她很不幸，白朗秀仍是個好女子，勇敢又整潔，應是值得好男人疼愛的女人。」由此我們可察覺當時女性是得依附男人才能過好日子，那麼男尊女卑的現象就不足為奇；接著三人齊說：「這，這是真的。」第一位又接著說：「這難道是她的錯，她差點兒結婚了？人家承諾要娶她的，我就認識一個以上今天受人尊敬的女人，她們曾先有後婚的。」這也透露當時女人以夫為貴的社會現實；接著，三個男人都齊聲回答：

「這，這是眞的。」

其中一人又說：「這可憐女人受的苦是要單獨撫養小孩，她以淚洗面，足不出戶，只上教堂，這只有上帝才知道。」面對困窘，她只能自責、忍氣吞聲，不能說出眞相也不敢反抗；然後其他人又說：「這也是眞的。」

表面上文字敘述有點類似童話故事或戲劇中的合唱隊，而莫泊桑採取的是他慣用的推陳手法，用簡單的道理、邏輯，去指出一個不幸遭遇可能產生的複雜後果，故事既眞切又無奈。不過白朗秀仍不脫爲當時社會女人的宿命：照顧、養育，這是符合傳統社會對女性的期待。

最後雖然菲力浦願意娶白朗秀爲妻，但也是透過西蒙這小男孩需要有個「正常的」家庭生活，決定成人的幸福與否，不過這似乎已不是大家關切的重點了。

❷ 《真實的故事》（*Histoire vraie*）

《眞實的故事》是篇濃縮的精彩故事，首先是以一群男性沙豬獵人酒足飯飽之際對女性輕浮的話語做開場，其中並提到主人如何與女僕米札（Mirza）尋歡，再把她賣給別人的故事，但她仍不死心回頭來找，卻只是徒遭羞辱罷了，最後抑鬱而終。這其實只是伏筆，接下去「經驗較豐富」的波美（Paumelle）或較不經世事的玫瑰（Rose）命運幾乎如出一轍，都是被男人當商品或牲口交易，然後逃之夭夭；女人則不死心，只是哭哭啼啼，還執迷不悔地相信愛情。殊不知她們早已成爲男人訕笑的對象，到頭來只有一死，卻換不來一絲同情。

莫泊桑藉由德瓦內多（M. de Varnetot）之口，說出當時中上階級男人對女人的成見：「女人很笨；一旦她們腦袋裡有了愛，她們就糊塗了，毫無智慧可言，愛情至上，至上愛情！」

男人為逞肉慾才會找社會底層的女人，不過為掩蓋姦情會毫不猶豫地趕走她，最簡單的方法當然就是用金錢收買另一個低層社會男人做龜公。全文中刻劃男人自私行徑的一段，十分傳神：「我把她送上神壇，我付了婚禮費，我提供晚宴支出，總之我做了許多大事。然後：『晚安啦我的孩子們！』我要去杜涵我弟弟家六個月……」短短幾句話他不斷強調「我」、「我的」，自我之心不可言喻，其中亦反映了工業社會下物質主義昌盛的現象，這些人認為金錢、權勢可以解決一切。

這段每一句幾乎都以「我」字開始，充滿自私、霸氣，並且自以為是，誇耀自己簡直是慷慨大方的大善人，且有錢可擺平許多事，尤其是一個女人的終身大事；然後，他再遠走他方避避風頭，等到事過境遷就沒事了再回來，所有責任和罪過則推到那些被男人玩弄而受害的女人身上。這種財大氣粗的嘴臉，與毫無招架能力的女人形象相對照，形成階級懸殊的卵、石對比，莫泊桑藉此更突顯了真實社會的不公不義。

而莫泊桑冷不防藉德瓦內多的獸醫朋友之口，說了一句反諷的句子，更令人印象深刻：「您要什麼都行，但像這樣的女人，可要不得。」事實上，莫泊桑是不齒這些上層社會衣冠禽獸的男人，但那批人自恃為社會中堅份子，遊戲規則由他們制定。兩性待遇不同的根源，並非來自男女性別差異，而是來自男女在社會權力上的不平等，男人並將道德的枷鎖不成比例地加諸於女性身上，這些都源自女性在父權社會權力結構的弱勢。對男人縱容及對女人蔑視，是女性無法擺脫遭男性踐躪的體現。

❸ 《族間仇殺》（*Une Vendetta*）

《族間仇殺》是典型符合莫泊桑短篇小說格式的一篇。在首段，作者便以駭人聽聞的敘述方法，直截了當地呈現老寡婦獨子慘遭殺害的一幕：「……他全身是血：沾在當初被撕開療傷的襯衫上；在他背心上、內褲上、臉上、手上。血凝塊則沾黏在鬍子和頭髮上。」莫泊桑將

斑斑血跡，像持放大鏡般呈現給讀者，這幕白髮人（寡母）送黑髮人（獨子）強烈影像的場景，讓大家產生極大的衝擊。

第二段描述的是老寡婦輾轉反側，一心想為兒子復仇的心路歷程：「她又老又殘，孤苦伶仃怎麼辦？但她曾答應過，對著屍體發誓過，她無法忘記，她無法等待，她該怎麼辦？她不眠不休心裡也無法平復；她固執地想法子。」此處作者不斷重複強調「她」字，加上怎麼「想辦法」的問句；其中動詞則是過去進行式，更顯示莫泊桑對寡母的同情以及老婦人念茲在茲，滿腦子都是急於報復的縈念。

若我們朗讀這段原文，便不難發現其中的節奏感，且莫泊桑善於利用排比與設問法，讀者似乎也隨著文字，心情跟老婦人一般起伏，它們並互有因果循環的效應。

最後一段老寡婦放狗咬仇家的一幕為此篇小說的高潮：「狗瘋狂地向前衝，咬住對方的喉嚨。那人伸展雙臂，抓住牠，在地上打滾。不到幾秒鐘，他身體蜷曲，腳狂踢地面；接著便靜止不動，而賽米朗（Sémillante）則翻攪著他的脖子，把他撕成碎片。」這段場景令人有迅雷不及掩耳之感，其中每句都是個肉搏動作，且絲絲入扣，愈來愈激烈，莫泊桑用一連串動詞的簡單過去式將讀者的神經繃到極致，最後兩句才用未完成過去式，令大家稍稍喘口氣，也暗示故事到一段落，不過畫面都是血淋淋的。

此外，我們也發現老殘的婦女在被逼得走投無路、無計可施之際，因母愛才採取激烈手段；而真正挺身幫助她的不是人類，卻是忠心耿耿的家犬！這也算是莫泊桑對人性冷漠、弱肉強食的一大諷刺。

❹ 《做填充軟椅墊的女人》（*La Rempailleuse*）

《做填充軟椅墊的女人》這篇小說是以男人與女人一起討論何謂「愛情」開場：從男人的角度來看，他們認為「熱情就如疾病一般，會發生好幾次，若遇到阻礙，有可能會要人命的。」而女人們的想法則大

不相同，她們覺得「真正偉大的愛情一生只可能發生一次，就如閃電一般。」作者一開始就點明男女愛情觀的歧見，間接地說明兩性在某些議題上，是缺乏交集的。

接著，莫泊桑以倒敘法引起讀者好奇心，講述了一個身分卑微，做填充軟椅墊女人的故事。她為愛存錢、付出，終不後悔，大家起初都不明白為什麼這個又窮又老的女人要將一生所有積蓄送給一位收入頗豐的藥劑師。原來她本是個沒人理睬的女子，因掏出身上零錢令仍是小男孩而日後成為藥劑師的他破涕為笑，她內心油然而生滿足與喜樂感。之後她著迷似的多次地用金錢討好這男孩，只求擁抱他一下。後來男孩長大娶了媳婦，被她看見，於是她失去理性地去尋死，幸被救起，之後卻經常上藥局藉口買藥，只為了多看那藥劑師幾眼。長期遭冷落者誤將他人一時的憐憫心當作愛情，結果受傷的仍是自己。

不論那男人對她如何冷淡、無情，她仍執著著自己想像的愛情，無怨無悔，繼續她那種單向的感情付出。反之，經濟已相當富裕的藥劑師，看在錢的份上，可以出賣靈魂，一再消費這名貧窮女子的感情，其自私、貪婪、虛偽的嘴臉，與童年時的純真無邪形成極強烈的對比。他那嬌貴的妻子起初也是惡言怒斥這個地位低下的女子，後來得知有筆遺產可圖，見錢眼開的她立刻改口附和，展現出另一副德行。至於貧女遺留下的破車、老馬和小狗，他們可不屑一顧。

莫泊桑最後藉侯爵夫人天真的口吻為本篇下的結論是：「唯有女人懂得去愛！」（Décidément, il n'y a que les femmes pour savoir aimer!）此外，讀者也從內文中明白，勢利的女人沒有靈魂，她亦不自覺地以父權社會輕視女人的眼光及態度來打量其他女性，而成了父權社會的幫兇，只以自身利益為考量。

莫泊桑藉由一個愛情故事，先輕鬆探討兩性觀點，並勾勒出反差對比極大的世態炎涼圖像，尤其對當時女性如何依附男性生存的境況做了一針見血的剖析。最後打破布爾喬亞女性虛幻且天真浪漫的憧憬，真

實地呈現女人不分貴賤遇到情關時的處境。他所指的是，文中誰的情操高尚，似乎並不見得與其社會地位成正比……這不啻是對中產階級偽善貪財的行徑又做了番批判與反諷。

❺ 《嫁妝》（*La Dot*）

　　莫泊桑小說中可憐的女人不限貧家女，富家女從天上掉到地獄的感受恐怕更令讀者啞口無言。在《嫁妝》這篇短篇小說中，金錢仍是核心問題，而男、女對婚姻的認知有差距，卻也出現迴然不同的反應：「勒布律芒夫人很喜歡她的丈夫，她不能沒有他，她要他一整天陪她，她撫摸他，擁吻他，搓揉他的手、鬍子、鼻子等等。」至於男方，「他的撫摸不足，擁吻不夠，不太摸她的手，整個人並非從早到晚一直捧著他太太。」莫泊桑寫實地觀察出兩性表達愛意的方式，我們也從其中肢體語言的描述中，看出些兩人情感不對等的端倪。

　　從一開始，讀者就已嗅出不尋常的氣息了，只是不知道這對外表光鮮亮麗、門當戶對的金童玉女，命運將如何演變。當然，莫泊桑也很懂得吊人胃口，帶著大家隨著車子小遊巴黎，並將勒布律芒夫人天真的個性、忐忑不安的情緒以及她心情的糾結無助描繪得淋漓盡致，也讓其中的戲劇張力隨著漫漫的等待，徬徨無助漸次升高。不僅如此，在丈夫西蒙「失蹤」後，讓天真的珍納一人流落巴黎街頭，莫泊桑以設問法替讀者提出了一連串五個問題：「她要去哪兒？她該怎麼辦？他發生了什麼事？如此的錯誤，如此的遺忘，這是個不可思議的疏失嗎？她口袋裡有兩法郎，該找誰去說？」這些更增加了小說的懸疑性及荒誕性。

　　以上情節宛如推理小說，莫泊桑以寫實手法，令讀者陷入緊張懸疑的迷團中，有待步步抽絲剝繭，獲得解決，這也是他作品中的一大特色。上當的珍納除了不知如何自救外，竟仍傻傻地憂慮捲款逃跑丈夫的安危！原先粉紅色的人生頓時烏雲密布，莫泊桑雖未交待女主人翁的下場，但人財兩失卻是不爭的現實。

莫泊桑在《皮耶與讓》的前言中即表示：「它呈現的是心靈如何在某些情境中所產生的影響，人們如何相愛，如何憎恨，如何在所有社會階層裡抗爭，如何於中產階級利益、金錢利益、家庭利益、政治利益中奮鬥。」莫泊桑不僅小說講究推陳，在分析作品中人物時，亦不掩其充滿邏輯，鏗鏘有力的雄辯才華。

由以上幾部短篇寫實小說中，我們發現，其中女性不分貧富貴賤、年輕年長，她們很明顯地就是大時代下的犧牲者，本身個性多半易感浪漫、天真無邪，對愛情充滿幻想與憧憬，而自己也定位為男人的附屬品；然而她們處於現實社會的大環境中，顯得格格不入，尤其在法國大革命及工業革命之後，財富重新洗牌，於是牽扯到更多家庭、金錢、權力等等的糾葛，在當時那個男性宰制的動亂時代裡，思想及經濟無法獨立的女性便自然而然成為男性間交換的籌碼與當下的祭品。男人們對女人並不平等看待，他們對中上層社會女性的觀感是她們懵懂無知，不食人間煙火；對下層社會的女僕或女工則認為可招之即來，揮之即去，任意欺侮而不必負什麼責任，甚至到時候再給她們貼上行為不檢點、愚蠢至極等標籤，然後就打發了事。貧病交迫的老婦更是無人搭理，因她們毫無利用價值，故生如畜生，死則如草芥。總而言之，女人就是好哄好騙，可任人宰割。

莫泊桑看不下去，因此往往站在弱勢的一方，為女性辯護，他認為事實勝於雄辯，略朝自然主義趨向，與左拉一樣，特別會為小市民發聲，只是他擅長描寫中上階級奢豪的排場與刻劃布爾喬亞的心理，執筆如醫生操解剖刀，既精確又深刻。莫泊桑也曾在《皮耶與讓》的前言中表達自己身為寫實主義派作家的使命感：「寫實主義者，若是位藝術家，他追尋的並非展示平凡的生活寫照而已，而是給予我們比事實更全面、更震撼、更具說服力的視野。」這也是他的小說之所以能特別感人之處，亦確實印證了當時的社會風貌，道出許多人的心聲，因此造成極大的反響。

四、莫泊桑短篇小說的影響力

　　此外，莫泊桑的短篇小說共有一百一十一部拍成電視影集或電影，六十二部中篇小說只有其中十四部拍成電影，長篇小說則有五部登上大銀幕；以數字來看，可發現其短篇作品在後世傳媒上發揮的影響力。探究其原因不外乎作者素材的多樣性，也常探討社會風俗習慣的問題，主角常是令人同情的女人、棄兒、可憐人，主題不外乎愛情、孤寂、害怕、瘋狂、死亡。其文字則既清晰又簡練，故事架構完整，且探討的人生價值觀，雖很悲觀，但放諸四海皆準，無論地域、性別、社會階層，他都評論。還有作品內容極具戲劇張力，又具強烈影像效果，因此編劇、導演可不必費神做過多的更動。再者，這也是種便宜行事的作法，寫實主義巨擘巴爾札克，介於寫實與自然主義的莫泊桑及自然主義的左拉，他們的作品都大量被改編成電視影集或電影，除了上述理由，它們亦具教化意義、時代意義，且這些作品早富盛名，不需多做廣告宣傳，只消打出大文豪的名號，便可達到宣傳的功效，又何樂而不爲？其中雷諾瓦（Jean Renoir）曾拍莫泊桑的《鄉村一日遊》（*Une Partie de Campagne*）已是經典，他總結前人與當代藝術家之經驗，確立了一套有系統的寫實主義電影語法。桑戴里（Claude Santelli）則是莫泊桑作品的最佳代言導演，當然個人的偏好與學養，甚至生活境遇，也都是左右影視工作者選擇腳本的因素。尤其1920年代法國影片多以描寫普通老百姓心理、現實生活的遭遇爲主，莫泊桑短篇小說故事，正符合當時社會的氛圍及一次世界大戰後電影市場的需要。十九世紀法國文壇對短篇小品不屑一顧，但弔詭的是，二十一世紀世界級的諾貝爾文學獎於2008年頒給擅長中短篇小說的法國作家勒克雷西歐（Le Clézio），2014年的諾貝爾文學獎桂冠又落至法國另一位中短篇小說名家莫迪亞諾（Modiano）。路遙知馬力，真正的佳作是經得起時間考驗的。

五、為世界短篇小說樹立新風格

　　莫泊桑以「無我性」的寫作方式，客觀的呈現事實，詳細描述中下階級的心路歷程，這是自然主義小說的特色。又，莫泊桑師承福樓拜，自然也學習了寫實主義之風；甚至經常要讀者探索、揣測、批判與歸納。在當時，《脂肪球》不僅爲法國文壇創造了全新的寫作形式，同時也替世界短篇小說樹立了風格。其影響力遍及西方各國，就連俄國的短篇小說家契訶夫都曾歌頌他：「現在文壇是荒涼的……不過請讀讀莫泊桑吧，有些全新的東西。」德國哲學家尼采也曾讚揚他：「如果要在他們（法國文學家們）當中特別舉出一位天才的話，他就是莫泊桑。」由此可知，他的小說在當時引起的驚嘆，可見一斑。

 諾貝爾文學獎大贏家

法朗士

（Anatole France，1844-1924）

（1921年諾貝爾文學獎）

 生平

　　阿拿多勒‧法朗士（Anatole France）生於巴黎，原名爲阿拿多勒‧帝波（Anatole Thibault），父親是舊書店商；法朗士在書堆裡長大，愛唸書的習慣與童年生活不無關係。1879年他的首部小說是《卓卡斯特和瘦貓》（*Jocaste et le chat maigre*），未受到矚目，直到1881年，《西維斯特‧波拿的罪》（*Le Crime de Sylvestre Bonnard*），才確立了他散文家的地位，其風格詼諧且文筆流暢，而《泰伊思》（*Thaïs*, 1890）更突顯了法朗士文筆的洗鍊與純熟。若欲進一步了解作者，可參閱《小皮埃》（*Le Petit Pierre*）這部自傳體小說。而《貝殼盒子》（*L'Etui de nacre*, 1892），《伊比鳩魯的花園》（*Le Jardin d'Epicure*, 1895）和《鵝掌女王烤肉店》（*La Rôtisserie de la Reine Pédauque*, 1897）等著作中，我們可見法朗士的思想特色：他一方面是伊比鳩魯主義，並尊奉信仰；另一方面則是懷疑主義，學識雖淵博，卻小心謹愼，且喜歡說教。

　　法朗士的小說不以情節曲折取勝，而是以平凡事物娓娓敘述見長，他喜歡用簡潔明快的古典筆法，既反對自然主義的庸俗化，亦反對象徵主義的

晦澀手法。他的文筆自然、清晰、優美，且頗會發現事物有趣的一面，善於運用靈活多變的諷刺筆調。有的批評家認為他是伏爾泰的繼承人，繆塞的模仿者。這說法似是而非，雖然他具伏爾泰和繆塞的諷刺與幽默，但他的作品中有種說不出的雅緻，且充滿憐憫心，他雖然冷嘲熱諷批評社會的不公及黑暗，卻是個熱情的作家。

法朗士自己就曾說：「我越想越覺得人類的生活應該以譏諷和憐憫來批判。譏諷與憐憫是兩個顧問：一個帶著微笑，使生命喜悅；一個垂著淚，給予人們一些神聖的意義。我所說的譏諷不帶絲毫殘酷，既不諷刺愛情，也不譏笑美麗，只是充滿溫柔與慈善。它能使怒氣平息，教我們取笑壞人和傻子，如果沒有它們，我們就會痛恨別人。」這即是他內心最佳的寫照。

1896年，法朗士當選法蘭西學術院院士，但他並不因此而墨守成規，他的《諸神渴了》（*Les dieux ont soif*, 1912）以法國大革命為背景，看來法朗士陷入矛盾，他所同情的不是德性高超、愛國心切的國民公會議員們，而是一個追求安逸、對人生持懷疑主義態度的風流公子哥兒。《天使的背叛》（*La Révolte des anges*, 1914）是他最深刻、最優秀的作品之一，這部小說不僅猛烈的反對宗教，反對上帝，並歌頌了人類、自由與革命。

而波尼耶（Bonières）曾這麼描述過法朗士：「我從未見過像法朗士那樣不活動，也找不出像他那樣什麼都想知道而又懂得許多事物的人。他的不為名、不為利，由他平板的長臉上可以看出。他沒什麼特徵，目光遲鈍，但卻蘊育著一種和藹及溫柔。」

法朗士曾長期擔任出版社校對、圖書館管理人、報社文藝評論者等，好讀書的他，除熟讀哈辛、拉法葉夫人、拉封登、夏多布里昂等法國作家的作品外，並深受豐富的希臘、羅馬文化薰陶。後來，由於發生德雷福斯

（Dreyfus）事件，他仗義執言，與左拉堅定地反對種族主義與狹隘的民族主義，要政府複審這案子。第一次世界大戰後，原本醉心於自由思想的法朗士，繼續投身到社會主義的政治活動中，甚至時常主持共產黨的集會，至少別人稱他為共產黨員，他也不否認。

1921年，法朗士榮獲諾貝爾文學獎，但於1924年10月12日即逝世，法國政府並為他舉行國葬，場面備極哀傷，由此充分說明他在二十世紀初法國文化生活中的重要地位。

《鵝掌女王烤肉店》
（*La Rôtisserie de la Reine Pédauque*, 1897）

一、故事摘要

法朗士以寫回憶錄的筆調敘述雅克‧梅內特里哀的故事。他本身是烤肉店老闆的獨子，照理這一輩子就接掌家庭事業，平凡地生活，似乎也沒什麼不好……。然而生性聰穎的他，尤好讀書，雙親亦十分鼓勵他向學。在一些機緣下，他結識了啓蒙老師──博學虔誠、思想精闢且聰明多疑的熱羅姆‧瓜納爾長老。他是位主張享樂至上的神父，傾全力栽培雅克；他說話天馬行空、不著邊際，事實上是在批評國內各種制度，並指出其缺點，認為它們無法實現創始主義者的理想，滿足眾人的期望。後來雅克又與恩師到崇尚神祕學的煉金術士達斯塔拉克貴族珍藏寶典的圖書館從事翻譯古籍的工作，飽讀經文。這也是他人生重大轉捩點之一。

雅克這一生，除了恩師、極深愛他的母親外，還有兩位對他影響巨大的女人：卡特琳和雅愛兒；然而她們都相繼投入一個年輕膚淺的貴族唐克蒂

爾的懷抱……。這兩段沒有結果的戀情，令他更不相信永恆，並更印證了他早先就認定人生即「飢餓和愛情」的觀念；換言之，這與孔子「食、色，性也」的看法不謀而合。恩師過世後，他則看破一切，寧願歸眞返璞，回父母身邊，後又買下對門的「聖・卡特琳之像」書店，浸淫書海，對過去的塵煙往事亦逐漸淡漠。

二、作品分析

這部小說雖不是法朗士的自傳，可是我們不禁要聯想到他的父親諾埃・法朗士（Noël France），他曾是皇宮守衛、沒落的保皇黨，後來是位書店老闆。他的書鋪裡亦不全是愛看書的朋友……。

法朗士是哲理小說作家，他寫小說不是爲了說故事，而是藉以表達他的思想，研究人生的一些問題，試圖解決人類命運之謎。法朗士想改善人類生活，改良社會制度，換言之，他將追求幸福視爲人生最終目的。在他的小說中，常以懷疑的態度問：我們可以過平靜的生活，享有與世無爭的和平嗎？我們可以獲得眞理，解開宇宙之謎嗎？人類似乎已經發現不少宇宙的奧妙，至少他們自以爲發明了不少東西，但這些發明到底有什麼好處？它們只不過證實了兩種不可抹煞的眞理：人類是無知的，宇宙浩瀚，莫測高深。人類一度盲信宗教，認爲宗教即眞理，後來發覺這不過是種謊言，所謂的福報根本無法實現，於是轉而向科學求諸眞理。孰不知科學所能解決的只是浮面問題，在這些問題背後仍存在許多問號，永遠無解。人們希望實踐公理正義，卻對此毫不明白；人類想要脫離野蠻，結果竟投入另一種野蠻。有些人甚至走火入魔，鑽研玄學、神祕學、長生不老之說等等。或許，人類已不是封建制度下的螻蟻，但卻成了機器和金錢的奴隸。人們似乎不停地向前，其實他們並沒前進，只是兜著圈子，走不出原出發點。

那麼，生活的意義到底為何？人們一直在嘗試、失敗間打轉，而科學雖不能獲得絕對的真理，至少它是追求知識的途徑，值得人們用有限的生命做部分的思考。有了這種想法，法朗士於是不再是消極悲觀、極端懷疑主義者，他成為人道主義者，對弱小及貧民寄予無比的同情。他認為人生是痛苦的，我們不但須忍受命運的殘酷，還得遭受有錢階級的剝削，有權勢者的欺負。可是，如果我們願意抵擋這股惡勢力，是擺脫得了金錢與權勢的迫害，仍有可能過平和的日子。

 紀德

（André Gide，1869-1951）

（**1947年諾貝爾文學獎**）

　　紀德於1869年11月22日在法國巴黎誕生，1951年2月19日歿於巴黎。他的父母來自兩個截然不同的家庭背景。父系方面，家無恆產，是法國南方人；而母系方面卻是諾曼地區的富裕人家。紀德本身極自豪自己的家世，因為這樣他可以對人生擁有不同的體驗。他的母親叫茱麗葉‧洪多（Juliette Rondeaux），父親是保羅‧紀德（Paul Gide）為巴黎大學法律教授，非常疼愛他，但不幸在他十一歲時就去世了。之後，他的周圍幾乎都是女人（母親、女管家、阿姨、表姊妹），這對紀德日後的人格發展，頗具影響。

　　他是獨生子，從小體弱多病，常頭暈（有時候是假裝的，為了引人注意），不過個性內向，幾星期不說一句話的情形也是有的。八歲時因自慰被阿爾薩斯小學開除，父母親都嚇傻了，送他去看醫生，醫生則嚇唬他說：「如果再犯，就要用劍把他閹了。」

　　紀德的母親與普魯斯特的母親一樣，對兒子的一生，都非常的重要。她是個十分嚴謹的女人，篤信基督教，個性頗挑剔，不屑享樂，品味平庸，更談不上具女人味了。至於音樂方面，只聽韓德爾的聖樂，而鄙視蕭邦的樂

曲。至於她的兒子最後會那麼的「離經叛道」，可能不是為人母可想見的。

十四歲時，紀德發現了表妹瑪德蓮（Madeleine）的一個祕密：她很不快樂，因為母親（即紀德的阿姨）馬蒂德‧洪多（Mathilde Rondeaux）有外遇。他同情瑪德蓮，很想娶她；紀德的首部小說《瓦爾德筆記》（*Cahiers d'André Walter*），除了是作者對愛情的表達，也可說是他年少時期的自傳，紀德就曾發下豪語：「馬拉美（Mallarmé）是詩的代表，梅特林克（Maeterlink）是戲劇的代表，我要代表小說。」又，由於這部小說，他得以進入藝文界，結識了巴赫（Barrès）、馬拉美（Mallarmé）、王爾德（Oscar Wilde），也因而被列入象徵主義派。

1893年10月，紀德和畫家洛朗斯（Paul-Albert Laurens）一塊兒去突尼西亞，阿爾及利亞和義大利旅行，他發現了生命的意義和人生的喜悅，甚至還發覺對北非的阿拉伯少男特感興趣；途中染了重感冒（初期肺炎）也不願休息。他的第一次同性戀經驗也就在1893年11月發生的。旅行回來後，他摒棄了青少年時代的那一套想法，覺得那些東西既乏味又封閉，簡直就阻礙了他的創作及思想。

1895年，紀德又前往非洲旅行，並又遇到王爾德，5、6月回來後，母親過世，他除了感到痛苦外，還覺得自己終於「自由」了；10月份，旋即和瑪德蓮結婚。兩年之後（1897年5月）充滿詩意的《地糧》（*Les Nourritures terrestres*）更是表現了作者從傳統掙脫出來的愉悅、快感與自在。1902年的《背德者》（*L'Immoraliste*）又強調了作者的理念，1909年的《窄門》（*La Porte étorite*），則對基督教的某些神祕教義，更是大肆抨擊。

也就在同年，紀德實現了個人童年的夢想，和一些志同道合的朋友德魯安（Marcel Drouin），吉昂（Henri Ghéon），舒拉姆貝傑（Jean

Schlumberger）、柯波（Jacques Copeau）及呂泰爾（André Ruyters）合編了一份刊物，名爲《新法蘭西評論》（*La Nouvelle Revue Française*），這是法國二十世紀最重要的一份文學雜誌，由伽里瑪（Gallimard）出版社印行，戲劇部分由老鴿棚（Le Vieux-Colombier）的創始人柯波負責，小說部分則實質上歸紀德主事，但他從不願掛名。

第一次世界大戰前夕，他出了一本書叫做《梵諦岡的地窖》（*Les Caves du Vatican*），這又是部批評宗教的書籍，也因此他與來往十五年的保羅‧克勞岱爾（Paul Claudel）（虔誠的天主教徒）絕交。另一項對宗教的挑釁從1916年出版的《你也一樣》（*Numquid et tu*）這本書中可見一斑；其中敘述的就是他和馬克‧阿萊格特（Marc Allégret）的戀情。1918年可說是紀德遇到一生最慘痛的事：那時他和馬克在英國，瑪德蓮憤而將紀德自青少年時代寫給她的信札全燒掉了。他心痛地說：「我一生中最珍貴的東西沒有了……這簡直就像她殺了我們的孩子一樣……」另外值得一提的是：《田園交響曲》（*La Symphonie Pastorale*）是於信件燒毀前三天大功告成的，因此凡是之前的作品裡，多多少少有以往信件或日記的痕跡。

1920年代是紀德的巔峰時期，在《科立多》（*Corydon*, 1924）中，他大膽地闡述同性戀是件自然的事；1926年的《僞幣製造者》（*Les Faux-Monnayeurs*）爲歐洲新浪漫主義開拓了新天地；1924年的《如果麥子不死》（*Si le grain ne meurt*），他的坦承和直率造成不小的震撼。1925年至1926年間，紀德又做了一次長途的非洲之旅（和阿萊格特，並拍了他的第一部影片）；回來後則出版了《剛果之旅》（*Le Voyage au Congo*）和《回到查德》（*Le Retour du Tchad*）及一些文章，將其見聞一一撰述，並嚴厲批評殖民制度：接踵而來的記者會、筆戰、辯論等活動，已使得他成爲非單純的文字工作者了。

數年後，紀德陸續的出版了三部曲：《女子學校》（*L'Ecole des Femmes*）、《羅伯》（*Robert*）和《熱納維埃芙》（*Geneviève*），重點在批評這個社會和道德觀，主角拒絕無知、盲從的接受這個社會制定的幸福假象。從1932年起，他開始同情蘇俄的社會主義制度並傾向共產黨（但他從未入黨）。1935年的《新地糧》又是他寫作生涯的另一個里程碑，因而於1936年應蘇俄當局之邀，做了趟蘇聯之旅。但紀德所帶回來的盡是失望，他陸續出了兩本書——《蘇聯歸來》和《再談蘇聯歸來》，其中顯示出對史達林主義的排斥。原先是右派的人攻擊紀德，如今演變爲左派人士處處打擊他，然而他的道德勇氣及直言不諱的態度，的確值得人們尊重。

1938年復活節週日當天，瑪德蓮與世長辭，次年，紀德正式認養了自己的親生女兒凱瑟琳（Catherine）和畫家泰奧（Théo）及瑪蕾亞（Maria）之女伊莉莎白（Elisabeth）。1939年5月，紀德是第一位在世的作家得以列入「七星圖書系列」者，這要歸功其好友施凡（Jacques Schiffrin）的極力促成。這部合集也是所有對紀德生平或作品有興趣的讀者不可或缺的寶典。

紀德的政治理念也值得關注：第一次世界大戰初期，紀德似乎較傾向民族主義好戰份子，而第二次世界大戰初期，他則向元帥貝當（Pétain）建言，但不久則加入反納粹行列，站在法國人反抗陣線。1942年5月，紀德離開法國南部到北非去——先是到突尼斯，然後是阿爾及爾（在當地曾與戴高樂將軍共進午餐），最後去摩洛哥。1945年5月回到法國時，藝文界則是「存在主義」和「表態文學」的天下：照理他可大大的發表議論，享受盛名，但他年事已長，對這類出風頭的事也不感興趣。在那期間的作品有《忒賽》（*Thésée*），是本寓言式故事的遺囑，也是他四十年來的思想結晶：作者以赤子之心靜觀人類的一切，並悉心的把它寫下來。

這位一向不畏強權為理念而戰的老作家，此時也該享有應得的殊榮了，牛津大學頒予榮譽博士學位，接著於1947年獲得諾貝爾文學獎。1949年，則獲歌德紀念獎，1950年12月，紀德的《梵蒂岡的地窖》在法蘭西話劇院演出，戴高樂總統並親臨觀賞。1951年2月19日，他平靜地病逝於瓦諾街（Rue Vaneau）的寓所裡。

　　死後的紀德，褒貶參半；次年，書商又從他遺留的文稿中整理出兩本書來，一是關於瑪德蓮焚信後，紀德所寫的日記。另一本是《理應如此》（*Ainsi soit-il ou les jeux sont faits*），這即是他1949年以前的隨筆，資料雜亂無章，都是些片段。被披露的還包括紀德和一些名人來往的書信——雅姆（Jammes, 1948）、克勞岱爾（Claudel, 1949）和杜博（Dubos, 1950）。以後他們還收集了紀德與瓦萊里（Valéry, 1955）、儒昂多（Jouhandeau, 1958）、佩吉（Péguy, 1958）、馬丹·杜加（R. Martin Du Gard, 1968）、科克多（Cocteau, 1970）、莫里亞克（Mauriac, 1971）、羅曼（Romain, 1976-1979）等人的信件。

　　紀德與其同輩的大作家如普魯斯特、克勞岱爾或瓦萊里一樣，將留名百世。他在法國文學史上，占著舉足輕重的地位，有三個理由令我們對其高難度的作品嘆為觀止：首先是因為紀德的創作題材豐富，其中包括旅行、友誼、抗爭、當代問題的看法，他都有獨到和精闢的見解，別人則是學不來，也抄不來的。還有，他的作品包羅萬象，若只閱讀《窄門》、《田園交響曲》、《地糧》、《新地糧》或《回歸蘇聯》，都僅止於以管窺天，無法了解紀德精神的全貌，因為他的三十部作品，各有特色，如不逐一閱讀，實在很難捉住他的精義。最後一項困難是紀德極富批判精神，他將宗教、社會、傳統的假面具一一扯下來，要人們去面對性的禁忌，殖民世界的不公，史達林主義的偏差。他曾是少數上層階級人士之中同情共產主義者，莫斯科之行敗興而歸後，毅然地承認看走了眼，不為所惑，也不願欺騙那些沉醉在「烏

托邦」的盲從份子。不像有些人士，只顧譁眾取寵，發表違心之論，這點紀德可是做不來的。

《窄門》（*La Porte étroite*, 1909）

《窄門》是紀德的第一部暢銷小說，內容是敘述兩個年輕人芥龍（Jérôme）和阿麗莎（Alissa）相戀，卻以悲劇收場的故事。書名《窄門》即取自《路加福音》第十三章二十四節：「努力進窄門吧……」而這窄門正象徵著嚴苛的禁慾生活。

一、故事摘要

芥龍和阿麗莎都是虔誠的教徒，一同上《聖經》課，有朝一日若能結合，是再好不過的了。但阿麗莎的妹妹朱利葉特（Juliette）暗戀芥龍，卻又不敢表達；姊姊知道了，十分難過，於是徘徊在犧牲自己或勇敢去愛芥龍的兩難情況。就在難分難解之際，妹妹毅然做了決定，嫁給一個可靠的男人，並幫他成家立業，自認為生活也蠻幸福的。這麼一來阿麗莎應當可以和芥龍結婚了吧；但阿麗莎老是想起童年撞見母親與男人私通的情景，從此認為性是淫穢的，而不願和芥龍要好。況且，她若將自己獻給凡人，豈不背叛了上帝？婚姻對她而言幾乎等於是墮落，會讓她無法實現完美的夢想；婚姻是種屈服，從此她得放棄以純潔之軀做上帝選民的榮耀……。她一心向主，卻又被愛情所困，內心的掙扎，叫她無所適從；日記充滿了哀怨，卻又無以自拔。她的絕食，意味著情絲已斷，也代表個人俗世生活的結束。

二、天人交戰

有人批評這是部繼《地糧》和《背德者》之後的「翻案小說」。芥龍和阿麗莎自認為他們的純情將使兩人邁向天堂，但事實卻剛好相反。因為愛阿麗莎，芥龍試圖「遵從上帝的旨意」，強忍著胸中的愛慾，然而，這竟日漸造成兩人的距離。因為當愛在他們之間滋長，恐懼亦油然而生，他們都害怕任何肉體的情愛會帶來情感的幻滅。阿麗莎就曾在日記中寫道：「主啊！您所指引我們的路好狹窄，根本容不下兩個人並肩而行，還沒有到達終點，我就明白結果只會剩下我孤單一人。」

事實上阻隔這對年輕愛侶的不是外人，而是他們自己，因無法克服心理障礙，而演變成這場悲劇。錯就錯在兩人竟愚昧的甘心受禮教的約束，而扼殺了個人追求愛情的權利。我們不禁要問，阿麗莎是百分之百愛芥龍嗎？或是她對未來別有疑慮？兒時不快的陰影，「神的旨意」都是原因，但難道她的愛就是那麼絕對，無法割捨嗎？或許，她寧可活在自我建立的柏拉圖式愛情寶塔裡。其實，這也正是紀德有意無意對阿麗莎自我犧牲的一種諷刺。最終下場是既失去芥龍，亦無法為人類侍奉上帝。至於芥龍，他竟軟弱地任阿麗莎天馬行空的冥想，無法化解她的疑慮，適時爭取愛情。這不禁令人覺得他並不十分了解阿麗莎的心理，且愛意不夠堅定。

三、結語

完成《窄門》時，紀德刮掉所蓄多時的鬍子，如釋重負，希望過新生活。他曾強調，勿以社會一般道德標準來批判藝術作品，應以美學的觀點去論斷他的書。也許有人會責備女主角阿麗莎的犧牲是無謂和愚蠢的，不過也有人會為她的品格與抉擇大大感動。可見紀德也深知這部小說中的衝突性，

不過，他寧願大家以精神層面來探討這個問題。

《窄門》中對話、信札及日記這些段落，較能引起讀者的共鳴（也許因為這部分較具真實性），其他則是當了銜接他意念的工具，文體上有時會顯得過分的雕琢而不自然。他原本打算對阿麗莎盲目的自我犧牲好好地嘲諷一番，但又發現自己敘述的一切與實際生活太接近，因此結尾草草結束，只強調芥龍一味的抹煞自我，屈就阿麗莎，反而更增添了阿麗莎這角色的悲劇性，此乃一種近乎「自虐性」的愛情，這對戀人不是為幸福而生，甚至有時反而是因喪失自我而狂喜。

《如果麥子不死》（*Si le grain ne meurt*, 1924）

一、小說架構

紀德在《如果麥子不死》第一部裡，最後是這麼說的：「儘管多麼想忠於事實，回憶錄永遠都只能呈現其中一半，因為一切都永遠比說出口的來得複雜。或許只有在小說中，才更貼近真實。」與其追究《如果麥子不死》這類自傳體小說（或回憶錄）的真實性或虛構性，意義不大，倒是能否體會他想盡可能誠懇的「自然流露」，才是紀德所樂見的。他甚至說，其實自己二十歲時寫的成長小說《瓦爾德筆記》，便是他人生的總結，照這麼說，其他作品僅是不斷的複製、微修（或維修）。那麼這個由《新約聖經‧約翰福音》第十二章的標題：「我實實在在地告訴你們，一粒麥子不落在地裡死了，仍舊是一粒麥子。若是死了，就結出許多麥粒來。」是否代表了過去種種有如昨日死，以後種種宛如今日生？紀德終於「遊後重生」了。

❶ 第一部

　　首先，我們也發現本書第一部與第二部比重懸殊，內容不甚調和，其實這並不足為奇，因為第一冊是寫於1916年，而第二冊則在1919年春天完成，這三年期間，紀德的生活產生了莫大的變化。第一部分他詳述童年及青澀青少年時期與家人和朋友相處上發生的點點滴滴，狀似伏筆；第二部分則加重著墨個人性向的蛻變，以及個性上的成長。

　　小說一開始，紀德就對父母雙方的家庭背景做了詳細的描述，我們不難發現，位於北方母親家族的經濟環境較為優渥，為基督教徒；而位在南方的父系家庭，則是布爾喬亞階級，天主教徒，而且出了他父親這位法學教授。事實上，他是獨子，集家人寵愛於一身，自幼即衣食無慮，和母親一同享受許多藝文方面的陶冶，且受其影響甚鉅：她非常注重兒子的文化修養，尊崇音樂、繪畫和詩，盡可能的啟發他這方面的鑑賞力及判斷力，還讓他學鋼琴，且畫家表哥亞伯特對紀德繪畫上鑑賞能力的增長也助益良多。紀德兒時母親常帶他聽音樂會，他的鋼琴啟蒙教師生動地詮釋樂曲，使整支曲子如對話或故事般有趣。紀德認為，除了言語之外，手指也足以藉著彈奏鋼琴傳達心裡的感受。成年後就連他到非洲旅行時，還曾將鋼琴大老遠的運過去，而真正令他醍醐灌頂的鋼琴恩師，則是馬克‧德拉努斯，後者還曾想說服紀德母親，讓他成為音樂家。後來他們兩人，亦由師徒關係，成了忘年之交。

　　紀德個性溫馴、文靜，最討厭打架，當然也知道自己瘦弱的身軀，是打不過人家的。而他卻在學校，甚至放學後曾數度遭同學霸凌，這也是造成他畏懼上學、放學的原因。尤其他背誦詩歌時充滿感情，得到老師的讚許，從此更成了同學訕笑、痛打、圍毆的對象。後來他得了天花，接著又是神經衰弱症、頭疼、脹氣……也不知是真病還是裝病，顯然這位富家公子不適應工廠式的集體教育，有這些生理反應也

不足為奇。這也許亦塑造了他遇事退縮、孤立不群的個性。

　　而紀德的文史哲素養，是有賴家教還有個人的學習和早熟，也只有他得天獨厚的家庭環境，才能支持他悠遊閒散的求知歷程。他喜歡隨興自由閱讀，在《如果麥子不死》中，他曾提到巴爾札克的《人間喜劇》（*La Comédie humaine*），其中最愛《龐斯表弟》（*Le Cousin Pons*），且一讀再讀。此外，他也常翻閱《百科全書》（*L'encyclopédie*），聖伯夫的《星期一漫讀》、《筆記》（*Cahiers*），也是他的讀物；而科學性、難消化的艱澀書籍，他反而特別喜愛，甚至深奧難懂的哲學篇章也不放過，如《論色慾》（*Traité de la Concupiscence*）、《認識上帝與認識自己》（*De la Connaissance de Dieu et de soi-même*）、《藝術哲學》、《論智力》等。他亦研讀叔本華、史賓諾沙、笛卡爾、萊布尼茲、尼采等大師的作品。再者，外國文學作品紀德也都涉獵，譬如英國文學、海涅的《詩歌集》。他勇於嘗試、冒險，最重要的是能夠自由地思想。而紀德父親藏書室中的戈蒂耶全套詩集，他也拿來唸給母親聽，其中的希臘文與拉丁文書籍，更是他吸收知識的寶庫來源之一。

❷ 第二部

　　尤其在《如果麥子不死》第二部裡，紀德運用了許多希臘、羅馬神話還有《聖經》的典故，暗喻自己的心路歷程，這些都是足以令讀者感受到他對這三股文化的精熟度。如他自比為遭普羅米修斯般的煎熬，因盜火（觸犯禁忌）觸怒了天神宙斯，被鎖在山崖上，任兀鷹啄其肝，然而次日肝又長出，卻得日日遭受再被啄肝之苦。後來又將決定出發遠行，發現非洲大陸的壯舉，形容成前往尋找「金羊毛」（le toison d'or）（稀世珍寶），希臘神話中，象徵財富、冒險，對幸福與理想的追求。至於形容他於當地「走出死亡陰影的幽谷，……進入到一個新生命」的那一段，紀德又自比為十六世紀義大利詩人塔所（Tasso）所寫

故事中的十字軍勇士李納爾朵，走入阿米達花園，因驚異與炫惑而渾身顫抖，剎那間觸動了他的聽覺（聲音）、嗅覺（香味）、視覺（色彩），感動到喜極而泣。又，當他懷著重生祕密回法國後，首先感受到的是如《聖經》中耶穌門徒與好友拉薩爾所體會到的那種「討厭的焦躁」。而他卻把自己冒失挑弄瑞士女清潔工，臨陣縮手脫逃的行為，比喻成《聖經·創世紀》中的瑟夫，遭一有夫之婦挑逗，嚇得躲避求饒。而當他在道德與宗教上產生疑慮，天人交戰之際，又把責任推給基督來仲裁，由祂去解決酒神戴奧尼索斯（代表放縱與脫序）和太陽神阿波羅（秩序及嚴謹的象徵）的爭議。

紀德雖然飽讀詩書，並上通天文、下知地理，但他當然也不是聖人，他的表哥亞伯特，是個坦率直爽的人，就曾指出他看不出紀德除了對自己之外，還對什麼人事物感興趣，這是自私者的特性，不折不扣的自我中心者，他的「壞習慣」——自慰——其實也是種自戀的體現。再者，紀德從小就被灌輸社會階級觀念，只能跟「門當戶對」的人來往，他年少時確實也聽從母親的教誨，不去深究。然而一趟豪華的非洲之旅，也打破他的部分封建思想，啟發了他人道主義的思維，但卻跟母親固有的想法大相逕庭。更關鍵的是，他和當時聲名狼藉的王爾德，在非洲巧遇的那一段，則為紀德人生中極大的轉捩點，對他而言，這是他生命裡的另一類突破和解放。

二、短評

本來仍對自己性取向不清楚的他，在這趟追求幸福、自我放逐的日子中，得到了不少啟發。他肯定友誼的重要性，在與清教徒母親臍帶的割捨和與基督教的訣別上，也做了某種程度的了斷。雖然他一路水土不服，不斷生病，但也不願回頭，反而大膽與妓女交媾，和北非小咖啡館裡伺候客人的阿拉伯「咖瓦弟」（caouadji）玩性愛遊戲，在比較之後，確定自己的性癖

好，從此並食髓知味。又，王爾德雖真誠，但有時會誇張做作，不過因為在異邦的相遇，黃湯下肚終於摘下面具，毫不遮掩的流露本性，且因發覺原本害羞自閉的紀德，其實也有不為人知的一面，而耐人尋味的狂笑不止。兩位才子之所以能如此放浪形骸，也就是因為遠離了那壓抑做作的西方藝文圈，在異鄉才得開誠布公的恣意戲耍。

然而紀德聲稱對表妹艾曼紐（即瑪德蓮）的情感，似乎有所矛盾之處。他原本是因為阿姨的不貞，基於愛憐，於是誓言要保護艾曼紐，並好好疼惜她，甚至在求婚遭拒後仍堅信終有一日能贏得美人歸。他後來確實如願，卻提出了靈肉分離的理論：與艾曼紐是「柏拉圖式」的愛情，青春的男性肉體，才是他的最愛。然而他並未考慮到妻子的感受及發出的悲鳴，反因她將兩人多年來的書信燒毀而惱羞成怒，哭喪地責怪自己嘔心瀝血之作毀於一旦。像個被寵壞的自戀小男孩，一心只要他人付出、呵護、疼愛，將之捧在手心上，而非真正的敬愛對方。紀德在母親過世後四個月，不去顧慮近親聯姻未來生子的風險，迎娶表妹的舉措，令人不得不懷疑他僅是便宜行事想延續「母性家人」相伴的安逸感覺。

三、蒙田與紀德

在閱讀《如果麥子不死》之初，第一個閃過念頭，可用來相比較的作品，可能是盧梭（Jean-Jacques Rousseau）的《懺悔錄》（*Les Confessions*），這在本書第二部，作者亦曾提及。但在性格上更能與之相較的，應該是十六世紀的蒙田（Michel de Montaigne），並非因為兩人性傾向雷同，而是以下原因：首先，兩人生活寬裕，都不必為五斗米折腰，這給了他們可自由成長和自由創作的空間。第二，兩者都愛好旅行，因為它能滿足他們的好奇心，也可藉機觀察他者，並剖析自己。第三，追求思想、生活獨立，一直是兩人的懸念，甚至不惜遠離妻小。第四，珍惜兄弟情誼，也不忽

視僅一面之緣的邂逅，且都是人道主義的擁護者。最後，他們都喜愛討論自己，並寫下心得，也會坦誠載明自己偏好的藝文人士與其中原因。綜合這幾項偶然的巧合，若兩人有幸生在同一世代，相信很可能成爲莫逆之交。

《僞幣製造者》（*Les Faux-Monnayeurs*, 1926）

一、軼聞回顧

紀德的作品與他個人的人生歷練密不可分。有關他的軼聞很多，在此不妨列舉一二，好讓讀者對這位作家有更進一步的了解。

紀德是出生在一個上層階級的基督教家庭，家教甚嚴，年僅十一歲即喪父，因此日後生活受家中女人們的影響很大。她們（母親、阿姨、女管家、表姊妹）給他極大的自由，充分予以表達意見的空間，而紀德的個人意識極強，也很具想像力。他十分熱愛大自然，女僕瑪莉常陪他長途散步，然後兩人抱著成堆的花朵欣然回家。綺麗的風光，倒啓發了作者日後不少智慧與情感。另外，好奇、喜求變化也是紀德的特性。就如有一回爲了了解萬花筒的構造，而把它拆開。他對知識的渴求以及分析事物的熱切，源自他的基督教教養與在家女人之間所得到自由的冥想空間。

當紀德就讀阿爾薩斯學校時，他的朗誦技巧得到老師的稱讚，但卻引起同學的嫉妒和嘲弄，放學後還欺負他。有一次遭辱罵和毆打，同學們甚至把一隻死貓丟到他臉上搓揉，結果弄得他不想上學，於是常常裝病，尤其在天花康復期間，有時會頭暈，乾脆就故意摔倒。紀德不是因爲懦弱才想逃學，而是害怕被送去那無情的環境受罪。後來又因自慰，被學校開除，家人著急之餘立即求醫，而醫生亦嚇唬他不許再犯，否則要把他閹了。這一正一反的

童年記憶，對紀德一生的影響十分重大，我們可從往後作品中看出端倪。

從學校回家後，將來要做什麼就成了問題。既然紀德喜歡大自然，母親就建議他去林務局或類似的機構求識，可是紀德不願意從事朝九晚五的工作，又一時摸不著真正興趣所在。憑著個人唯美主義的傾向，又喜歡「與眾不同」，他天真的想在人生扮演另一個角色，一個帶有神祕色彩的角色——宗教熱衷者。這也符合母親對他的希求，不過那只是短暫的意念。

同時，他也覺醒到性的神祕。由於從小家裡任其發展，他對慾念和渴望便不做任何抗拒，以致於自慰或跟同伴玩這禁忌的遊戲。在《如果麥子不死》中，紀德描寫與門房兒子躲在家中桌子底下做此事的情況。他認為，凡事應順性，別太認真，且這遊戲最好在露天的地方玩才合乎自然。

在紀德二十歲時，對宗教的狂熱退了下來，並發覺自己是個唯美主義者，蠻以自我為中心。他愛獨處，卻也需要得到群眾的認同，後來同學皮耶‧路易（Pierre Louÿs），介紹他與一些巴黎的文學前衛者做朋友，其中馬拉美有著與他類似的唯美思想，對音韻同樣的敏感，至少，紀德的此時心靈上暫時得到慰藉，不再感到徬徨不安。然而，他生命中還有更為炙熱、更為個人的問題尚未解決，而這些問題是超乎同輩所能理解的範圍，因此有時難免苦悶和沮喪。

紀德一切都是自我指向的，作品中有極大部分採自傳方式撰寫。他的第一本書《瓦爾德筆記》（1891），除了含個人對愛情的表達，亦可說是紀德自己年少時期的自傳。內容即是以阿姨瑪蒂德‧洪多發生婚外情，表妹瑪德蓮發現這個祕密後很不開心，他很同情她，決定長大後娶表妹為妻的故事做背景。從作品裡，我們不難發現紀德仍下意識的受清教徒嚴厲規範的約束。

此外，1893年10月，紀德與畫家洛朗斯的突尼西亞、阿爾及利亞與義大利之行，對他而言，是他人生中的另一項突破和解放。這個旅行的目的是為了多曬點太陽，透透氣，看是否對健康有些幫助。沒想到旅途中染了重感冒，又不願休息；他第一次的同性戀經驗是在同年11月發生，且發覺開始對北非的阿拉伯年輕男子特別感興趣。遊歷回法後，打算揚棄年少時所受的清教徒式教育，覺得那些陳舊的規矩既乏味又閉塞，簡直就是他創作與思想的絆腳石。

1893年，紀德出了一本小書《愛的嘗試》（*La Tentative Amoureuse*），他在序文中曾提到：「我們的書從不是自己確切的生活實載，而只是我們任性的欲望，我們對那永遠否決於我們的其他生活方式之渴念。在此，我寫下的是一直困擾我心緒的夢，這個夢要求給它一席之地。而我的每本書，都是一個不同的嘗試。」

1895年，紀德又前往非洲旅行，並再度遇到王爾德，5、6月回來後，母親去世，除了備感悲痛外，也覺得自己終於「自由」了，同年10月，旋即與瑪德蓮結婚。兩年之後（1897年5月），充滿詩意的《地糧》，更顯現了紀德從傳統中掙脫出來的愉悅和自在。於這本書中，他不再以嘲諷口吻暗示，而是正面的歌頌感官之美，不再以誘惑為羞，而讚揚它的芬芳，它解放的力量，不再哀嘆，而以讚美詩歌誦。

在《背德者》（1902）中，紀德對性問題的探討，僅將之放在次要的地位，到了《窄門》（1909），才把這問題比較直接的提出來討論。透過阿麗莎和芥龍，表達了個人對道德義務的看法。他認為，道德義務不但不能與幸福並存，而且排斥了真誠，至少是壓抑了真正情感。這本書雖影射自己和表妹的童年生活，但仍以虛構成分居多。

而1909年，一群志同道合的朋友創了一份刊物——《新法蘭西評論》（*La Nouvelle Revue Française*），紀德終於找到第一個可令他發揮創造力的新園地，人也覺得自在多了。況且，透過這份雜誌，他率先將佛洛伊德與杜斯妥也夫斯基的心理學理論引進法國文壇。

第一次世界大戰前夕，紀德的《梵蒂岡地窖》（1914）出版了；其中他真正拋棄了枷鎖，陶醉於自由的氣息中，或許這是他最自由自在，最具傳奇性的作品，紀德將之稱為「Sotie」——諷刺笑劇，而不是「小說」。這又是本批評宗教的書籍，他對宗教與道德偽善者，表達了明顯的不敬，也因此與交往十五年的保羅‧克羅岱爾（虔誠的天主教徒）就此絕交。

另一項對宗教的挑釁從1916年出版的《你也一樣》（*Numquid et tu*）這本書中可窺一、二。其中敘述的就是他和馬克‧阿萊格特的戀情。而1918年可說是紀德一生中最傷心的時刻之一：當時他和馬克在英國，瑪德蓮憤而將紀德自青少年時代寫給她的信札全燒毀。他痛心地說：「我一生最珍貴的東西沒了……這簡直就像她殺了我們的孩子一樣……」幸而《田園交響曲》是於信件燒毀前三天大功告成的，它可算是紀德除了1931年出版的《日記抄》外，最真實最透澈的作品。其中它大肆諷刺宗教信仰（主角為牧師，卻情不自禁的愛上一位女子），對人性與道德也做了一番剖析。

二、《偽幣製造者》源起

1920年代是紀德的巔峰時期，在《柯立多》（1924）中，它大膽地闡述同性戀是件自然的事，但1926年的《偽幣製造者》則幾乎察覺不到受基督教影響的蛛絲馬跡；這本書也為歐洲新浪漫主義開拓了新天地。

紀德寫《偽幣製造者》的目的，是想打破讀者傳統的欣賞小說方式。

基本上這是本具高難度的讀物，要有耐心品味或反覆閱讀，才能體會其中涵義，過去讀者被動式接受作品的態度，應該改變。紀德花了六年時間完成這本書，其中的一些主題、人物、插曲，在他腦海中醞釀了二十年。此外，紀德想把畢生的經歷融入這本小說裡，似乎要將它視為臨終遺言似的。

本書的主題包括對家庭的反抗、代溝問題、同性戀情節、對宗教的省思、藝文創作與生活寫照，我們因而從中認識各形各色的人物，對所有固有的價值觀，重新拿出來批判，它可說是最能代表紀德特色的著作：五十七歲的他，懷著顆年輕的心，對宗教道德與本國文化表示不滿，但卻醉心於異國風情，不願圍在狹隘的小圈子裡。

紀德並不是為讀者提出上列問題找出解決辦法，而是要刺激人們去思考問題，然後以適合個人的方式排憂解困。他的寫作風格是信筆拈來，娓娓敘述。其中，帶浪漫的諷刺，並玩一些文字遊戲，因此與傳統的小說大異其趣，有人稱他為「反小說」的先鋒，這也是某些所謂的前衛人士，特別鍾愛紀德的原因。

說起這部小說的創作靈感，可追溯到1919年前兩樁社會新聞：一則是發生在1906年一群出身良好的年輕人身上，他們組幫派、印假鈔，目的是救窮人；另一則是1909年在克萊蒙費杭（Clémont-Ferrand），一名中學生被同學們用激將法搞到自殺的地步。除此之外，於1912年，他遇到一個偷書的年輕雅賊，他把這個人也編進故事裡。還有，紀德的一位好友，也是位作家，馬丹・杜加，一直鼓勵他好好地寫這本書，而他們之間的書信內容亦成了作者小說題材的一部分。自然，紀德當時的日記，也是他構思的泉源之一。因此，也有人稱這本小說是兩位作家合作的成果。

三、本書內容

　　伯納・波菲當狄厄（Bernard Profitendieu）得知自己是私生子，離家出走，去投靠一個朋友，歐立維，而後者則不願再忍受長期生活在一個充滿欺騙的家庭環境。後來伯納間接認識歐立維的叔叔，小說家愛德華。歐立維本身與藝文界也頗有接觸，尤其和巴沙旺時常來往。愛德華觀察人生百態的手記，以及伯納與歐立維之間的書信，都是本作品的骨架。次要插曲則包括歐立維弟弟涉及一起偽鈔案，愛德華最後終使姪兒歐立維不受巴沙旺的影響。經歷了這些，伯納也因對這個世界感到失望，決定還是重返家園。

四、簡評

　　書中穿插了人物之間複雜的情感問題。愛德華愛上他的姪兒歐立維，蘿拉・維黛則鍾情於愛德華，他卻不予理會；負氣之下，她嫁給沒有感情基礎的杜維爾，後來又成了文生・莫里尼耶的情婦，卻被拋棄，只好回頭找愛德華；而伯納對她則產生柏拉圖式的愛，但和她的妹妹莎拉，卻發生肉體關係。最後，蘿拉還是不情願地回到她丈夫身邊。而文生遺棄蘿拉後，則愛上了貴婦葛利菲。

　　實際上，這本書的重點還是擺在紀德筆下的愛德華。他是個小說家，正準備寫的書就叫作《偽幣製造者》，值得順便一提的是，這類「小說中的小說」（le roman du roman），著實還流行了一陣子。但究竟偽幣製造者所指的是誰？真正意義何在？除了小說中實際印製假鈔的人外，指的就是那批假仁假義的偽善者，掛羊頭、賣狗肉，要眾人遵循道德法律的約束，自己卻背道而馳；所謂有學問的作家，也不過較懂得如何剽竊他人想法，然後將之重新包裝，據為己有；還有盲目服從，不認清事實真相的，也是「假人」。紀德在這部小說裡，真是把人類這種文明病批評得體無完膚。

譬如，保琳的婚姻分明是一項錯誤；蘿拉則是爲了利益而結婚。總之，事後所帶來的只有互相輕視、誤解或仇恨。書中異性戀的結局都很悲慘：波里和彭加純純的愛無法持久，文生的激情卻變爲仇恨，伯納則無法在互敬與性愛之間找到平衡點。然而只有愛德華和歐立維這對同性戀人能幸福的過日子。

這本書的書名和其中多處對話，不僅是嘲諷這個社會，而且還點出文化解體的一些原因。眞理與價值觀往往是相對的，主觀因素會左右個人的看法。小說中沒有一個人是贏家，年輕人終有一天會仿效前輩從事類似的勾當，我們可藉此體會他對這個世界的失望與無力感。所以有人稱紀德的小說爲「反小說」（anti-roman）。藝文界的人多半能了解紀德的想法，他們也曉得「僞幣製造者」（虛僞的人）是文明社會的產物，大家可以去批評它，卻無法改善它。

《僞幣製造者》於1926年出版，卻一直到1947年才獲得諾貝爾文學獎委員的肯定，原因何在？問題就出在紀德是一位備受議論的作家；大家都承認，他那種令人不安的前衛性思想，確實具高度的原創性，他的作品亦具藝術價值。然而，從某些角度來看，紀德的作品有若干不尋常的表達技巧，令人覺得「不雅」。不過，到第二次世界大戰結束後，這些看法已不再那麼駭人聽聞了。

在獲得諾貝爾文學獎之前，紀德曾於1945年接受法蘭克福市頒的歌德獎，1947年時，並曾親往牛津大學領取榮譽博士學位。但他卻多次拒絕法國欲加諸他的種種殊榮，紀德認爲「學院派」這頂大帽子，跟他不相稱，否則，說不定紀德早已成爲法蘭西學術院的院士了。

柯蕾特

（Sidonie Colette，1873-1954）

　　柯蕾特是個謎樣的女子。她曾是前夫威利（Willy）的「黑手」——代筆作家，也曾是巴黎的交際花、紅磨坊的舞女，擁有一副慵懶的黑眼圈，而創作起來下筆如有神，其小說也在報章上刊登連載。柯蕾特以撰寫短篇小說見長，尤其《克蘿汀系列》（*Série des Claudine*）小說即可見一斑。

　　柯蕾特於1873年生於法國中部的勃根地（Bourgogne），父母離異，後來母親又再嫁，她在母親的調教下，培養出對大自然的愛好與獨立自我的個性。柯蕾特算早婚，二十歲就與作家威利結婚，並開始創作回憶她少女時代的四冊《克蘿汀》小說：《克蘿汀上學去》、《克蘿汀的家》、《克蘿汀在巴黎》、《克蘿汀做家務》，不過作者全都只打上威利的名字。然而柯蕾特婚姻並不幸福，曾大膽走入舞廳上班，和女友蜜西（Missy）的曖昧關係也引起不少議論。1906年與威利正式離婚，不過她仍繼續寫作，為了謀生努力筆耕，經過長期的磨練終成一家。1912年與新聞記者朱文奈（Henry de Jouvenel）結婚，生有一女，由於生活安適，使她的作品進入成熟階段，從自傳體裁小說轉向客觀小說，不過這段婚姻又於1923年告吹。

柯蕾特的作品兼具史丹達爾冷酷的洞察力、巴爾札克對金錢的渴望、還有福樓拜的孤寂性。她以細膩的筆觸，描寫女性的心理活動、情緒起伏，行文生動逼真。晚年她就住在皇家宮殿（Palais Royal）的寓所，然而病痛纏身，與年輕時的她判若兩人。1936年，柯蕾特榮獲比利時皇家學院院士；1945年獲選為法國龔固爾學術院第一位女院士。1951年，奧黛麗赫本在美國百老匯演出柯蕾特小說改編的《金粉世界》（Gigi），再度造成轟動。1954年，這位多產作家辭世，法國政府以國葬之禮相待，然而天主教會拒絕為她舉行宗教告別式。而《謝利》在2009年搬上大銀幕，由蜜雪兒菲佛主演。香奈兒首席設計師拉格菲爾（Karl Lagerfeld）後來又找五十二歲的超模傑芮荷兒（Jerry Hall）擔綱，以攝影演繹這段忘年之戀，很有看頭。

《謝利》（Chéri, 1920）

一、備受寵愛的「謝利」

《謝利》在1920年由法雅（Fayard）出版社發行，受到好評，於是次年柯蕾特便將小說改編為話劇；此劇的第一百場，還是她本人粉墨登場，之後她也曾到處巡演，包括蔚藍海岸、蒙地卡羅、布魯塞爾等地。

本作品內容如下：謝利（Chéri）和蕾亞（Léa）來往七年，一天，他突然告訴蕾亞，他與艾德美（Edmée）婚事已近。蕾亞掩藏內心痛苦，黯然離開，獨自一人到法國南部去散心。誰知道新婚夫婦時常爭吵，謝利此時更加思念蕾亞，於是離開艾德美。後來蕾亞回到巴黎，打算重新開始自己的新生活，不料一天晚上，謝利竟闖了進來。然而蕾亞心意已決，再也不願藕斷絲連。

許多作家會以女子的名字當作書名，這回柯蕾特想來點新鮮的，來個性別權力大對換，也算是對男權社會的某種挑釁。她以佛列德・佩魯（Fred Peloux）的暱稱「謝利」（Chéri）命名本書。Chéri法文的意思就是「親愛的」，顧名思義，這個人一定是備受寵愛與呵護。

故事背景是一次大戰前美好年代的巴黎，小說中每個主要人物似乎都不務正業，過著慵懶奢華的日子，其中完全沒提到謝利的父親，而母親夏洛特・佩魯原本是個交際花，對兒子而言，她只是個能滿足他物質享受的陌生人。反之，母親的朋友，工作的夥伴蕾亞成了謝利心目中的完美女人：風姿綽約、迷人世故、善體人意，又兼具母性，這對生性懶散、懦弱的紈褲子弟來說，賴上她日子再安逸不過了。蕾亞則是個頭腦清醒、十分理性又獨立自主的女性，她很在乎自己年華逝去，刻意裝扮，試圖抓住青春的尾巴，有謝利這年輕俊男陪著，其實滿足了她的虛榮心，這也是她的最大弱點。

雖然柯蕾特沒明講這是她生活的部分寫照，但個人人生經驗成為寫作的素材，在文學作品中屢見不鮮，只是現實人生她的老少配是第一任丈夫，大她十五歲。不過，1924年她與繼子伯納・朱文奈（Bernard de Jouvenel）的戀愛關係再度成為話題，她的愛情尺度確實令眾人咋舌。至於蕾亞和謝利儼然是不倫的母子戀，但蕾亞深知，「當謝利結婚的那一天，一切也該結束了吧？」

「七年之癢」終於發生了，夏洛特為二十五歲的謝利訂了門當戶對的金錢婚姻，對象是十八歲的艾德美，溫柔、純潔、有耐心……。對謝利而言，他大可繼續過著紙醉金迷的日子，樂享齊人之福：他明白蕾亞缺少的就是年輕的肉體，反正艾德美永遠都會在角落等候他。

此時，歷經千帆的蕾亞，已然收拾行囊，到南部散心，沉澱心情，她原以為陽光一曬、南風一吹，所有的晦氣煩惱都會煙消雲散的，沒想到七月的獨處，竟啃食了她的「殘餘價值」，她深深懊悔自己的猶豫不決，但也驚覺自己陷入太深，傷痛始終揮之不去。頓失依靠和寵愛的謝利，不想當個有肩膀的男人，也不想面對家中兩個無聊的女人（母親和妻子），思忖重拾年少輕狂的自由，於是躲到友人戴蒙處，日日花天酒地。半年後他聞訊蕾亞「療傷」歸來，便死皮賴臉的想再度闖入她的世界。這個自私又長不大的小奼奼，女人、房子、財產他都要，蕾亞面對得了「軟骨症」的「嫩草」，她會如何處置這個「壞寶寶」呢？

二、超越情愛與年齡的隱喻

本書最動人的隱喻之一，則出現在一開始謝利要蕾亞把珍珠項鍊給他戴，突顯他的愛美、愛慕虛榮與自戀。其實，那串閃亮的珍珠項鍊，象徵著最奢華的愛的鎖鏈，他也自願成為溫室的懶貓、蕾亞的俘虜。再者，新婚妻子艾德美被棄之如敝屣，在情緒崩潰的狀態下，如野獸般嘶吼，串串淚珠狂瀉如雨下，卻捆不住謝利的心，反而令他更厭煩。謝利絲毫不懂得設身處地替他人著想，仍一味的逃避，想著蕾亞的好；她不哭不鬧，任他撒嬌。最後一幕，他令人心頭一震：謝利打開黃銅大門柵欄向外走的情景，就如一名越獄的逃犯，他深深吸口自由的空氣，似乎表示，揮揮衣袖，抖抖塵埃，自己仍是好漢一條。

此外，作品中多次描寫女人遲暮的容貌和焦慮的心情，非常精彩，原來女人最忠誠的朋友就是鏡子！「……嘀咕時的嘴角抽搐有時讓她的下巴垂向脖子，臨時買的染劑讓她的頭髮像一團燃燒的紅豔豔火焰……日光倒是曬不進鬆垮頸子的累累皺紋，得小心翼翼以衣物加以遮掩」；「熟齡女人逐漸面對外表鬆弛的狀態：先是不穿緊身胸衣，再來不染髮，最後再也不穿精緻

內衣⋯⋯」誰說「年齡」不是問題？縱然是絕世尤物，歲月仍會在她身體爬滿痕跡，相信曾爲鎂光燈下焦點的柯蕾特，感受特深。凱薩琳・丹妮芙就曾說：「對女人而言，過老年生活已屬困難，但對一個演員而言，在電影中老去就太恐怖了。」（Pour une femme, c'est déjà difficile de vieillir dans la vie, mais pour une actrice, c'est effrayant de vieillir au cinéma.）

 莫里亞克

（François Mauriac，1885-1970）

（1952年諾貝爾文學獎）

　　莫里亞克1885年生於波爾多（Bordeaux），屬中上布爾喬亞階級，家族擁有葡萄園和松林。父親在1887年則因腦癌過世，莫里亞克對他並沒印象。莫里亞克和他的一個姊姊、三個哥哥全由篤信天主教的母親撫養長大，也身受其影響，他日後也成為虔誠的天主教徒。

　　從小就多愁善感的他，常埋首沉思、閱讀，尤好詩詞，特別留意死亡議題，《痲瘋病患之吻》（*Le Baiser au lépreux*, 1922）、《風德納克之謎》（*Le Mystère Frontenac*, 1933）和《黑天使》（*Les Anges Noirs*, 1936）是莫里亞克最黑色的小說，尤其是《風德納克之謎》，就像他的自傳。他小說中的主角往往是雙面人：上帝與撒旦、天使與野獸的化身，也由於過度狂熱，終至悲劇收場，這點和紀德的小說人物不謀而合。

　　在二次世界大戰期間，他曾聽過戴高樂的海外廣播，深受感召，自己寫了許多首詩支持反抗運動，也成了親德者的眼中釘；直到1944年10月，才得以在法蘭西話劇院當眾朗誦，當時戴高樂也在場，莫里亞克此刻已是《費加洛報》的政治記者，認為應以天主的慈悲之心，原諒二戰中一些投靠德

軍的法國菁英，他確實救了貝侯（Henri Béraud），但卻無法保住巴西亞克（Robert Brasillach）。不過，他仍堅持人道主義，尤其對北非被殖民國家表示同情，要求「公平對待摩洛哥」，1953年，還當選法摩協會主席。

莫里亞克一直都是戴高樂派，他們兩人都是虔誠的天主教徒，對自己的信仰很堅持，具相同的世界觀與人道思維。1969年，當法國舉行公投，否決了戴高樂的提案，這位政壇老將黯然下臺，莫里亞克為之嘆息，認為法國才是最大的輸家，然而，法國1968年的學潮及社會氛圍，對堅信天主教的他們極為不利，也因此遭致口誅筆伐。

1947年是他的光榮時刻：莫里亞克接續克勞岱爾（Paul Claudel）進法蘭西學術院，同時並獲頒牛津大學榮譽博士學位。1952年，他更為法國增光，榮獲諾貝爾文學獎。而《泰芮絲的寂愛人生》（*Thérèse Desqueyroux*, 1927），則是部法國家喻戶曉的小說，叫好又叫座，且早已列入中學、大學法國文學課的經典教材，1950年，它還被法國選為半世紀以來最佳十二部小說之一。1962年，導演方竹（Georges Franju）還將之改編成電影，結果獲得威尼斯影展最佳影片獎，而電影對白，正是莫里亞克和他兒子合寫的。該片男女主角則分別為菲利普‧諾黑（Philippe Noiret）和艾曼紐‧麗娃（Emmanuelle Riva）；後者即是《廣島之戀》女主角，她也是2013年美國奧斯卡最佳外語片《愛慕》（*Amour*）的女主角。如今，*Thérèse Desqueyroux*這部電影老片新拍，由朵杜（Audrey Tautou）擔綱，名為《泰芮絲的寂愛人生》。

《泰芮絲的寂愛人生》（*Thérèse Desqueyroux, 1927*）

一、摘要

伯納（Bernard）和泰芮絲（Thérèse）兩家比鄰而居，雙方都出身望族，後來結成門當戶對的連理。這椿婚事表面上看來十分圓滿，其實伯納考量的是女方作爲嫁妝的廣大松林，他並非眞心愛她，只是想利用她。而泰芮絲是個聰明、敏感的女子，不甘淪爲平庸的婦人。自私冷酷的伯納，根本無法了解妻子的心境，而泰芮絲則過著孤獨閉索的日子，她憔悴不堪，丈夫見狀生懼，便將她送往熱鬧的巴黎散心。一回，泰芮絲無意中看見小姑安妮（Anne）和讓・阿瑞貝多（Jean Azeveds）親密的情形，更意識到丈夫對她的冷漠。

夏日的某一天，鄰近松林失火了，伯納在家喝下兩杯含砒霜飲料而不自覺，泰芮絲早已察覺，只是愕然的看著他，由於好奇心的驅使，之後她加重份量，想看到他痛苦的樣子，結果伯納不支倒地……。爲保住家族顏面，此案最終宣判不予起訴，原因並非法官認爲泰芮絲無罪，而是伯納認爲家醜不可外揚，於是發揮了些影響力，試圖掩蓋眞相。不過泰芮絲回家後，則遭家人軟禁、隔離，藉口是怕她傷及無辜，甚至自己的親生女兒。

二、泰芮絲的形象

加納比殺夫案（Affaire Canaby），是莫里亞克少年時代轟動一時的社會事件。依莫里亞克形容，女主角是個臉色蒼白，個子瘦小的外省女人，看起來頭腦清楚冷靜。她生活單純，交往並不複雜，且家庭寬裕，既不爲財，也不爲色，爲何在波爾多民風純樸的中產階層，一位纖弱女子竟做出如此駭人聽聞的事情？莫里亞克於是以此爲藍本，撰寫了《泰芮絲的寂愛人生》一書。

這要追溯到泰芮絲的童年，家庭生活以及她的夫家：泰芮絲自幼喪母，她的母親就是因為生她而去世，這對泰芮絲造成很大的陰影，她恐懼死亡，也害怕有朝一日遭到同樣的命運。再者，她的父親託姑姑照顧泰芮絲，物質生活不虞匱乏，但缺少精神上的關愛，沒有兄弟姊妹的她，童年和少女時期都過得很孤單，因此她對友情十分看重，然而與鄰居安妮的情感投入不對等，令她頗失望：到了適婚年齡，照理可能是人生的一個轉折點，基於門當戶對，雙方對彼此家產的覬覦，家長們便決定了伯納和泰芮絲的婚事：男方是在巴黎大學法律系學成的年輕人，女方是良家富女，在大家眼裡，這簡直是美事一椿。泰芮絲並不反對，她揣測伯納應該是個見過世面，會關愛妻子的男人；而且可更常與小姑安妮接觸。然而這個幻想在新婚之夜就已破滅，伯納根本不是個體貼的丈夫，她只是他洩慾的工具，從此她明白自己將度過孤寂的一生。

三、為何毒害伯納？

一個天使般面龐的女性，為何做出殺夫的魔鬼行為？或許有人會懷疑泰芮絲愛上安妮的男友讓，希望和他遠走高飛，但事實不然，泰芮絲確實嚮往讓跟她提起的巴黎生活，但她對讓並無感覺，因此，不會為此殺害伯納；再者，確實伯納從未對泰芮絲家暴，他就像一般無聊的大男人鄉紳，只管自己，愛好打獵，和妻子並沒有深仇大恨，他唯一懷疑泰芮絲覬覦他的一大片松林，不過，既是夫妻，財產共有，何以毒殺他百思不得其解。

殊不知精神上的長期煎熬，才是埋下泰芮絲殺機的最大原因：從小缺乏母愛的她，沒有安全感，很想引起旁人的注意和呵護，偏偏天不從人願，婚後的生活更加晦暗；公婆嫌棄她的陰陽怪氣，特立獨行，不符布爾喬亞家庭的婦女標準，安妮喜愛獵殺雲雀，寧可犧牲愛情，嫁給平庸的地主，養兒育女，這跟她印象中的摯友形象落差極大。而伯納本在巴黎名校修習法律，返

鄉後立刻入境隨俗，常以打獵為樂，不懂憐香惜玉。泰芮絲積怨日深，情感毫無出口，當她明知伯納服藥過量時，卻冷眼旁觀，不加制止，此時潛入她體內的撒旦，似乎使她可因此得到解脫……。

四、為何嫁給伯納？

少輕無知？涉世未深？其實泰芮絲一生都是別人替她安排，婚前百事都是她父親做主，婚後本以為嫁給一位知書達禮的紳士，又有善解人意的小姑為友，將來生活應該很幸福，但天不從人願，一切都由公婆、丈夫做決定，沒人願意聽她的意見，注意她的感受，她也毫無選擇權，就這樣過著鬱鬱寡歡的日子。泰芮絲內心絕望至極，無人能懂，也曾試圖自殺未果，後來懷了小孩，在一般世俗的想法，她應該會發揮母性，將注意力集中在小女孩身上，然而泰芮絲卻害怕人家說瑪莉長得跟她一樣，這意味著與她一般不幸，她因不愛伯納，更是無法愛屋及烏。

而在法庭上，伯納的證詞，律師的辯護，法官的研判，這些男人決定了泰芮絲的命運，她沒有開口，也未給機會表達意見，這個社會的法則替她做了判決。泰芮絲在眾人眼裡，似乎僅僅是個微不足道的局外人。

少女浪漫情懷的破滅，婆家在她懷孕期間對她虛情假意，其實是將她視為傳宗接代的工具罷了。本身母愛的失能，再再加深了她的痛苦，泰芮絲內心深處，早想掙脫這個枷鎖，卻苦無門路，一旦機會來臨，惡念閃過，被動的她就讓事情發生了。她的冷血無情不是一日造成的，造化弄人至此，其情可憫，布爾喬亞階級的虛偽矯情，才更令人作嘔，這也就是莫里亞克為何在作品中不時地表露同情之意。

五、結語

《泰芮絲的寂愛人生》是部心理分析的經典小說，莫里亞克本身是位虔誠的天主教徒，在作品中也曾設計了幾次泰芮絲遭遇困難可求助上帝或上帝可顯靈幫助泰芮絲之情節，如安妮男友讓他到底是不是魔鬼的化身？引誘泰芮絲反抗，逃離家庭的桎梏。伯納是個典型的中產階級天主教徒，凡事講究理性、規則，生活在布爾喬亞的小框架中，還自以為是。小說結尾，他問泰芮絲「為什麼那麼做？」泰芮絲則以一貫戲謔的方式表達：「……想看你好奇、驚訝的表情呀！……」伯納轉身離去，並未伸出雙臂接納泰芮絲，試圖了解她，泰芮絲在律師陪同下走出法庭，父親上前去，並非試圖安慰女兒，而是和律師討論案情，想知道自己顏面是否保得住。此番情景再再表示，這些不懂得如何去愛的人早與上帝擦身而過。

六、延伸閱讀

❶ 《費德爾》（*Phèdre*）

費德爾因無法獲得繼子依包利特（Hippolyte）的愛，便聽從乳母愛奴的主意，想借刀殺人，向雅典王忒賽（Thésée）反誣告繼子對她非禮，國王大怒，將兒子放逐，並要海神懲罰他，結果兒子被海嘯吞沒，最後費德爾因良心不安，仰毒自盡。泰芮絲和費德爾一樣，並不愛自己的丈夫，她與費德爾不同的是，並沒愛上別人。她們犯罪的動機也不盡相同：費德爾是由愛生妒，由妒生恨，主動出擊；泰芮絲則因怨生恨，被動見死不救。不過皆因慾求不滿，而想除之而後快。

❷ 《包法利夫人》（*Madame Bovary*）

艾瑪和泰芮絲一樣，都在外省中產階級家庭長大，後來婚姻也

不幸福，但她們採取的態度和解脫的方式並不相同：艾瑪選擇結交異性，結果遇人不淑，她還恣意揮霍，討好情夫，裝扮自己，後來千金散盡，無言以對，遂仰砒霜自盡。然而泰芮絲表面上並沒不守婦道，內心卻一樣地挫折，她選擇以砒霜毒害對方。另外，兩位女主角都各育有一女，但絲毫不疼愛小孩，因為都不是愛的結晶。

❸ 《異鄉人》（L'Etranger）

卡謬《異鄉人》中的莫爾索（Meursault），最後遭審判時，在眾人眼裡，是個不孝、冷漠、無進取心的人，因結交損友才犯下殺人案件；在《泰芮絲的寂愛人生》中，泰芮絲何嘗不是眾人眼中冷漠被動的人，精神恍惚才會令丈夫服毒而不救。兩人都被認為是行徑詭異，不按牌理出牌的「異鄉人」，莫爾索最終被判死刑，遠離人世；而泰芮絲則被伯納軟禁，與世隔絕，形同行屍走肉。且兩者均未替自己辯護，任人操生殺大權，成了十足的「局外人」。

❹ 《殺夫》

李昂小說的主人翁鄧如雯，是封閉社會、暴力家庭下的犧牲者，她出於自衛、憤怒，動手屠殺以屠宰為業的丈夫；泰芮絲雖出身布爾喬亞階級，物質生活無虞，但所遭受的精神折磨不亞於鄧如雯，想脫離困境的心情相去不遠，只是手法不同：一個是直接採取行動，一個是冷眼旁觀。

羅曼
(Jules Romain，1885-1972)

　　于勒‧羅曼1885年生於聖朱利安‧夏普德厄（Saint-Julien-Chapteuil），畢業於巴黎高等師範學院，並取得中學及大學教師資格。二次世界大戰爆發期間，羅曼於1940年避居美國，並在那兒寫完不朽的鉅作《善良的人們》（*les hommes de bonne volonté*），長達二十七卷。後來他回到法國，並於1946年當選法蘭西學術院院士，且發表新作，其中包括：《怪女人》（*Une femme singulière*），《我做了所有要做的事嗎？》（*Ai-je fait ce que j'ai voulu?*），他甚至還寫了些政治倫理學的書，如《法國人的反省》（*Examen de conscience des Français*），《反對大陰謀的公開信》（*Lettre ouverte contre une vaste conspiration*）。1972年他於巴黎過世。

《克諾或醫學的勝利》
（*Knock ou le Triomphe de la médecine*, 1923）

當「神醫」克諾敲門時……

　　乍看本文標題，或許有人會誤以為主題是與偵探小說有關；其實這也

不算完全錯，試想一位新來到小鎮的醫生，竟成功的讓鎮上所有人感到「集體」不適，並躺下休息！難不成是大家中了邪嗎？或他給所有人下了毒？

　　法文中knock是個擬聲字，就是「扣」的意思，當魔鬼、撒且來敲門時，本應心驚膽寒，只是，庸碌的鄉民盲信愚蠢，他們無視危機的存在：克諾敲出了自己的名聲，敲響了「醫學的勝利」，敲醒了沉靜的小鎮，卻催眠了「潛藏的病人」。依克諾來看，所謂「身體健康的人是不自知生病的人」。（les gens bien partants sont des malades qui s'ignorent）再者，對醫學常識不足者，只消具備說服人的本領，懂得如何操弄輿論，發揮故弄玄虛之能事，就可假醫術之名，騙取這些人的金錢和信賴。

一、天時、地利、人和

　　克諾首先對人、時、地做一番了解，就如他在第三幕第6場中透露：「我對看診只有一半興趣：這是種有點基本的藝術，是一種放線釣魚法。不過治療，就是養殖業了。」他的作法頗科學，對當地人口先做一番調查與統計：由家庭數推估人口數，並在地圖上用紅點標出顧客分布圖。然後再進一步了解他們的收入狀況，且將治療方式分級，他不是依病情來界定，而是照貧富分四組，收費與療程不一：最窮的一週來一次，一月共付五十元；最富的一週四次，一月三百元。克諾的最終目的，是讓每個人都上門求診，並都以為自己有病。接著，他對地理位置加以研究：方圓十一公里，沒有競爭同業，來回乘火車的距離不長不短，最能保持顧客的忠誠度。此外，這小康的市鎮，沒什麼高級娛樂，居民沒機會大肆消費；男人至少還能打獵、釣魚、打九柱球，冬天可以泡咖啡館，女人就真的無處可去了。若花點錢，固定地受到關心，自己身體有保障，又能嚼舌根，不失為打發時間的好方法，何樂而不為？時間上的拿捏也很重要，克諾看準週一是大家趕市集的日子，最容易匯集人氣，先來個免費義診，一定能吸引不少人的好奇心以及滿足他們愛占小便宜的心態。

二、建立名聲

在民智未開的小鎮上，抓住當地核心人物的心很重要，他們就是地方上的意見領袖。

❶ 擊鼓宣讀公告者（le tambour de ville）

克諾找出鎮上的包打聽，也就是擊鼓宣讀公告者，他雖是個小人物，但對鎮上的大小事情瞭若指掌，並具傳播功能。於是克諾問了他一連串問題：人口數、居民經濟狀況、女人信仰宗教是否虔誠、有無政治狂熱、迷信等，以奠定對這城鎮鎮民的心性有所了解，並做市場分析，接著就是利用他做廣告宣傳。首先得取得他的信任，於是克諾巧妙的拍這包打聽的馬屁，讓他認為自己很重要，也順便建立自己的權威，一定要這小市民稱呼他克諾醫生，並替他免費看診：「對您，看診不用錢。但別說出去，這是一項優待。」克諾先問他哪裡癢，哪裡痛，平常吃什麼以及年齡，暗示抽菸、喝酒和縱慾都會傷身，要他早睡、多休息。這些似是而非的答案令擊鼓宣讀公告者開始懷疑自己是不是有病——「我真的覺得不太舒服。」

❷ 小學老師（l'instituteur）

于勒‧羅曼有意諷刺小學老師的自以為是，於是安排小學老師這個角色，他們當時在地方上扮演的角色就是所謂的公正人士，要建立聲望，真是不能不打點這位「地方大老」。首先克諾就聲明醫師、老師應當合作，以共同實現衛生教育，並將他吹捧了一番：「有個很了解您的人向我透露您有個嚴重的缺點：謙虛。您是唯一不曉得在此地具有道德權威及個人極大影響力的人。……這兒沒一件正經事兒少了您能成的。」再來就是戴高帽加激將法：「誰能幫我對抗驅走病魔？誰能教導這些可憐的百姓注意健康？誰會告知他們別等到臨死才來叫醫生？」這

慷慨激昂的三個設問句有加強語氣的作用，越發顯得簡潔，並有說服力。然後他又故弄玄虛的準備那些看來複雜的道具，套用些術語，把小學老師唬愣住。再以三寸不爛之舌恐嚇他，就算沒病的也會被他嚇病了：「依經驗和理論來看，您就是個帶菌者。」克諾發揮鐵口直斷的本事，活像個算命仙，這回連鎮上的知識份子都不得不相信他了。其實羅曼這句話是雙關語，除了代表字面所說的帶菌者外，還暗指小學老師伯納先生是地方訊息傳播力最強的種子。

❸ 藥劑師（le pharmacien）

藥劑師可說是醫師的相關行業，任意唬弄可是不行，因此，克諾以「專業的」甜言蜜語，誇讚藥劑師的設備佳、做事仔細有緒、連小裝置都很現代化。接著挑撥他和先前小鎮醫師之間的關係，並進行洗腦：「對我來說，一個醫生不能依靠一流的藥劑師，就如一位將軍不帶炮彈上戰場。」；「我的前任者……是不是沒盡力？」然後巧妙的誘之以利，保證可將偶然的客人變成忠實的顧客：「……一年後，日復一日，您沒掙得您該得來的五萬法郎，如果慕思格太太沒稱頭的洋裝，襪子和帽子，您可以來這兒找我理論，我也會讓你賞耳光。」最重要的是，克諾讓藥劑師覺得自己很有用，能有自我實現、發揮所長的機會，對以往無可施展的藥劑師而言相當受用，且真的以為自己挺了不起的。

在此，我們不經意地發現，這閉塞的小鎮頗具父權色彩，這三個男人分屬社會不同階層，且舉措又各具權威與公信力，而克諾不過是抓住了人性的幾個弱點，便將他們操弄於指掌之間。羅曼在第二幕第1、2場中，即明快地清楚交代這些角色的功能。

三、口耳相傳

街坊傳言的散播力，往往比登廣告還有效，克諾似乎掌握住當地村婦們愛串門子、貪小便宜的心態，成功地征服了她們。

❶ 黑衣婦女（la dame en noir）

她是位典型的鄉下婦女，一聽到免費看診的消息立刻前來，一點也不遮掩。克諾立即嗅出那股貪婪的氣味，則表示十一點半之後不再看診，至少義診沒了，讓黑衣婦女覺得自己非常幸運，她則有如「限時搶購」時所獲得的快感般欣喜。接下來就是克諾一串拉鄉親關係及刺探她家庭狀況的問話，結果得知她是地主，有眾多牲畜和僕役，然後才開始看診。但醫生叫求診者所做的動作和所做的病徵結論卻令人啼笑皆非：首先，他叫她伸出舌頭，便斷定她胃口不佳，有便祕現象；第二步是頭低下，然後呼吸並咳嗽，得到的診斷是她小時候曾從梯子上墜落。最後他又替她把脈和敲背，突然用力壓腎臟，並斷言她躺著的時候會全身疲勞痠痛。至於治療的方法，竟是住單人房，要關窗簾以避免陽光照射，並勿與他人交談，一週內別吃硬食。如果體力恢復，那就痊癒了，假如更虛弱、頭痛、懶得起床，就得趕快就醫。這簡直是廢話連篇。明眼人看了都會覺得可笑，但當局者卻深信不疑。總之，克諾讓這位求診者有選擇權，其目的自是放長線，釣大魚，對一個村婦，只消予以簡單明瞭的解釋，讓她花費負擔得起的銀子就行了，因此克諾以畜牲數目打比方：「嗯！大概值得兩隻豬和兩頭小牛。」而黑衣婦女除了深信克諾的診斷外，臨走前還批評以前那位巴巴雷醫生從不免費看診，這也暴露了她吝嗇計較的性格。擊鼓宣讀公告者何嘗不是如此，他早在與克諾先生見面時即點出巴巴雷醫生的不是：「他開給您不值錢的處方，有時候只是劑藥草茶。試想人們花八塊法郎看診，可不太喜歡人家給他們不值錢的藥方。而且再笨的人也不需要醫生讓他喝個菊花茶而

已。」這也反映了一般市井小民衡量物品貴賤的價值觀。

❷ 紫衣婦女（la dame en violet）

　　紫衣婦女一進診所便提了三次有關免費看診的事，她想強調的是像她這麼有身分地位的貴婦，並非在乎診療費，這反而更突顯了她的虛榮與欲蓋彌彰。接著她繼續自吹自擂，強調她們家好幾代都是貴族仕紳聯姻，並炫耀祖先、財富和往來對象，還將僕人、馬匹、佃農數目細數一遍，土地租售情形、股票市值也一五一十的告知。而克諾僅在一旁竊喜，不時搭個腔。有趣的是，紫衣婦女自己像醫生陳述她失眠的現象，並暗示家裡永遠會為他準備個杯子，其中曖昧之意不言而喻。更可笑的是，巴巴雷醫師的療法是叫她每天晚上唸三頁《民法》。在此羅曼亦藉諷刺《民法》法典有多無聊，竟可和數羊的方法異曲同工。而克諾則以一大堆複雜的句子和專業用語解說，故意令人認為他很有學問，對病情了解透澈。最後發現魚已落袋，便開始採收網動作，將病況越說越嚴重；他半帶恐嚇口吻說，就和「……螃蟹、章魚和大蜘蛛咬蝕、吸吮並慢慢將腦髓扯碎一般。」此時，這個婦人真的擔心起自己的「病情」，克諾見狀亦趁勢立刻區隔其病患等級，以滿足她的虛榮心：「我可能不敢對一般的病人抱希望，他們沒時間也沒能力依最先進的方法接受治療。您可就大不相同了。」接著，他再表示要有耐心，持續每天就診，兩三年如一日，方能在不斷悉心照顧下，用微量的放射線治療其疾病。除表關心外，克諾還故作忙碌狀，但卻不忘給予特殊待遇，令看診者感到窩心，最後病人還自己討藥吃！──「我今天不用拿藥啊？」由此可看出紫衣婦人是信任克諾醫生的，對待有錢有閒又虛榮自私者，自不能「馬虎」，要一付慎重其事的樣子，讓她相信便宜沒好貨，這樣可信度便大增。在平淡無奇的小鎮中，多一項對自己健康有利的消遣，並與醫生這種上等身分的人來往，豈不一舉兩得？而這種怕死的有錢人，便是克諾最有興趣的肥羊。

此外，克諾對病人甲、病人乙的處理方式幾乎如出一轍，他把醫療搞得神祕兮兮的，這反而激起民眾好奇與敬畏之心，兩個愚昧的求診者不時傻笑，除了增添全劇喜感外，也滿足了觀眾的偷窺慾，進一步想知道事件的發展。羅曼分別在第二幕第4、5、6場中，將這四位村夫愚婦刻劃得栩栩如生，雖各具特色卻不失其同質性。

❸ 旅館店東（Madame Rémy）

雷米太太是旅館店東，因患者聞風而至，來自四面八方，得投宿旅館，所以生意十分興隆。她是個實質的受益者，自然替克諾醫生說話，甚至在醫師巴巴雷面前若有似無的抱怨挖苦一番：「……您不會告訴我一個真正的醫生會在西班牙感冒流行時，任人死去吧。」她並強調現在小鎮今非昔比，跟大城一樣注重醫療、食補、醫藥設備大大改進，並細數克諾義診、親赴窮人家外診，有愛心、耐心，不收一文錢，僅要求有錢人付費就醫等善行；還特別舉小學老師伯納先生受到細心照料的例子，而藥劑師慕思格先生則可作證……。第三幕8場，雷米太太一席話，更勾勒出小市民的短視近利和小鎮的「新風貌」，令久違的巴巴雷醫生不得不「刮目相看」。她真是克諾的最佳代言人。

四、自以為聰明的後果

巴巴雷醫生（Docteur Parpalaid）

這些說法讓身為醫生的巴巴雷，也在「一致主義」（unanimisme）的催眠下，由半信半疑「不過……一種診斷……您是說？一種異想天開的診斷，還是？……」他開始覺得自己是否也病了：「當您告訴我，我需要休息一天，這只是隨便說說，還是？……」克諾只淡淡一句，吊他胃口：「今天下午，到我診所來，我們再慢慢詳談。」這有點像章回小說結尾：欲知後事如

何，請待下回分解……標準的飢餓行銷術。到底誰聰明，誰是傻瓜，看官心中自是笑而不答。自以為聰明，把個爛診所賣給外表天真的克諾，沒想到最後自己反而誤入陷阱而不自知。一個醫生對自己的健康毫無把握，他一連串的問題更顯得他荒誕無稽。而巴巴雷醫師那種馬馬虎虎、懶散無慮及短視近利的個性，正是這小鎮居民性格的縮影，也使得有心人士克諾扮豬吃老虎得以攻破他的心防，有機可乘。「克諾現象」改變了小鎮的生活作息、結構與氛圍，大家陷入「群體危機」而不自覺，甚至還洋洋得意。

羅曼將巴巴雷醫生安排在第一幕（此幕僅一場），且占了全劇三分之一的分量，自此，這個人物竟「蒸發」不見，直到第三幕他才再出現，且處於極配角的地位。但最後一幕則是重頭戲，于勒·羅曼將這個角色發揮了畫龍點睛之妙，他點出「醫學勝利」的荒謬性，與我傻瓜、你聰明的一體兩面。

五、結語

綜合分析起來，克諾醫生採取的方法不外下列兩種：以義診標榜他的仁心仁術，樹立救濟窮人的形象，先引蛇出洞再說。再藉老百姓愛貪小便宜心理，於是他們趨之若鶩，克諾才得以見縫插針。他的手法如下：

1. 突顯老醫生的因循苟且，不敬業，無心濟民。這一招是分化離間。
2. 賣弄專業術語，故弄玄虛，顯示自己博學多聞，他故露假祕，反而更獲敬重。
3. 利用傳統方式宣導，最能打動鎮民的心，以期達到借他人之口宣揚療效的目的。
4. 運用小學老師在地方上的聲望，贏得老百姓的信任，這是遍布喉舌的招數之二。
5. 對藥劑師誘之以利，並間接讓旅館店東大發利市，試問能抵擋厚利

誘人者幾希？

6. 以靜制動，誘導看診者，令他們都不自覺地自以為罹病。

7. 抓住鎮上所謂「意見領袖」，以口耳相傳方式替他建口碑，形成興論，使全體產生「共識」，他則坐收不戰而勝之利。

8. 巴巴雷醫生則中了請君入甕之計，作繭自縛而不自知。

克諾最終目的則是名利雙收，而其他人則開始疑神疑鬼，後果是最後都成了「不自知生病的病人」。我們不禁要佩服羅曼對人性心理的透澈了解，經由簡單的話語，古典劇鋪陳的方式，卻能擲出其鏗鏘的社會批判，揪出包藏禍心者的狡詐權謀。

莫里哀《奇想病夫》、《不由自主的醫生》（*Le Médecin malgré lui*）和《游移不定的醫生》（*Le Médecin volant*）討論的也是醫學上所產生的怪現象，在《奇想病夫》裡，他著重諷刺疑神疑鬼的病人，於《不由自主的醫生》或《游移不定的醫生》中，重點是嘲笑醫學或醫生的無用。而羅曼則有感二十世紀初社會上人們的愚昧無知，對科學的集體盲信，而創作了《克諾或醫學的勝利》一劇。江湖郎中會大行其道不僅是醫生的醫德發生問題，無知百姓的助紂為虐亦是造成這既可笑又可悲後果的原因。擴大範圍來看，這也是羅曼對「一致主義」的某種抨擊，操弄人性弱點者固然可惡，然而一味盲從輕信不求甚解，難道不也是咎由自取？助紂為虐嗎？羅曼不醜化或妖魔化醫師，不下結論或予道德訓誡，僅客觀提出社會多重面向，供世人自評。然而，「盲信猛於虎」，我們豈可不慎。

 巴紐爾

（Marcel Pagnol，1895-1974）

　　馬瑟‧巴紐爾1895年2月28日出生於馬賽附近的奧巴尼（Aubagne）。父親是小學老師，母親為裁縫，但他十五歲時即喪母。在馬賽完成中學教育，大學則畢業於艾克斯普羅旺斯大學（Université d'Aix-en-Provence）英文系。從十六歲起，巴紐爾和朋友合創了一份文學雙月刊——《幸運》（Fortunio），直到1921年發生財務困難於是停刊，不過這對他日後的藝文生涯有極深遠的意義。

　　1915年他遇到馬賽記者保羅尼瓦，兩人合作寫劇本，後來並成為摯友，後者並鼓勵巴紐爾赴巴黎闖天下。後來他被調到巴黎教書，仍繼續寫劇本。1926年，巴紐爾終於放棄教學，全心投入創作。他的成名作《爵士樂》（Jazz），解決了他生活上的困窘，而真正奠定他劇壇地位的是《托帕茲》（Topaze）。此劇在巴黎上演不下千次，並翻譯成多國語言，後來還拍成電影。

　　此後，巴紐爾三部曲《馬里留斯》（Marius）、《凱薩》（César）和《芬妮》（Fanny），更將他推向事業的高峰。1930年，巴紐爾首度欣賞有

聲電影，發現電影更能將他劇本中的精神發揮出來。於是在1931年至1945年間，他簽下了二十一部電影合約，其中包含三部文學作品改編成電影：《納伊絲》（*Naïs*）、莫泊桑的《于松太太的薔薇》（*Le Rosier de Madame Husson*）、都德的《磨坊的三封信》（*Trois lettres de mon moulin*）。

期間，他還結識了另一位有名的鄉土文學作家吉沃諾（Giono）——即《屋頂上的騎兵》（*Le Hussard sur le toit*）作者——後來將其作品改編為電影，如《安吉兒》（*Angèle*）、《麵包師的妻子》（*La Femme du boulanger*）。巴紐爾擅長以影像代替語言，吉沃諾則專門用筆鋒來表達；這本來是一件美事，然而，雙方或許因相嫉、相輕，竟反目成仇，對簿公堂，於1941年絕交。

1946年，巴紐爾榮獲法蘭西學術院院士的殊榮，這是法國對他在電影事業中的一項肯定。1957年起，他開始出版有關童年的回憶錄，溫馨感人。其「童年四部曲」包括：《爸爸的榮耀》（*La Gloire de mon père*）、《媽媽的城堡》（*Le Château de ma mère*）、《祕密時光》（*Le Temps des secrets*）、《愛的時光》（*Le Temps des amours*）。最後一本是遺作，於1977年才出版。巴紐爾則於1974年病逝於巴黎，享年七十九歲。

《爸爸的榮耀》（*La Gloire de mon père*, 1957）

一、另一種異於巴爾札克的人間喜劇

一開始，巴紐爾先敘述與家鄉普羅旺斯的親密關係，並提到有一位同鄉曾於1879年當選法蘭西學術院院士；然後又提起父母親的相遇、結識……，此外父親身為小學老師，對宗教不以為然，還有熱愛收集舊貨的習性，以及童年在鄉下玩耍，交新朋友，惹大人生氣等點滴記趣。

巴紐爾以第一人稱講述，將兒時所見所聞，如今的所想所思，回顧一番，內容充滿法國南方的風土人情和當時的禮俗趣事。作者滿懷童心，站在小孩子的立場，見識成人世界的一切。其中主要是表現了他們父子之間的互動關係及對其父親的崇敬，他將親情刻劃得栩栩如生。

二、作品特色

法國作家中的孩童多半對成人世界不滿。他們往往處於劣勢，不是被偷抱走，就是遭受虐待或遺棄。如朱爾・勒那的《紅毛蘿蔔》（*Le Poil de carotte*）、科克多的《可怕的雙親》（*Les Parents Terribles*）、巴贊的《蝮蛇在握》（*Vipère au poing*）。而《爸爸的榮耀》則是以正面、感人的角度切入。

巴紐爾是說故事高手，他令和他有類似遭遇的孩童或過來人產生共鳴。家人的親密關係是五味雜陳，並非一定有害；學校也不是這麼像苦牢，有些東西挺有趣的；但大人也不如想像中那麼完美，他們偶爾也會撒謊、吹牛和害怕。

巴紐爾以迷惑又調皮的輕鬆筆調，闡釋兒童對這個世界的觀感。他的文筆清晰，節奏明快，對白雋永，在幽默的字裡行間，不斷吐露作者重感情和愛念舊的情懷。這點，他的好友劇作家保羅尼瓦（Paul Nivoix）、作曲家史考多（Vincent Scotto）、名演員黑慕（Raimu）可證實。

巴紐爾的觀察力敏銳，很會抓住生活中感性的小點滴。這些看似信手拈來的小故事，都要靠歲月的累積和錘鍊，才能迸發出如此動人、純熟的火花。

三、短評

　　有文學評論者認為巴紐爾的作品，在人性刻劃上流於浮面，下筆也太快，不夠深入，且無法擺脫刻意「營造場景」的意圖。而當時有些影評人又將他的電影批評為「舞臺紀錄片」。

　　但隨著時間的考驗，後來多位名導演如奧森威爾斯、羅薩里尼、楚浮以及克勞德夏布洛，甚至「新浪潮派」，也為他做了平反，並稱頌不已；而巴紐爾更因為他的電影而成為法蘭西學術院院士。

　　尤其他的「童年四部曲」為晚期作品，其中結合了天真與複雜，誠實與不忠，勇敢和懦弱。人生的喜怒哀樂在其細膩的筆觸下，生動地呈現，這是另一種異於巴爾札克的「人間喜劇」。巴紐爾宛然的微笑，不知泯了多少恩怨情仇，大家也由於這叫好又叫座的四部曲，為巴紐爾重新定位。他的作品是古典小品、經典暢銷書，也是法國學生必看的優良讀物。

 聖修伯里

（Antoine de Saint-Exupéry，1900-1944）

聖修伯里1900年在里昂出生，是舊貴族後裔，幼時喪父，受母親保護，度過快樂的童年。青年時期則過著與本性不合的生活，直到1926年進入法航，才使他一生及工作有了決定性的轉變。當他身爲非洲卡布修比機場主任時，寫了一本《南方郵簡》（*Courrier du Sud*），1929年秋，開發往來南美洲航線，《夜間飛行》（*Vol de nuit*）就是根據這次經驗而完成的，並獲菲米那（Fémina）獎。1935年，他替法國艾爾航空做巴黎到薩根試驗飛行時，迫降利比亞沙漠，幸虧路過商隊相救，才免於一死。第二次世界大戰爆發後，他的年齡已不適合駕駛飛行，卻仍自願當軍事飛機飛行員，1944年7月，在前往地中海沿岸做飛行偵查時，卻一去不回。不過七十年後（2014年）其飛機殘骸才在地中海海域被發現。

《小王子》（*Le Petit Prince*, 1943）

兒童的小天書，大人的童年回憶

一、前言

　　王子公主的故事，往往是童話中常出現的主題，而《小王子》則爲另類的童話故事：小王子，他只是一個平民百姓，周遊列國，並非去找尋愛情和幸福，反而是離開他心愛的玫瑰，去追尋一個理想，一份友誼，頗有唐吉軻德的態勢。不過，他確實結交了好朋友——狐狸和飛行員。尤其狐狸在一般人眼裡，是個狡猾的壞傢伙，但在這本小說裡，卻是位益友，顛覆了大家原先的刻板印象。再者，童話故事中，往往以「三」爲準：許三個願望、遇到三個人、發生三次危險……這不是《小王子》的風格。最後，童話的結局往往是好心有好報，壞人終遭懲罰；王子公主有情人終成眷屬，將來擁有好多好多孩子……。然而，本書卻以悲劇收場，小王子沒有和象徵愛情的玫瑰結婚，令讀者油然而生淡淡哀愁；不過，小蛇曾對他說過：「……如果你想家的話，有一天我能幫你，我可以……」，「我可以帶你去比較遠的地方。」這對兒童而言確實沉重了些，不過成人閱畢後，除了感傷童年消逝，又從中感到童稚的可貴，藉以重新回顧審視人生的意義。作者並沒明白指責或教訓凡夫俗子們，但卻藉著小王子之口，表達了一些對成人世界的不滿：反戰爭、反衝突、反自私、反以貌取人……以及指出人生幸福快樂的眞諦。

二、故事內容

　　小王子所造訪的第一個星球上住了一位國王。所謂國王，就是唯我獨尊者，除了自己以外，其他所有人都是他的部屬，連小王子打個呵欠都得經過

他的許可，然而他的王國小到僅國王的黃鼠狼袍就把它給占滿了，他卻自詡為全宇宙的君主。那位國王甚至想利誘小王子當部長、駐外大使，目的只是能夠發號司令而已，這並非小王子喜歡的地方，於是他選擇離開。

而第二顆到達的行星上，住了一個自負且虛榮的人，他一見小王子，竟認為是仰慕者來了，並要求小王子不斷鼓掌、讚美他。唯一比國王有趣些的，是他會舉起帽子答禮。但這個機械性的動作做久了也會令人厭倦，小王子自然也是掉頭就走。

第三顆行星上住的是個酒鬼，小王子不明就裡地問他在幹嘛？為何喝酒？想忘記什麼？酒鬼喃喃地表示，他在喝酒，喝酒是為了要忘記，忘記酗酒的羞恥……。這種惡性循環的生活方式，小王子無法苟同，於是悻悻然地走開。

第四顆行星屬於一個企業家，他目中無人，滿腦子都是數字，以為不斷地演算加法便可致富，發財後可以買下其他星球，且先搶先贏！得手後再將字據鎖在抽屜裡……其實企業家不比酒鬼高明，他也同樣陷入永無止境的輪迴，小王子因此亦失望的離去。

到此為止，小王子對這些星球人的評語都是：「那些大人果然一個比一個奇怪。」在兒童的眼裡，大人們的那些好名好利的價值觀，遠不如友情、愛情可貴。

小王子拜訪的第五座行星是最小的一座，上面住了一個點燈人，這是目前為止他認為可以交的朋友，因為他替別人點燈，而非自私自利，只考慮自己。但他遭逢星球運轉加速的劇變，仍然墨守成規，盲目服從，這也非小王子所能接受的。

第六顆行星大多了，上面住了一位地理學家，小王子起初欣喜地認為，終於遇上一位學有專精者。然而他原來只是個光說不練、紙上談兵的假探險家，且對「朝生暮死」的玫瑰花抱以輕蔑的態度，僅對一成不變的山、河有興趣。這個食古不化的人再次傷了小王子的心，於是他踏上了第七顆行星，也就是地球。

　　從第十六章到第二十三章，小王子在地球上遇到了各形各色的人、事、物；小王子最初掉落地球表面的地方竟然是杳無人煙的非洲沙漠，迎接他的是條月光色澤的金蛇。小蛇讓他知道在人群中不見得比在沙漠裡更不寂寞；細小無腳的蛇比國王的手指還厲害。牠好像一位先知，言語中充滿了謎。後來經過千山萬水，小王子終於走到有人居住的地方，面對一座玫瑰花園，但那些玫瑰再美麗，也比不上他曾日夜灌溉的那朵玫瑰。就在小王子最脆弱的時候，出現了一隻狐狸，牠想跟小王子「建立關係」，藉由每天同時、同地相見與接近，產生互信，因為「世上沒有買得到友誼的商店」。這個章節（二十一章）可說是《小王子》這本書中最感人、最富哲理的片段。

　　飛行員是小王子在此唯一的地球朋友，而且是大人，最主要的原因就是他童心未泯，他為小王子畫了隻在箱子裡的綿羊，相信人生最重要的東西是看不見的，這和他童年畫的蛇吞象，被大人誤為帽子的圖，異曲同工，也和狐狸的想法不謀而合；兩人且在荒漠尋找甘泉的歷程中培養了革命情感。最後雖然找到井水了，小王子卻不得不和飛行員告別，原來，那隻溜進沙堆的金蛇，就是來「送小王子回家」的……事隔多年，作者內心仍深藏著某份傷感，他期盼有朝一日，小王子會再回來。

　　據說二十世紀除了《聖經》以外，《小王子》為最暢銷的書籍，並廣譯成一百八十種語言，稱得上是人類共同的文化資產。截至目前為止，在臺灣已出現五十多種版本的中文繁體字譯本，其中還包括由日文或英文轉譯為中

文者，甚至尚有一本客家語版！稱《小王子》爲「法國二十世紀文學聖經」並不爲過，且任何一個章節都蘊藏著人生哲理，啓迪讀者省思；原本膚淺的大人認爲有用的事物，往往是小王子眼中最沒有價值的玩意兒。我們內心深處其實都存在著一個小王子，只是他似乎沉睡了，聖修伯里除了於孤寂的飛行旅程中悟出一些道理，與讀者分享，還展現個人畫畫長才，簡單幾筆，彩繪印象。最後一幅孤星伴隨小王子斜臥沙漠圖，彷彿在揮手道別，期待後會有期……。

三、《小王子》的閱讀熱現象

近年《哈利波特》在全球出版界造成不小的震撼，雖然毀譽參半，但不容否認，兒童的奇想，成了許多人心靈的避風港，淺顯流暢的文字更增加了它的可讀性，現在則是連電影版的《哈利波特》都上映了。而《小王子》是二十世紀最暢銷的法國文學作品，它之所以能夠風靡全球，除了是以孩子和外星人角度觀察並批評人類成人世界外，文字表面上很簡練，卻富饒哲學意涵，再加上一旁附聖修伯里親筆的可愛圖片，甫出版便大受歡迎，老少咸宜。更可貴的是它歷久不衰，隨著科技的進步，有聲書、電子版、各種精美文字版不一而足，甚至有本地出版社將之吹捧爲「法國二十世紀文學聖經」。在臺灣，1990至2001年，簡直是出現《小王子》譯本爆炸的現象。1974年派拉蒙即出過《小王子》電影版，而2016年的好萊塢卡通版更大受歡迎。

我們見《小王子》儼然爲臺灣外書中譯本的寵兒。首先，市面上高達五十來種譯本，先不談內容，光看封皮之精美、書本開數不同就已令人目不暇給，無所適從。其中格林竟出了吳淡如的三種版本：普通版、圖畫版、大字版！有些出版社還另外附前言和導讀。名人、包裝、加上顧客至上，商品多元化的行銷手法五花八門。當然，各個年代、不同譯者的翻譯風格迥異，

各種版本的讀者群也不盡相同，因此個人並不反對各種版本的存在。但基本上，好的譯者應會受到肯定，譯作除了盡量忠實傳達原作者的精神外，還包含了譯者與出版者的心血。總之，「認眞的人最美麗」！

四、《小王子》的翻譯問題

《小王子》在臺灣最早的版本，是陳千武於1969年由日文翻譯成的「星星的王子」，以當時的時空背景，以及譯者對童詩體的愛好，不難了解其翻譯的動機與熱忱。但李思、葉平亭2000年由寂天出了中日對照本，書名爲「星星王子」，這倒是耐人尋味。第一，日本版的書名都出現「星星」兩個字，這與原文不符，但都更具詩意；第二，既然原文爲法文或英文，爲何出版社還要採日文譯本？據說，聖修伯里的《小王子》最初是由英文寫成的，後來再由法國伽里瑪出版社出了法文版。弔詭的是，舉凡臺灣的中譯本，黃文範是採Katherine Woods英譯本，姚文雀是則以Alan Wakeman版再轉譯的，那他們爲什麼不用聖修伯里原來的英文版呢？有人說，翻譯是某種形式的重新創作，那麼，這些譯本則是名副其實的「三手傳播」？！相信常將信、達、雅掛在嘴邊的人，必會對這些版本原意的準確性提出質疑。

而改寫本或縮寫本則壓根兒沒打算完全遵照聖修伯里的鋪陳來呈現給本國讀者，其目的僅止於介紹故事大意，或許改寫者會認爲原文中的某些重點讓讀者知道即可，它先替大眾做了個篩選。譬如注音版，很明顯的，讀者群鎖定在兒童，自不宜使用太生澀冷僻的文字。又，改寫者擔心兒童對其中較富哲理的片段不懂，因此將之刪除。其實，這點似乎是多慮了，孩子的想像力、觀察力和思考模式，和成人是有出入的，我們無權低估或扼殺他們的閱讀空間。況且，在改寫的同時，原著的「精華」同時也遭閹割了。不過，既已標明是改寫本，讀者也不必寄望那是原文重現，就這點而言，改寫者很誠

實，仍是值得肯定的。

依個人翻譯《小王子》的經驗，感到最難的一詞是「apprivoiser」，坊間版本的譯法有「飼餵」、「馴服」、「馴養」、「馴良」、「收服」、「照顧」、「親近」等。筆者認為，狐狸在其中既已擬人化，則不宜採「飼餵」、「馴服」、「馴養」、「馴良」、「收服」等字眼，因為他們是上對下、人類對動物的口吻，這是不對的。而「照顧」算是尚好的翻譯，至少不太有「雄性暴力」。至於我為何將之譯為「親近」，因為聖修伯里真正涵義是「使容易親近」，既然要平等的對待，狐狸於是要小王子先「親近」牠。因此，我認為，有時譯本做注有其必要性，尤其是時空環境差異越大，可能越需要做些解釋。

此外還有一段黃文範譯本的翻譯，即與時空有關，值得提出討論：

小王子上朝問國王：「啓稟千歲，可否恕我發問……」非常有禮貌的，那國王就用國王的語氣講話，過去的皇帝講話的口氣是：「孤傳旨卿可以發問。」此乃國王講話的語氣。小王子問：「啓稟千歲──您統治些什麼地方？」國王回答：「普天之下。」

如今看來，這段譯文似乎頗搞笑，尤其對兒童而言，難免有丈二金剛摸不著頭緒的感覺，況且聖修伯里並未使用古時皇帝的用語。不過，譯者覺得應注意到文本中人物的口氣應有所不同，至少這表示譯者不是一味的傻翻，他曾花心思考慮過。若以這邏輯來推，小王子在書中說話的口氣，也應保有其稚氣與純真。

五、小結

　　1999年，在臺灣出版界便出現了另類閱讀小王子的現象，可能是因《小王子》五十歲生日，人本自然文化出了一版《如果你遇見我的朋友……小王子》（魯道夫著）。無獨有偶的，晨星亦於同年出了一本譯自法文的中、英對照書《再見小王子》（*Le Petit Prince retrouvé*）。原作者尚皮耶・達維德（Jean-Pierre Davidts）在比利時出生，後來移民加拿大，是法語系作家，他虛擬與小王子通E-Mail，彷彿小王子數十年後又復出了……。此書參雜類書信體的電腦寫作方式，憑添不少私密性，且頗具時代感，替小王子注入了新的生命力，這或許就是此書受歡迎的原因之一吧。

薩侯特

（Nathalie Sarraute，1900-1999）

薩侯特祖籍蘇俄，兩歲時父母離異，母親再嫁給一位俄國作家，並帶她到巴黎僑居，四年後又回到彼得堡。1909年再隨生父定居巴黎，由於她從小輾轉於法俄之間，因此學會了法、俄、英、德四語。1920年在巴黎大學獲英語學士後，再赴英國牛津大學攻讀學位，接著又前往德國修習社會學；1923年再進巴黎大學讀法律，1925年與律師雷蒙・薩侯特結婚，一同從事律師工作。1939年她的短篇小說《集向性》（*Tropisme*）發表後，開始專心從事筆耕。二次世界大戰期間，身為猶太人的她不得不躲起來避風頭。1963年的《金果》（*Les Fruits d'or*）可說是她的代表作，曾榮獲1964年度國際文學獎，這本書寫法新穎，被視為現代派小說。至於她晚年的數部劇作都與人性幽微處有關，饒富趣味。

《為了一點小事》（*Pour un oui et pour un non*, 1981）

娜塔莉・薩侯特（Nathalie Sarraute）祖籍是蘇俄，一生經歷過第一次和第二次世界大戰，且幾乎生活跨越了三個世紀（十九、二十、二十一）。她的首部小說為《集向性》（*Tropisme*），當初也是處處碰壁，最後交由

德諾埃（Denoël）出版社出版，但，沙特、馬克斯、賈格（Max Jacob）、莫杭（Charles Mauron）皆寫信稱許。不過，之後則從事律師事務，直到第二次世界大戰後，她才開始大量創作。戰爭過後，大家對人道主義產生極大的懷疑，開始反省文學能帶給人類何種啟示，結果答案竟是「沒有」，於是質疑文字的能力。布朗修（Maurice Blanchot）甚至喊出「書寫災難」（Ecriture de désastre）。薩侯特則在1956年寫了《懷疑年代》（*L'Ere du soupçon*）。當時由藍登（Jérôme Lindon）所創的子夜出版社（Minuit）出版。有一群作家，如貝克特、莒哈絲、霍伯格里耶、布托、薩侯特等，拒絕傳統小說寫作方式，書中不再有故事、人物、情節，如同一個謎，但對物品的描述卻鉅細靡遺，故事則需讀者去自行建構。

這一派的小說家作品，被歸類為「新小說」（Nouveau Roman）。而「新戲劇」（Nouveau Théâtre）便是由此引申而來的，它是種「荒謬劇」，阿達莫夫、貝克特、惹內、尤涅斯科的作品中不談心理、故事，也不重情節，所要表達的，只是人類的荒謬，他們是所謂的無神論者。薩侯特於1964年起，也開始寫劇本《沉默》（*Le Silence*），顧名思義，她要傳達的就是語言的荒誕、人類的無法溝通。她的劇本裡人物多半沒名字，沒什麼劇情，本為人類溝通工具的語言，竟是如此的無用。她的《話語的使用》（*L'Usage de la parole*, 1980）更突顯了這個問題。薩侯特最著名的劇作是《為了一點小事》（*Pour un oui et pour un non*），於1982年獲得國家文學大獎（Le Grand Prix national des Lettres）。這原本是齣廣播劇，受歡迎的原因，應是其結構緊密、進展環環相扣。內容大致是說兩個昔日好友，為了一句話，而逐漸疏遠。甲的事業成功，往往藉機幫乙一把，其實乙心裡已不是滋味了。一天，乙稍微向甲吹噓一下自己，甲說了一句：「不錯……嘛！」乙聽出話中話，認為甲有優越感，在諷刺他。自此，便刻意疏遠甲，而甲卻不明白，納悶對方為何迴避他，追問之下，發出「不食嗟來食」之鳴，那又如何？兩人的友誼已產生裂痕，說了不如不說，他們各自心裡都有數……

這齣戲點出薩侯特一貫想表達的意念：話語表達只是接近思想、情感的一種符號，必須加上動作、語調、表情、眼神、情境才完全。當然，有時也可能聽者有意，說者無心。觀眾就如劇中的鄰居夫婦一樣，是事後旁觀者，因此無法判斷孰是孰非，何況，許多事有理也講不清，如果每個人各懷鬼胎，相互猜疑，再美好的情誼也沒法維繫。

此劇一開始，只有甲想了解真相，乙則對兩人友情不抱希望，鄰人夫婦雖未仲裁，但也表明：「……我也曾……莫名其妙……與熟人絕交……這早已注定了……」由於甲乙的對話有點像相聲，你來我往的，頗耐人尋味和好奇。不過，卻潛藏的一種「危機」，最後，它暴露出來了，一發不可收拾……。乙在戲即將結束前說：「我知道我們之間是無解的。沒得妥協……這是場無情的爭鬥、要命的鬥爭……」。他也透露了人類嫉妒、心地狹窄的劣根性，並自我防衛表示不嫉妒，反而是甲瞧不起他，見不得他好。乙將甲比做《白雪公主》（Blanche-Neige）中的皇后：「告訴我，我是最美的……」（Suis-je la plus belle, dis-moi...）魔鏡回答：「是的，妳很美，很美，但是在森林的小木屋那兒，有位小公主更美……。」

又黎克奈（Rykner）曾專訪薩侯特，提及其著名小說《集向性》，也有這句「不錯嘛！」（C'est bien ça）她則表示，那是巧合：「我對『不錯嘛』這句話印象深刻，而且也很想知道它潛藏的意義，我寫作時便加入這句，後來也就忘了，寫劇本時又去想它。但這部是從小說裡抽出來的，這是兩碼子事。」（"c'est bien ça" était une expression qui m'a fait frappée et que je désirais voir ce qu'elle cachait. Je l'ai fait pour le livre, et puis je l'ai oublié, et j'ai cherché de nouveau pour la pièce. Mais je n'ai rien repris du roman. Ce sont des choses tout à fait séparées.）這倒是替我們解了個謎。

在戲劇方面，薩侯特先以寫廣播劇起家，因此不論閱讀或觀賞她的戲，都會感受到音調的重要性。薩侯特在處理文字、語言上收放自如，具機智又帶幽默感，卻不膚淺，背後往往隱藏了一些無解的嚴肅議題，使觀眾感同身受。而她要的也不是各位的答案，只是令大家對語言多一份省思罷了。

 沙特
（Jean-Paul Sartre，1905-1980）

（1964年拒領諾貝爾文學獎）

　　沙特從小受祖父的啓蒙教育，四歲便開始閱讀文學名著。求學時，主攻哲學，是巴黎高等師範學院的高材生，畢業後在全國中學哲學教師資格考中奪得第一名。在德國進修哲學時，鑽研德國存在主義哲學家的著作，逐漸形成自創一格的存在主義體系。二次世界大戰爆發後，他應徵入伍，1940年6月遭俘擄，被囚了九個月，獲釋後回巴黎執教，並致力於各類創作，尤其是30年代末至50年代初，作品大量問世，一生著書達五十多卷。50年代以後，沙特以從事社會政治活動爲主，他反帝國主義和殖民主義，支持民族解放運動，甚至拒絕接受1964年授予的諾貝爾文學獎。70年代受極左思潮影響，政治態度較激進，並走上大街賣左派激進報紙。1980年他與世長辭，是法國繼雨果之後，法國文壇上葬禮最壯觀的一位，他的遺體葬在蒙帕納斯墓園。

《詞語》（*Les Mots*, 1964）

　　自傳體小說猶如一部私密日記，作者、敘述者與主角三位一體，面對讀者好比面對法庭，照理是要說實話的；但由於時空的改變，現在寫過去，

只能憑記憶，若記憶再加穿鑿附會或刻意隱瞞，與事實就會產生差距，其中虛實則有待考證。不過，撰寫自傳確實是個作者自我審視的機會，若做不到一日三省其身，能做一生某階段的總整理也不錯，有時甚至具療傷止痛的作用。而讀者基於對作者的好奇或崇拜，藉由書中的告白，亦略能捕捉鱗爪。一個「愛現」，一個「愛窺」，難怪傳記書籍一直都很受歡迎。

《詞語》是沙特童年的自傳，他將兒時的回憶分為「讀」、「寫」兩部分，藉由書寫抒發了早期不快樂的情緒，對成人世界的不滿，亦透露了日後在社會或政治上採取某些態度的原因。

沙特是個寂寞、體弱的小男孩，由一個「老男人」（外祖父）和兩個「女人」（外祖母及母親）撫養長大。因為喪父，心中一直有寄人籬下的感覺，母子兩人像小可憐般，忍氣吞聲，仰人鼻息，以討大人歡心。書本因而便成了最佳朋友：它是憂傷時的避難所，反抗思想的寄託，又是表現乖巧，取悅長輩的工具。幸虧有母親的陪伴，才不至於成為百分百的小大人。沙特對影音的敏感性和想像力，是母親以彈鋼琴、帶他看電影、買兒童圖畫書供其閱讀培養出來的。讀、寫對一般兒童來說，或許是出於被動或不情願，但對沙特而言，最初是取悅大人的方式，漸漸地，他自己也迷上了這兩項寶貝。沙特日後在文學、哲學界的成就，並非偶然，也非天賦異稟，而是先從「抄寫」、修改文章（類似繪畫中的臨摹概念）開始，日積月累學習的成果；而日後走上教學與寫作之途，則是受到外祖父的指引。

一、主要人物剖析

❶ 外祖父

外祖父查禮・施韋澤被塑造成負面人物，在沙特眼裡，他是個

極權的操弄者，只知拾人牙慧，切割經典劇作，是賴它們維生的教書匠。表面上是位認真負責、疼愛外孫的長者，骨子裡卻是個自私霸道、嚴酷無趣的老人。查禮喜歡掌控全局，盯他太太、管他女兒，更監督外孫的一言一行，美其名是關心，其實是想依自己的理想，去要求周遭的每個人「各司其職」，就連自己本人也不例外，他刻意模仿雨果的裝扮，學習「為人祖父的藝術」（L'art d'être grand-père），並擺姿勢拍照留念。他限定外孫閱讀超出兒童理解能力的古典作品：莫里斯‧布朗肖的《故事集》，是他給沙特的；發現沙特亂念《一個中國人在中國的苦難》，就覺得該教他識字母了；當沙特閱讀《包法利夫人》後問了一大堆問題時，便認為該是給他啟蒙的時候了；自己喜歡庫特林（Courteline）作品，除了要外孫看之外，還要小孩寫信給作者，後來見作者絲毫不予回應，還大為不快。這些都說明他原本是個好名好利，頗為自戀的人。

❷ 母親

母親瑪麗安娜年紀輕輕就守寡，只得帶幼子回娘家投靠父母，沙特將母親塑造成完美形象，悲劇性人物。為了突顯母親的好，自傳中外祖母被寫成一文不值：是個多疑又好指責的人。瑪麗安娜自兼家庭「管家、看護、僕人」數職，但挑剔的母親卻仍嫌惡她，就連跟往日女友聯繫，也遭家人反對，簡直無異於「家庭監獄」的人質。新寡的瑪麗安娜，好比聖母瑪利亞般聖潔，又回到做個小女兒的角色，一切聽從父母的；她倒不像位母親，比較像沙特的「大姊」。這位守護沙特的天使，講故事給兒子聽，瞞著父親買繪本及遊俠故事集給他看，在孩子內心深處，於是產生一種幻覺：樂觀。認為英雄本當救美，並且善惡各有報。她並帶孩子去看電影，令其盡情享受聲、光、影的刺激，還常彈琴給他聽，如《芬格爾洞》的序曲、蕭邦的敘事曲、弗蘭克的交響樂變奏曲，尤其舒曼的小夜曲，更使得沙特完全信服：「我既是深感絕望的創

造物，又是早在創世之初就已拯救了該創造物的上帝。」這些都成了他想像力的泉源。此外，瑪麗安娜並閱讀和抄寫兒子的第一部小說，也鼓勵他從事寫作。

❸ 父親

讀者也許會期待沙特在書中陳述失怙的遺憾，相反地，他卻表示「無勝於有」的欣慰：一則他也不必與別人分享母愛，二則他不必承受父權思想的壓制，可獲充分的自由。成年後的沙特，亦常在作品中表現對家族包袱的不屑，認為父親對他僅具「播種」的功能。因此，他認為佛洛伊德心理分析那一套理論太粗淺，母親似姊姊而非戀人，伊底帕斯情節對他不成立。至於繼父對沙特的冷落，在自傳中僅輕輕帶過。

❹ 布魯

這是沙特的小名。記憶中他像個大人的洋娃娃，裝扮得如纖弱的小女生，思想行為遭大人管控。幼時多病，又是腸炎、盲腸炎和眼疾，到公園時根本沒玩伴，因此很羨慕遊俠小說中的英雄人物，甚至還自卑得自比小樹、小鳥、小魚、小蒼蠅、小猴子、小狗、小兔子、小雕像……，他只敢在鏡子前面做鬼臉，自嘲一番。

二、結語

母親代表白，外祖父代表黑，父親則是模糊的灰，他的童年就是這麼的晦暗，又醜又小又不起眼的他，只好埋首於閱讀與書寫之中，蕩漾於幻想世界，以求自我實現，從事的幾乎都是靜態活動。要不是有外祖父，沙特可能就更像紀德或普魯斯特，皆由女性照料他長大。除了母親陪他看書之外，早年沙特不適應學校教育，請家教到府教授小學課

程，由於思考模式受大人左右，又沒機會和同齡兒童互動，儼然是個裝腔作勢的小大人。直到中學，才正式進入校園，第一個朋友居爾科跟他同病相憐，是個喪父的孩子，也愛看書，十八歲時卻因肺結核早逝。沙特頗缺乏安全感，常自喻為逃票的乘車者，隨時擔心查票員要他下車。他日後格外賞識惹內（Jean Genet），或許是因為他無父無母，境況比他更悲涼，更是個遭社會漠視的邊緣人吧。

　　沙特的童年背景很值得玩味，他自幼無父無祖產，且正值第一次世界大戰期間，法國又屬被欺侮的一方，諷刺的是，他得靠教德語的外祖父賺得的錢維生。沙特因自卑而自立自強，志氣非凡，厭惡虛假，總以濟弱扶傾為己任，這部自傳體小說，也算是他對童年生活的階級醜陋面的一種反撲。

尤涅斯可

（Eugène Ionesco，1909-1994）

　　尤涅斯可生於斯拉蒂納（Slatina），父親是羅馬尼亞東正教徒，母親有法國、希臘、及羅馬尼亞血統，是個新教徒。後來他則自己受洗成為了東正教徒。

　　尤涅斯可童年的大部分時光是在法國度過，父母離婚後，他與父親於1925年回到了羅馬尼亞。在那兒他進入聖薩瓦國立學院，並於1928年至1933年間在布加勒斯特大學進修法國文學，並考取了法語教師的資格。他在那兒認識了希又杭（Emil Cioron）和艾利亞德（Mircea Eliade），這三人成為一生的朋友。

　　1936年尤涅斯可與布里諾努（Rodica Burileanu）結婚。他們育有一女，他為她寫了不少傳統的童話故事。他與家人在1938年回到法國，以便他能夠完成博士論文。由於1939年二戰的爆發，他留在馬賽度過了整個戰爭時期，1944年解放後，搬回巴黎。1950年其成名作《禿頭歌女》在巴黎首演。其後又創作了《上課》、《椅子》等劇，表現「人生是荒誕不經」的主題。

1970年尤涅斯可成爲法蘭西學術院院士。他還獲得了多個獎項：杜耳（Tours）電影獎（1959）、奧地利國家歐洲文學獎（1970）、耶路撒冷獎（1973）；並獲得紐約大學和魯汶、特拉維夫多所大學名譽博士。歐仁·尤涅斯可八十四歲去世，葬在巴黎的蒙帕納斯墓園。

《犀牛》（*Rhinocéros*, 1959）

介於傳統與前衛間的衝撞

一、源起

相信讀者或觀眾必定對《犀牛》這齣戲的名字產生好奇，那麼尤涅斯可爲何選犀牛爲代表性動物？以下便是他的現身說法：

「我想描繪一群具獸性的人，那麼要以什麼動物爲符號呢？」尤涅斯可自己說，他翻閱字典：「鬥牛似乎太高尚了，河馬顯得太軟弱，水牛則原產於美洲，就只剩犀牛了！總之，我看見我的夢實質化、具體化，集體的犀牛！我的夢！」

犀牛是群居動物，牠又厚又硬的皮，泛著灰綠色，有如當時的納粹制服色，刀槍不入，頭上的突角朝向前方，是會令人害怕，且無人可抵擋，一路勢如破竹的猛獸。牠可能踩死路上所有小生命，牠的形象正符合狂熱、衝動、有理想但具排除異己的特性，於是尤涅斯可便做了決定，以此暗喻當時盲從的大眾。其實犀牛的影像一直縈繞在作者腦海，尤涅斯可在他的《過去的現在，現在的過去》（*Présent passé, Passé présent*）一書中，就曾寫道：「警察是犀牛，法官是犀牛，你是犀牛群中唯一的人類。犀牛會問：

世界怎麼會讓人類來主導……，你自己，你會自問：世界真的是人類在主導嗎？……」，「不是犀牛似乎是有罪的，但犀牛牠們互相打鬥……，我似乎處於另一個時間和另一個空間。另一個星球。」

二、傳統與前衛

在一個動盪思變的時代，大眾會發生無所適從的窘態，既貪圖苟安的日子，又期待新鮮與刺激，《犀牛》正充分掌握了這個衝突點，亦表現了這種矛盾。

首先，犀牛出現在一個平靜的小鎮就是件不尋常的事件，極容易引起眾人的好奇心、驚奇感，這也算是種喜劇的元素。《犀牛》的人物安排較接近傳統劇，所有的劇中人除了貝杭傑都一一蛻變成犀牛。我們先從其中甘草人物看起：雜貨店老闆娘富好奇心，愛搬弄是非，而且不顧他人，幸災樂禍地嘲笑清潔婦不到她家買東西，食物才會灑了一地；而雜貨店老闆只關心商品賣得好不好，他不放過任何機會撈一筆。女服務生她只是唯唯諾諾；咖啡館老闆更是個刻板角色，他不停地展現權威且表現出滿腦子都想賺錢的樣子。而女傭在看到第一頭犀牛時，菜籃裡的東西就灑了一地，後來第二隻犀牛踩死她心愛的貓時，她傷心絕望到極點；優雅的老先生則深深地向清潔婦致敬，還幫她撿起食物。這些小人物只出現在第一幕，像合音天使般重複著某些句子，充滿喜感：

(1) 「發生什麼事啦？」（約翰、女服務生、咖啡館老闆）
(2) 「喔，一頭犀牛」（約翰、女服務生、雜貨店老闆、老闆娘、邏輯師）
(3) 「啊！喔！」（清潔婦），食物掉落滿地（幕後）（約翰、女服務生、雜貨店老闆、老闆娘、邏輯師）

(4) 犀牛跑過，都是灰塵，每個人都打噴嚏，並喊一句「唉喲！」（Ça alors!）（咖啡館老闆、約翰、女傭、老先生、雜貨店老闆、老闆娘），只有貝杭傑沒吭氣。

眾人七嘴八舌熱烈討論，猜測犀牛可能從馬戲團跑出來。不過到底是人類才活在某個馬戲團，還是犀牛來自馬戲團？！這點很諷刺。接著邏輯師領著眾人討論第一次和第二次看到的是「一頭獨角犀牛，還是兩頭獨角犀牛，或一頭獨角犀牛，還是一頭雙角犀牛，不然就是一頭雙角犀牛，還是兩頭獨角犀牛。」他只在乎所謂學理的推測，而不在意事實，這又是一種嘲諷。最後大夥兒東扯西扯，因心理疑懼竟反覆討論獨角犀牛是亞洲或非洲種。結果眾人更加迷糊了，尤涅斯可藉此暗示當人們情緒不安時，會產生「種族歧視」的意念。至此，原來的喜劇形式已被攪亂，搞得觀眾心情七上八下，開始也有危機感。

尤涅斯可的戲劇是循序漸進式的，前半段似乎蠻合乎傳統戲劇精神。他曾說過：「在我的劇本裡，滑稽經常只是戲劇建構的一個步驟，也是建構一齣戲的一種方法。它越來越變得與悲劇相對應。」但中後半段起，劇情急轉直下，當代的荒謬性與無力感，以非理性的現象冷酷地呈現給觀眾，堪稱前衛做法。

第1場即將結束前，女傭邊哭邊抱著被踩扁的貓，黛西和老先生在一旁安慰她，然而約翰與貝杭傑卻為了犀牛是獨角或雙角、為亞洲犀牛或非洲犀牛吵得不可開交。再加上邏輯師、雜貨店老闆、老闆娘、咖啡店老闆的你一言我一語瞎攪和，簡直像極了滑稽的多口相聲，最後竟演變為約翰惱羞成怒，罵貝杭傑是亞洲人！這毋寧是一種下意識的種族歧視，他們的友誼也立即受到考驗。尤涅斯可十分擅長利用劇中人的爭鬥不休，丟出一些辛辣的爭議性話題，令觀眾在嘲笑他們之餘，也懷批判與反省之心，對某些主題有所

省思。第一幕的天使合音不見了，取而代之的是眾聲喧譁。

三、角色功能

一齣戲演員角色的安排，都有其特殊意義，本劇也不例外：

① **牛先生（Monsieur Boeuf）**：他雖未出現舞臺上，但辦公室樓梯被變成犀牛的他踩塌破壞是眾所周知的，「但聞樓梯響」，這頭「隱形牛」為本劇帶來一股神祕的氣息，是「始作俑者」。

② **牛太太（Madame Boeuf）**：顧名思義，牛與犀牛屬於同一科，大家不難想像那身材肥胖的牛太太，遲早會隨著牛先生變成犀牛。只是她那副氣喘吁吁、緊張兮兮的德性，格外令人發笑。

③ **胡蝶先生（Monsieur Papillon）**：首先，主管胡蝶先生的扮相就很具喜感，雖然他身穿深色西裝，顯得很正式，還別上國家榮譽小徽章，看來就是個好面子之徒，而他那兩撇粗粗的鬍鬚，就如蝴蝶的觸鬚，格外令人發噱；他的另一喜感是當大家知道犀牛要闖進來奪窗而逃時，他滿腦子想的是公文、信件、門要鎖上等小事，根本不進入狀況。再加上他會吃女祕書豆腐——「我會抱著妳，一塊兒往下跳。」更突顯他是名副其實的花蝴蝶。

④ **博達（Botard）**：他是退休小學老師，一副萬事通的樣子，跟杜達是死對頭；但他們兩人名字中都有ard，在法文中，ard是表負面的意義，bo則為「牛」的意思；人物的命名，不是隨意取的，尤涅斯可也是藉這位窮酸教員之口，諷刺新聞記者「編造有犀牛的事件以提高報紙銷售量」；又藉機表達自己無神論的態度：「週日不會上教堂聽神父講廢話而不工作」他大放厥詞，認為犀牛之說為無稽之談，最後卻也逃脫不了還是變為「犀牛」的命運。

再者，博達自以為萬事通，一副思想家的樣子；但一提起被踩

死的貓，反而突顯他的愚蠢可笑，他關心的不是貓受傷的情況，而是問死貓是公貓還是母貓，什麼顏色、什麼種類，這些根本於事無補；更有趣的是，他原本不承認犀牛的存在，認為那僅是神話，直到看見牛先生變成犀牛，便試著自圓其說，故作神祕，表示自己知道「內幕消息」（Les dessous de l'histoire），自認為是消息靈通人士。

❺ 杜達（Dudard）：他是個前途光明的副主管，年紀不大卻一副老成持重的樣子，當大夥兒談到被犀牛踩死的貓，他卻搬出類似邏輯師的謬論：「那是隻公貓還是母貓？毛是什麼顏色的？屬於什麼品種？我先聲明，我不是種族主義者，我甚至反對種族歧視。」尤涅斯可又再度提到這個排他性的話題，以及暗諷當代知識份子的自以為是和欲蓋彌彰。

❻ 邏輯師（le logicien）：嚴格地說，世上根本沒有這種職業，尤涅斯可安插這一角色，更顯得此劇的荒謬性及不合邏輯。他的三段論便是本劇的笑點之一。如「貓有四隻腳，伊西多（Isidore）和福立柯（Fricot）各有四隻腳，因此伊西多和福立柯是貓。」；「所有的貓都會死，蘇格拉底會死，所以蘇格拉底是貓。」一旁的老先生還答腔：「而且他有四隻腳，真的，我有一隻貓，牠叫蘇格拉底。」他們的對話，突顯人們的無知，也和舞臺上約翰與貝杭傑的對話毫不相干，簡直有雞同鴨講之感，在此尤涅斯可又以談話的手法表明了人類的不可溝通性（incommunicabilité）。劇中人反映了群眾所可能產生的各種情緒：好奇、驚訝、懷疑、害怕、憤怒，只有貝杭傑一副茫然，沒睡醒的樣子。

❼ 約翰（Jean）：約翰是個個性剛烈的人，充滿自信，自以為是，而且從不認輸。他是貝杭傑的好友，但兩人也常因意見相左，爭執不休，犀牛的出現，更加考驗了兩人的友誼。他原本認為：「人性是一場奮鬥，不奮戰是懦弱的！」這不正是當時納粹的口號嗎？最

後，這個毫不妥協的人物竟然說：「爲什麼不能是頭犀牛？我喜歡變化。」可見得犀牛的力量銳不可擋，連頑石也會點頭。

❽ **黛西（Daisy）**：Daisy是英國女子的名字，若小寫，代表的是雛菊，象徵嬌柔，無辜。照理說，名爲黛西的女子應該是善體人意，會照顧他人，同時也需要人呵護的。美麗親切的她不喜歡辦公室裡前途看好的杜達，偏偏愛上凡事漫不經心的貝杭傑，在貝杭傑生病時，她也一直柔順地陪在身邊。後來黛西對牛說話的表情很逗趣，她竟天眞地把犀牛當貓逗：「喵，喵，喵……」杜達也傻楞楞地說：「別去摸牠，牠八成沒被馴服……」沒想到最後她竟然對犀牛著迷：「牠們在唱歌」……「牠們在玩耍，牠們在跳舞」……「牠們好美」……「牠們是神」……，轉瞬間貝杭傑突然覺得兩個人「像過了二十五年婚姻生活」，他沒想到，一向溫柔的黛西，竟然會爲了犀牛背叛他！此外，這也是尤涅斯可他對婚姻、愛情絕望，抒發內心悲觀的感嘆。

牛先生變爲犀牛，最自然不過；牛太太追隨牛先生而去，成了犀牛，也不足爲奇；胡蝶先生由於毫無定見而隨波逐流，同流合汙，可以理解；邏輯師食古不化，變爲犀牛亦不奇怪；博達表現得既自卑又自大，他想走在大時代裡，跟著大夥兒走，已有些不尋常；杜達想表達自己開闊的胸襟，因此就「應變」，成了犀牛，這就比較複雜了；約翰是因崇拜英雄，而加入犀牛行列，黛西被這些猛獸的精力與熱情所迷惑，也頗不可思議。貝杭傑在失去朋友、情人之際，驟然發現自己是碩果僅存的人類，但他無法與犀牛溝通，因爲他不懂牠們的語言。相形之下，他最後對犀牛的挑戰顯得很可笑：一個生病發燒、有氣無力、頭上快長角的人，已不確定自己是否有理，只能「困人猶鬥」了。

四、空間的意義

第一幕幾乎所有的劇中人物輪番上陣，好不熱鬧，你一言我一語的，像極了合唱團，令平靜的小鎮增添不少人氣。第二幕場景在辦公室，劇中人逐一變成犀牛，犀牛就像一種傳染病，作者將人演變成犀牛的過程分為兩種現象：迷惑（la fascination）與增生（la multiplication）。在第一幕時，人們聽到兩頭犀牛聲呼嘯而過。第二幕時，大家又得知牛先生變成犀牛了，黛西並告知城裡已有七頭犀牛了，後來又有十七頭，或許再增為三十二頭了。

第三幕開始時，尚有貝杭傑、杜達、黛西三人，貝杭傑還有朋友和情人（友情及愛情）。後來杜達離他們而去，只剩下貝杭傑和黛西這對戀人相依為命，照理外界阻力越大，這兩人的凝聚力應也更大。然而，最後的場景是貝杭傑對愛情的幻想也破滅了，僅孤單一人在舞臺上……試問人生悲哀不正是如此。

最後一幕是貝杭傑的斗室，我們發現場景由開放型的露天咖啡館，轉為孤獨一人的小房間，視線越來越侷限，空間越來越窄小（平靜小鎮→辦公室→房間），令觀眾越來越有壓迫感，光線也越來越暗，結局可想而知。

當那些喜劇元素漸漸褪去後，悲劇氣氛便逐漸上升：第二幕時，約翰變成犀牛，並攻擊貝杭傑，後者叫兩位鄰居去報警，結果他們回來時卻變成犀牛；於是他只好下樓找門房，然而門房也成了犀牛，貝杭傑嚇得退回房間想奪窗而出，街上卻是成群的犀牛跑過，最後他驚險脫逃，這些是全劇場面最混亂的情景。

第三幕的氣氛驟變，貝杭傑坐困屋內，不過他至少仍有朋友杜達和女友黛西。但杜達意志已開始鬆動，他勸貝杭傑往好處想，事情沒有那麼恐怖，

犀牛其實不會攻擊人，只要習慣與牠們和平共處即可，接著他也隨著犀牛而去；貝杭傑還在想求助於邏輯師，沒想到他亦已變為犀牛。接著黛西又說城裡四分之一的居民已經變成犀牛了，事態愈發不可收拾，貝杭傑絕望地說：「只有他們了！……放眼望去，沒有一個人類。」至此，原先的奇想已蒙上悲劇的陰影。當貝杭傑明白自己是碩果僅存的人類時，他仍拒絕讓步。

尤涅斯可認為喜劇比悲劇更令人絕望；至少人類面對無力回天的問題，往往就會相信宿命。反之，喜劇中所充滿的荒謬，令人陷入死胡同，人類的白費苦心終究顯得更荒誕無稽、更絕望無助。而這些相對矛盾的東西，正是悲喜劇的一體兩面。尤涅斯可將觀眾帶入一個不尋常的境界，一會兒令人訝異，一會兒讓人發噱，忽而又使人驚恐，陷入迷宮者已分不清是悲是喜，而且被他困在原地，不知如何是好。

五、結語

事實上，《犀牛》是部多重調性的作品（oeuvre polytonale）它既是喜鬧劇，又是奇幻劇，也是無解的大悲劇。

《犀牛》悲鬧劇成分相互交疊，除了甘草與悲劇人物，滑稽和感傷的情節並陳，不但相混，還有搞笑手法（對話荒謬、不合邏輯、身分混淆、極短時間發生許多事情……），這些都強調了人類的生存境遇。

• 奇幻童話：犀牛的出現，人類變犀牛的影像，就如奇幻童話般，在現實世界不可能發生，只有在噩夢中、幻覺裡才存在；這也可以視為政治神話或政治暗喻。

• 鬧劇：然而它也是一齣鬧劇，劇中人物奇特的名字，還有他們無厘頭的對話，倒是把緊張、憤怒、悲傷的情緒轉化成滑稽可笑、荒謬至極的氣

氛，到頭來令人啼笑皆非。

• 現實劇：然而，尤涅斯可也試圖說服大家，奇幻景象比比皆是，荒誕不經，不按牌理出牌的事每日上演，人類獸性是被壓抑的，一旦觸發，不可收拾，就跟洪水猛獸一般。

• 悲劇：我們發現《犀牛》描述的是個宿命的世界，人們無法掌握自己的命運，犀牛化就是他們的下場。觀眾卻只能眼睜睜看著劇中人一步步邁向犀牛世界，變成犀牛。

• 荒謬劇、殘酷劇：就如尤涅斯可代言人貝杭傑所言，理想是場騙局，人生沒有意義，一切都是枉然，既是如此，苟活無益，只是一場空；人是孤獨的，友誼令人失望，愛情沒有力量，所有行動與希望都因滅亡顯得分外可笑。當人類莫名奇妙陷入絕境中，自是既殘酷又荒謬的結局。

幸好到了劇終，尚有一位碩果僅存的貝杭傑，他是唯一還意識到自己是人類，且不願與犀牛妥協者。這毋寧是人類的一個希望和一種承諾，一盞微弱的燈火，令觀眾感到窩心與溫暖，並審慎反省一下自己的某些愚行。

《犀牛》像是一面三稜鏡，當中可謂百味雜陳，這部戲並非訴說一個驚悚的童話故事，也不是一齣具起承轉合，四平八穩的古典劇，不過舞臺上的亂象確實震撼人心，它提供了另類的思考空間：在劇變之中，盲信躁進或故步自封所可能造成的後果。

 惹內

(Jean Genet，1910-1986)

 生平

　　1910年12月19日，惹內生於巴黎。母親是名妓女，時年二十二歲，未婚，夫不詳。他出世七個月後，即遭母親遺棄，後來由位於莫凡（Alligny-en Morvan）的雷尼埃（Régnier）家庭領養。他自幼即受洗，受天主教教育，並加入合唱詩班。1916年入小學，平日愛讀書，在班上成績最佳；但同學們都嘲笑他是沒爹沒娘的孩子……不久後，他開始偷同學的鉛筆和尺，還有養父母的錢，再去買糖果分小朋友吃。1923年，他以全校第一名畢業，但從此再也沒有接受正規教育。

　　十四歲時，惹內被送去當排版學徒，但才工作兩個星期就逃跑，並向朋友表示想去埃及或美洲。後來被人在尼斯找到，送往社福中心。往後數年，都是過著偷竊、被抓、逃亡、賣淫或入獄的日子，也曾接受心理治療。1926年9月，他初嘗同性戀滋味，在他的《玫瑰奇蹟》（*Miracle de la rose*）一書中，亦曾提及。

　　他十八歲即自願提前入伍從軍，一待就是六年，曾隨軍旅去過西班牙，阿爾及利亞和摩洛哥等地。1933年曾與紀德謀面，而1934年在阿爾及

利亞當兵期間，則特別喜愛閱讀杜斯妥也夫斯基的作品。退役後的惹內，繼續他的流浪生涯，《小偷日記》（*Journal du Voleur*）一書，就是以這段回憶為藍本撰寫而成的。惹內的日子在不斷被捕、驅逐下度過，直到1936年底，到達捷克，受到人權機構的保護，並結識一生中唯一愛過的女性柏洛克（Anne Bloch），他們之間是柏拉圖式的愛情。但不到一年，他又開始過著流浪、偷竊、乞討、坐牢的生活。

　　1942年可說是惹內生命中的一個轉捩點。他在獄中寫了《繁花聖母》（*Notre-Dame des fleurs*），之後又完成《死囚》（*Le Condamné à mort*）這冊詩集。1943年科克多（Jean Cocteau）發現他的才華，立即將之引介。此時，他已著手修改第二本小說《玫瑰奇蹟》。以後他又數度因偷書而被捕，都是科克多出面營救。1944年第二次世界大戰期間，他險些被抓去充軍，也是科克多力保，聲稱他是當代最偉大的作家。自此之後，他再也沒有遭捕入獄的紀錄。同年5月，惹內在花神咖啡館（Café de Flore）結識了沙特。8月時，他的男友德卡南（Jean Decarnin）為國捐軀，惹內於是著手寫《葬禮》（*Pompes Funèbres*）詩集，獻給他的亡友，此書於次年完稿。1946年又寫了另一詩集《私密頌》（*Chants secrets*）。至於《玫瑰奇蹟》，則於次年問世。同時他也開始著手《小偷日記》，重寫劇本《嚴密監視》（*Haute surveillance*），並在科克多推薦下，朱衛於1947年導演了他的《女僕》（*Les Bonnes*）。也由於這兩部劇本，使惹內贏得七星詩社獎（le Prix de la pléiade）。同年11月，《葬禮》以佚名在伽里馬（Gallimard）出版。1948年時，《小偷日記》也終於上市。不過1949年至1954年之間，惹內幾乎封筆，原因如下：戰後文學掀起清算之風，大赦的結果似乎使他遠離犯罪與牢獄，這反而令他焦慮不安。他曾向記者透露：「我一旦獲得自由，反而感到失落。」再者，1952年，惹內匯集作品出版，沙特還著《聖惹內──演員與殉道者》（*Saint Genet - comédien et martyr*）一書，誇讚他的才華，使其一夕之間舉世聞名。他卻不以為然的對科克多說：「你和沙特為我塑造了一

個形象，而我卻是另一個人；這另一個人有話要說。」

　　那段期間，他和男友賈華（Java）四處旅行，也迷上電影。1950年時拍了部《愛之頌》（*Un chant d'amour*）的短片，之後還有了《禁忌的夢》（*Les Rêves interdits*）與《監獄》（*Le Bagne*）兩個腳本。

　　1955年起，是惹內創作的高峰期。他從戲劇中走出以往的陰霾，三部劇作《陽臺》（*Le Balcon*）、《黑鬼》（*Les Nègres*）、《屏風》（*Les Paravents*），奠定了他劇壇的地位。成功並非偶然，他這幾部作品，都是重寫三、四次後的經典之作。布蘭（Roger Blin）於1959年導他的《黑鬼》，布魯克（Peter Brook）則在1960年導他的《陽臺》，而《屏風》於1961年出版，且三者均獲好評。

　　五十歲的惹內，劇作大受重視，作品也被譯成多國文字，但他走鋼索的男友阿布都拉（Abdallah）卻在演出期間再次由上面摔下來，變成殘廢，並於1964年在惹內房裡自殺身亡。遭此打擊，他決定放棄文學，留下遺書，就失蹤了，一年以後才復出。另外值得一提的是，曾為惹內好友的費曲曼（Frenchtman），自1947年起，就替惹內處理文件，往後二十年，儼然成了他全球的經紀人；但後來兩人交惡，再加上費曲曼事業與感情亦不順遂，於1967年在女友家中上吊身亡。而惹內也在同年5月企圖自殺未果，這些都與他的朋友之死不無關係……。

　　1967年底，惹內開始長程的遠東之旅，足跡遍及日本、印度、巴基斯坦、泰國、中國大陸。1968年巴黎鬧學潮之際，他人在摩洛哥，支持示威者，卻拒絕前往國會發言。他也曾參加美國反越戰遊行，與沙特、莒哈絲或傅柯站在同一陣線；1970年還前往美國支持黑豹黨活動，在大學或媒體前發表言論。同年10月，則到約旦探訪巴勒斯坦難民營，一待就是半年，並密

見了阿拉法特，此後兩年，他往返約旦三次，但1972年11月，則被視爲滋事份子，遭驅逐出境。不過惹內一生從不爲任何黨派背書，他要保有發抒個人看法的權力。

　　惹內成了美國和約旦不受歡迎的人物後，只好窩在法國，構思解決關於巴勒斯坦人與美國黑人生活現狀的計畫，但卻一直無法達成。雖認識了穆罕默德‧卡塔尼（Mohamed El Katrani），他的最後一位情人，但晚年情緒都極爲低潮。他曾試圖與人合作拍片，也都不了了之。1979年罹患喉癌，接受治療後，身體健康每況愈下。

　　1983年，惹內將十三年來的筆記加以整理，開始撰寫其最後一部作品《愛的俘虜》（Un Captif amoureux），由於日以繼夜的工作，病情急遽惡化。同年12月，他榮獲國家文學大獎（Le Grand Prix National des lettres），由一位年輕黑人代爲領獎。但他1984年還去過一趟約旦，再審視一番書中所描述的地點與人物。1985年，又重寫了他的第一部劇作《嚴密監視》。1986年，改完《愛的俘虜》第一校稿後，到摩洛哥住了十天，回巴黎後，就在4月14或15日逝世於旅館中，而《愛的俘虜》第二校稿仍放在桌上……。

　　他的友人依其遺囑，將屍體葬於西班牙南方靠海的小鎮拉哈需（La Rache），面朝摩洛哥，而墳墓是介於一間情人幽會的小旅社和一所監獄之間。

《女僕》（*Les Bonnes*, 1947）

一、作品與風格

惹內、尤涅斯可（Ionesco）、貝克特（Beckett）以及阿達莫（Adamov）的劇作被歸爲「新戲劇」（Nouveau Théâtre）或「前衛劇」（Théâtre d'avant-garde），他們作品中常討論的主題包含荒謬、等待、死亡、絕望、封閉、無法溝通等。而惹內的劇本尤具「反動思想」，他的目的就是要顛覆這已僵化的社會，尤其挑釁意味濃厚。而風格則與阿爾多（Artaud）較接近，和別須特（Brecht）是不同的。

總體而言，不論惹內的詩、小說、戲劇，都極富詩意，譬如在《繁花聖母》和《玫瑰奇蹟》之中，人們都可感受到類似宗教的神祕色彩，以及猶如韓波（Rimbaud）放浪不羈的才情及普魯斯特（Proust）作品中囚禁一隅細膩的幻想世界。有些人認爲他喜歡濫用抒情體，加之冗長的獨白，使觀眾卻步，也有些人認爲他的作品許多方面並不討喜，完全是因其中頗富詩意，才得保存之價值。不過，有一點是可以確定的，惹內永遠與邊緣人站在同一邊；他帶領人們認識小偷、娼妓、同性戀、少數民族等弱勢團體的生活，將世俗所謂的醜陋大地，以另一種風貌呈現出其獨特的美感。反之，世俗所謂的美好新天地，才是藏汙納垢，虛僞不實！《女僕》則極具代表性。

二、劇情提要

克萊兒和蘇朗芝是姊妹，同在一戶有錢人家幫傭，她們藉著打扮成女主人模樣，還有向警方誣告男主人有罪，以宣洩內心對上層社會的怨恨和嫉妒。戲演到一半，不料女主人提早回來了，克萊兒設法勸她喝下有毒的椴

花茶，女主人似乎洞察了女僕的計謀，硬是不喝。後來得知男主人甫獲釋放，於是匆匆趕去。兩個女僕一時不知所措，彷彿周遭的所有道具都是洩密者……接著她們還是繼續那未演完的戲碼；既然活著未能當女主人，也要照計畫演下去，於是克萊兒喝下毒茶，以實現「夢想」。最後一幕，蘇朗芝無悔地雙手交叉，表情木然，有如甘願扣上手銬般……。

三、戲中戲

　　這是齣「戲中戲」，不僅是女僕克萊兒試圖扮演女主人角色，另一女僕蘇朗芝則飾演克萊兒。當中一會兒回到現實，一會兒又入戲，交錯演出。相信她們若戴上面具，或依木偶劇方式演出，必定另是一番氣氛。據說當時沙特還曾建議惹內找兩位男演員來演這兩個女僕，乾脆來個性別倒錯，期使本劇更具震撼性、叛逆性。而惹內認為喬裝本身就是一種創意，他是以極嚴肅的態度待之，絕不以此搞笑。不過，早期戲劇男扮女裝或女扮男裝也許是種噱頭，但對當代戲劇而言，已了無新意。倒是「女僕」這齣戲的舞臺設計，將惹內理念中這似真似假的布爾喬亞家庭，「包裝」得恰如其分，使主僕之間複雜的情緒和衝突，透過一面大鏡子，更顯現出戲劇性、透視性。《女僕》也曾以芭蕾舞劇方式演出，使觀眾更能融入他的「神話世界」。此外，惹內很怕導演們曲解他的作品因此還特別寫了〈如何演出女僕〉一文，表達其意見。而《陽臺》一劇也是如此。

　　惹內曾承認自己對異樣的人、事、物特別感興趣，他一貫所追求的就是要運用想像力，創造力，使腐朽的社會得以全方位的洗牌。就算不成功，有了念頭總比麻木不仁好多了！

 阿努伊
(Jean Anouilh，1910-1987)

 生平

　　阿努伊可說是法國二十世紀劇作家中，作品上演次數最多者。他是一位極注重隱私權的劇作家，不喜歡接受採訪，也不願對劇評界多發表意見，他曾對吉紐（Hubert Gignoux）說：「我沒有傳記，而且我對此很滿意。」只有在1987年時，他出了一本年輕時代的回憶錄——《埃里絲達子爵夫人沒收到她的機械掃帚》（*La Vicomtesse d'Eristal n'a pas reçu son balai mécanique*）。阿努伊也不喜歡他人將其作品與現實穿鑿附會，只一再強調：「我寫劇本就像椅匠做把椅子一樣，若偶而有傑作出現，那最好不過了。」

　　但筆者收集了一些資料，或許可使讀者對這位「神祕人物」有進一步的了解：讓・阿努伊於1910年6月23日在波爾多（Bordeaux）誕生，父親是裁縫師，母親則為提琴手（有一說是鋼琴手）。曾在柯爾貝（Colbert）唸小學，後來則在夏普塔（Chaptal）中學就讀，當時還正巧與日後的大導演巴候（Jean-Louis Barrault）同窗；他的數學和哲學兩科都名列前茅。後來唸了一年半的法律，發現與志趣不合，於是輟學。

阿努伊開始接觸戲劇，可追溯到童年在波爾多的日子。八歲時就常隨著家人到阿卡雄（Arcachon）劇場看歌舞劇，因為年紀小，每每看到一半，就得回家睡覺，但在他小小的心靈裡，被那片段的喜劇情節深深吸引住。十二歲時他就開始寫詩，十五歲就常上巴黎的戲劇院。至於劇作家，則特別偏愛蕭伯納、克勞岱爾和皮藍德婁。

　　這三位作家對阿努伊的影響都很大，譬如蕭伯納，將其作品分為快意的戲劇（Pleasant plays），不快意的戲劇（Unpleasant plays）……，阿努伊後來也將自己的劇作分為黑色劇、粉紅劇、光明劇、挖苦劇、服裝劇等等；而克勞岱爾作品中優雅的詞藻，充滿詩意，令人有遙不可及之感，但不失為仿效的對象。至於皮藍德婁，他擅長於支配劇中人物，好似幕後控制全局的木偶操縱者，往後許多劇評家都認為阿努伊作品中有不少皮藍德婁的影子。

　　此外，阿努伊還曾經在一家廣告公司工作兩年，這經驗使得他具有洞察顧客需求的本事，因此，他的劇本之所以賣座，並不是憑空而來的。1928年則是阿努伊一生中重要的轉捩點之一，當時他是名導演朱衛的祕書，兩人相處其實並不愉快，但朱衛在香榭劇院演出季候杜（Jean Giraudoux）的《齊格菲》（Siegfried），卻深深地感動了阿努伊。他暗自對季候杜推崇備至，且其日後的《沒有包袱的旅行者》（Le Voyageur sans bagage），就是以季候杜作品中的失去記憶者為故事藍圖。

　　1932年，阿努伊娶瓦倫丹（Monelle Valentin）為妻，兩人共同為戲劇事業努力。同年他的《白鼬》（L'Hermine）一炮而紅，才改善了他們困窘的生活，直到1935年，阿努伊把《從前有個囚犯》（Y'avait un prisonnier）的版權賣給了一位好萊塢的片商，這才真正解決他們生活上的困境；但他本人一直拒絕將這腳本收錄在自己的劇作集中，並在1976年的《電影劇本》（Le Scénario）中，諷刺電影界的貪婪。不過，這位多才多藝的藝術

工作者，也曾寫過電影腳本，譬如《沒有要報稅的東西嗎？》（*Vous n'avez rien à déclarer?*, 1936），他的《沒有包袱的旅行者》（1943）也曾改拍成電影。阿努伊還填過歌詞——〈愛之路〉（*Le Chemin de l'amour*）和寫寓言故事。另外，結識畢多耶夫（Georges Pittoëff）和巴爾沙克（André Barsacq）兩位導演，對阿努伊的戲劇生涯產生極重要的影響，由於他倆對其作品的詮釋，使阿努伊的戲大受歡迎。

但1945年曾發生一件非常不愉快的事件，使阿努伊心灰意冷，幾年後並移居瑞士，悄悄地在一旁靜觀其變……。第二次世界大戰結束後，戴高樂為了要肅清戰時親德人士，一時風聲鶴唳，巴希亞克也被牽連進去；阿努伊與他素昧平生，只因惜才，仗義直言，要求藝文界人士簽名並向戴高樂求情免他一死，不料多數人避之唯恐不及，阿努伊一日之間頓感自己「蒼老」了許多……從此以後，他過著半隱居的生活。這事件也足以說明，往後幾年他的劇作在國外反而比在法國還受歡迎的原因之一。

1987年，阿努伊因輸血出了問題，病逝於瑞士洛桑，享年七十七歲。

《小偷嘉年華》（*le Bal des voleurs*, 1938）

阿努伊的劇作可粗略分為喜劇與悲劇兩大類：樂觀的戲如《沒有包袱的旅行者》和《桑利斯之約》（*Le Rendez-vous de Senlis*），最後主角都離開醜陋的家庭，得以重新開始過新生活。悲觀的戲則占多數，結局不外乎戀人或夫妻分手，家庭解體，人們失去童年的純真而陷入齷齪並無以自拔的成人世界。其中還改編了希臘劇，例如《安提貢妮》（*Antigone*）、《美狄亞》（*Médée*）。

我們在此就以《小偷嘉年華》和《美狄亞》分別代表阿努伊的喜劇與悲劇。

一、劇情提要

　　我們在此先引介阿努伊1938年的一齣皆大歡喜的粉紅劇——《小偷嘉年華》。佩第爾波諾（Peterbono）、埃克托爾（Hector）和居斯塔夫（Gustave）三人是小偷，他們在溫泉都市維琪（Vichy）巧遇余爾傅夫人（Lady Hurf），埃德加勳爵（Lord Edgard）以及艾娃（Eva）和茱麗葉（Juliette）一家族人。於是佩第爾波諾和埃克托爾喬裝為西班牙公爵，居斯塔夫則扮演神職人員，欲藉此潛入余爾傅夫人住處行竊；余爾傅夫人也不是省油的燈，倒想逗他們「玩玩」，以排遣那無聊的日子。她想出點子帶大夥兒參加小偷嘉年華會，沒想到回家時卻發現真的被洗劫一空！杜邦・迪佛爾父子本打算與余爾傅家族結為親家，於是打電話報警，反被誤認為賊。居斯塔夫原先和茱麗葉準備帶著金銀財寶遠走高飛，最後還是回來。埃德加勳爵此時突發奇想，認居斯塔夫為失散多年的兒子，以成全兩位年輕人，結尾以喜劇收場。

二、短評

　　這是部阿努伊年輕時期的芭蕾喜劇，算是他較容易的作品，情節輕鬆有趣，充滿奇想，如魔術般神奇，好似兒童傀儡戲；有些幼稚和老掉牙，但每次上演都大受歡迎，並享譽國際。其中杜邦・迪佛爾父子和埃德加勳爵，是三個最逗趣的人物，他們的無知、愚昧和糊塗，令觀眾捧腹大笑；而假鼻子，假鬍鬚等喬裝把戲，更是將場面弄得既熱鬧又好笑。單簧管樂者的串場，尤其把氣氛帶到高潮。但在調皮滑稽一面的背後，阿努伊仍不忘展現年

輕時代純眞愛情的可貴與成人以後落俗平庸的可悲。

　　觀看這齣輕鬆喜劇，可以激發人們想像力，使大家利用這兩個鐘頭的時間盡情地優遊於浪漫詩意的愉悅氣氛裡。其中有偵探片的懸疑，又有喜劇片的噱頭，對白很合中上階級人士的胃口，難怪演出十分叫座；而且這個故事放諸四海皆可能發生，頗具通俗性，因此在各國演出亦佳評如潮。這也是阿努伊難得一部不具辛澀味，令人開懷大笑的成功喜劇。

《美狄亞》（*Médée*, 1953）

一、劇情提要

　　繼厄里庇第（Euripide, 431 B.C），塞內克（Sénèque, 100）和高乃依（Corneille, 1635）之後，阿努伊將這齣慘絕人寰的悲劇，於1953年搬上舞臺。美狄亞不顧家庭的反對，毅然嫁給賈松（Jason）爲妻，於是兩人只好離鄉背井，四處流浪。結婚十年後，兩人感情變淡，而科林斯（Corinthe）國王克雷昂（Créon）卻有意將女兒克蕾雨絲（Créuse）許配給賈松。賈松認爲這也許是個讓他重新振作起來的契機，只希望克雷昂饒美狄亞一命，趕她走就算了結。不料嫉妒心極重的美狄亞，先遣兩個孩子送下過毒的禮服與禮帽給克蕾雨絲當作結婚賀禮，再掐死小孩，並點火自焚，好令賈松痛不欲生，永遠無法忘懷這段悲傷往事。

二、女性的心路歷程

　　這齣黑色劇的情節曲折，結局十分悲慘，給予人們一種噁心的震撼。但這並非本劇的重點，精彩之處是美狄亞分別和奶媽、克雷昂、賈松單獨的

229

對話，使觀眾更加了解美狄亞這位女性的心路歷程。其中美狄亞與賈松較長的獨白部分，更使人情緒激昂。原來他們都在找尋自我，追求所謂眞正的幸福，兩人的共同理想卻在相處十年後破滅。這時阿努伊加入一段美狄亞的外遇事件：其實美狄亞早已意識到必須向外發展，至少在牧羊人身上，她找到賈松吝於給她的肉體慰藉。而賈松要的則是斬斷岌岌可危的情絲，重新追尋平靜及世俗的安逸生活。自我中心極強的美狄亞，不容枕邊人背叛她，遺棄她，獨自去享受所謂的幸福快樂。她將個人叛國棄家的行爲，完全歸咎於賈松，因而以殺人與自殺來洩憤，並否定神會賜給她的一切……。

美狄亞那倔強的個性，的確令人生畏，火爆的性格亦使人情難以堪，而賈松卻繼續在這矛盾的人世中繼續荒謬的苟活下去，試問人間眞有幸福？眞有愛情嗎？這淒美的神話改編故事，除了暴露女性爲愛而義無反顧的弱點，也突顯女性自我意識的抬頭。在這兩股強大壓力下產生的舉動，就是要揭發人性醜陋的眞相，「毒藥」就代表事實，當眾人去觸碰它，臉色必是慘白，唯有死路一條。烈火燃燒人類的臭皮囊，剩下來的僅只是隨風而逝的灰燼，它沒有解決所有的困境，只是埋葬了部分問題。

三、神話劇以古鑑今

我們從阿努伊的《安提貢妮》和《美狄亞》，不難看出他追隨季候杜撰寫《特洛伊戰爭將不會爆發》（ *La Guerre de Troie n'aura pas lieu* ）及《埃萊克特》（ *Electre* ）神話劇的抒情筆調，而將這些傳奇故事描繪得如此深刻動人，極富戲劇張力。阿努伊以他慣有的自然風格，將人類的晦暗面赤裸裸的呈現在對白之中，雖然聽了刺耳，但也不能不否認其眞實性。而有些觀眾或劇評家有時難於容忍阿努伊過度坦白的一面，似乎他太了解人性，太明白大眾心理，反而使某些人對作者懼怕三分。

卡繆

（Albert Camus，1913-1960）

（1957年諾貝爾文學獎）

　　卡繆於1913年誕生於阿爾及利亞的蒙多維（Mondovi）。父親是管酒窖的工人，在1914年第一次世界大戰時去世；母親也是藍領階級，沉默寡言，他就在清苦的環境中長大，十六歲時還得了肺結核。卡繆先是在市鎮的學校就讀，中學時為獎學金生，因成績優異，所以繼續唸大學。他的一位恩師讓‧葛尼葉（Jean Grenier）發覺他是塊讀哲學的料子。卡繆本人除了喜歡哲學外，對運動和戲劇也非常有興趣。二十歲結婚後，於是開展他豐富的人生經驗：首先，卡繆組了個劇團，且開始涉足於新聞寫作，有一陣子甚至加入共產黨，還為爭取伊斯蘭教解放而奮鬥。他雖然只活了四十多個寒暑，但酷愛生命，關注民生疾苦，此外，他那股為正義而戰的熱忱，令後人對他十分景仰。

　　他的頭本隨筆，是1937年出版的《正反兩面》（L'envers et l'endroit），其中就有多處為自白。內容大致是說一個受傷的心靈仍抱著滿腔熱血，不氣餒地活下去。1938年的《婚禮》（Noces），充滿詩意，將愛與死的關係，闡述得更深入。1940年，第二次世界大戰爆發，卡繆很想加入醫療隊，身為新聞記者的他，因身分敏感，又見仇於某些軍官，只得離開阿爾及利亞到

巴黎，就在那兒，與一位奧蘭（Oran）女子再婚（奧蘭是阿爾及利亞的一城市名）。德國占領法國期間，更使卡繆對社會問題和民間疾苦產生很多感觸，於是他加入「抵抗運動」（La Résistance），1945年解放後，並創立《戰鬥報》（Combat），而他戰後的文學作品與時事更加結合。

卡繆對齊克果（Kierkegaard）、賈斯培（Jaspers）及海德格（Heidegger）的哲學作品有所偏好，因為他們強調的就是社會中一些矛盾的事物；而卡繆喜愛的小說家則包括杜斯妥也夫斯基（Dostoïevski）和卡夫卡（Kafka），因為他們將人類可悲之處刻劃得淋漓盡致。以上文人對他日後寫作方式的影響都很大。

譬如小說《異鄉人》（L'Etranger, 1942），隨筆《薛西弗的神話》（Le Mythe de Sisyphe, 1942），兩部劇作《誤會》（Le Malentendu, 1944）和《卡里古拉》（Caligula, 1945），都與「荒謬」這個主題有關。這些作品似乎表露人事的無常，天理的不存，卡繆對人性採悲觀和負面的批評。

隨著年歲的增長，卡繆在絕望中悟出些道理，他說：「我對人性現狀很憂心，但對自然卻信心十足。」1947年所出版的小說《瘟疫》（La Peste），就是暗喻希特勒的入侵，結果法國還是獲得最後的勝利；隨筆《反抗者》（L'Homme Révolté, 1951），也是強調人不應該聽天由命，應為生命奮鬥。也因為這本書，卡繆和沙特曾展開激烈的筆戰，從此交惡。沙特責備他落入中產階級人道主義的俗套，置改革社會的責任於不顧；卡繆則堅持人性是有黑暗面，但也不可抹殺一切，而只是一味的批評。

當然，卡繆也明白他的理論很難實現，可是，人活著總要有個目標，矛盾是在所難免的。在《義人》（Les Justes）這本小說中，他就以二十世紀初，俄國大革命時一個恐怖份子的故事為例，表達人類內心的掙扎。

卡繆後期的作品，則有回歸原來自我的傾向。在《夏季》（L'Eté, 1954）一書中，論調時而與《婚禮》似近，常為喪失純真而感嘆。中篇小說《放逐與王國》（L'Exile et le Royaume）中，一個畫家死前在畫版上留了一個字，「人們不知該將他解釋為孤寂或堅強」（Solitaire ou Solidaire）。另一部重要著作《墮落》（La Chute, 1956），主人翁克拉蒙斯，不禁令人聯想到沙特或卡繆本人，彷彿他在做自我批判，責怪自己對於人性問題過於樂觀。

　　1957年，卡繆榮獲諾貝爾文學獎，但他卻自謙的表示個人還年輕，仍在摸索階段，需多加磨練。沒想到不滿三年，一場意外車禍，奪去了他的生命。身後所遺留的一些雜記，只是他原先思索的延長。

　　卡繆可說是新人道主義的創始者，他引領人們對人生事物再度去省思，整理出一套新的價值觀，不過，他也常因反覆自問許多無法解答的問題而產生無力感。卡繆並不認為自己是一個聖人、英雄或智者，反而自責能力有限，不夠聰明。因此，他的作品不是教條，而是自白，他的目的是與眾人分享人生經驗，而非建立一套理論，但是，他另外還多了一份誠懇和執著，對不明白的事理亦拿出追根究底的研探精神。

《卡里古拉》（*Caligula, 1944*）

一、劇情提要

　　在卡繆的劇作中，以取古鑑今的《卡里古拉》最為人們稱道。這是一齣演員和導演的戲，很受當時劇評界的讚賞，認為是部上乘的哲學劇。

卡里古拉本是位頗得民心的國王，但在胞妹杜西亞過世後，他頓悟到人生無常：「人就算是死了，也不快樂。」於是決定向荒謬挑戰，他用暴虐與淫蕩的行徑來證明自己的存在至少還有些許影響力；他要推翻既定的價值觀，並認爲友誼與愛情，善與惡原本是不存在的。不過，他也深知若摧毀他人，自己終是不可能倖免的。再者，他的所謂齊頭式平等策略，雖獲得小民的支持，卻遭來貴族們的憤恨；後者則利用一個機會，集體發動政變，把卡里古拉給殺了。

二、劇本架構

第一幕剛開始，大家知道杜西亞死後，卡里古拉突然失蹤，貴族們焦急等待之際，他終於回來，可是整個人脫胎換骨，言行異於往常。從那時起，他開始追尋「不可能」，動不動就抓人判罪，並找女人尋歡。這一幕就在卡里古拉發表荒謬邏輯論述與嘉蘇尼亞（他的情婦）對話的情景下落幕。

第二幕一開始，就是一群貴族抱怨不堪受卡里古拉的羞辱。在一次餐會上，國王當眾擄走某位大臣的妻子，令人措手不及。而卡里古拉再度證明大家都是懦夫，沒有一個人敢站出來反抗。他還當眾親手將小玻璃瓶塞進梅雷亞（Mereia）的嘴裡致死，結果也沒人吭一聲。而詩人史皮翁（Scipion）則與卡里古拉之間達成共識，咸認爲這個社會需要改革。

到第三幕時，我們可感受到各方對這位反傳統的國王開始不滿，策劃要將他推翻。又卡里古拉的親信艾立功，找不著月亮，不敢來見皇上；臣子歇何亞通報國王有人欲謀害他的事，卡里古拉竟將證據當場燒掉。

最後一幕精彩的是歇何亞與史皮翁的對話。詩人史皮翁把國王那套似是而非的理論闡述得十分動人。當晚，詩歌大賽結束後，卡里古拉先詐死，再

勒斃情婦嘉蘇尼亞，又在鏡子前大放厥詞。最後，引那些貴族前來謀刺他，結束了他短暫而荒謬的一生。

三、劇中人物

這部劇作有五個重要人物：史皮翁、卡里古拉、嘉蘇尼亞可歸爲一類，屬於理想派；另一類是歇何亞和艾立功，他們則屬現實派。

❶ 卡里古拉（Caligula）

卡里古拉認爲，他的眞理是追求純眞，反抗命運，那麼他的錯誤就在於否定自我與群體的關連性。「一個人要消滅萬物，終將毀滅自己」，卡里古拉殺人無所不用其極，下場也是遭千刀萬砍，這是一個高度自我的故事，主人翁的某些推論雖人性化，但卻頗具悲劇性。

死有重於泰山，輕於鴻毛。卡里古拉之死，到底帶給人們什麼啓示？至少他讓周遭的一些臣僕，在風聲鶴唳的情況下，開始用大腦分辨是非，決定去解決一個問題。因此，我們可說卡里古拉是個知性的悲劇人物。

❷ 嘉蘇尼亞（Caesonia）

嘉蘇尼亞給卡里古拉的，只有一樣東西：就是她的肉體。她對卡里古拉盲目的愛戀，不論國王如何殘暴，只要愛她，她都能忍受。嘉蘇尼亞堅信，卡里古拉可以改變一切，摧毀一切，但在情感方面，仍得向她俯首臣服。沒想到卡里古拉爲了證明自己能超越愛情，還是把嘉蘇尼亞給犧牲了。

❸ 歇何亞（Cherea）

歇何亞是個凡事付諸行動的人，他愛好眞理，深知世俗所謂的幸

福與他追求大目標的幸福相距甚遠。但他不氣餒，尤其不願犧牲短暫的幸福，去追求那純真、偉大、抽象、遙不可及的理想。他瞧不起那些得到蠅頭小利而沾沾自喜的人，也不贊成他們去除掉暴君卡里古拉。他只想知道「詩是否應該造成大的損害」。

又，史皮翁和歐何亞是卡繆所塑造的兩種典型人物。史皮翁的個性光說不練，老愛作夢；歐何亞則凡事付諸行動，往往忽略了自己對幸福所下的定義。

❹ 艾立功 (Hélicon)

另外，艾立功是卡繆杜撰的角色。他的作用是和歐何亞一角產生對立，對主子則是百般忠心。然而兩人異中有同，歐何亞的務實態度，被認為識時務。艾立功則是利用卡里古拉的瘋狂行徑，從中獲取利益。無拘無束的卡里古拉時而象徵著客觀的群眾，時而又代表者一個明白遊戲規則的瘋子。艾立功自認為高主子一等，能操縱他的情緒，讓他去殺人。諷刺的是，最後一個挨刀的不是國王，而是艾立功。

四、小結

從這部戲中，我們可明顯的看出卡繆的意圖：他強調的並非帝王生活淫蕩的一面，而是一個瘋狂獨裁者為追求所謂的真理而造成的歷史悲劇。卡里古拉之所以會遭暗殺，是因為他堅持要了解一切，改造一切，最後的結局是眾叛親離，孤獨而死。

本身曾是新聞記者的卡繆，並不想故意驚世駭俗，煽動人們造反，而是要將某些可能發生的現象，透過戲劇表達給觀眾。這也許和他一向求客觀性與準確性的人生態度有關。

莒哈絲
(Marguerite Duras，1914-1996)

莒哈絲1914年生於越南，十八歲離開印度支那赴巴黎求學，先後獲得巴黎大學法學和政治學學士。二次大戰時，曾參加過抵抗德軍運動，並加入法共，直到1955年離開。她的初期作品以傳統形式撰寫，成名小說為《抵抗太平洋的水壩》（*Un barrage contre le Pacifique*, 1950）。但1958年的《如歌的行板》（*Moderato Cantabile*）風格丕變，莒哈絲逐漸抹去小說情節，反而以耐人尋味的精彩對話來直接表達人物內心的感受。這種對話藝術風格，在她的電影腳本《廣島之戀》（*Hiroshima mon amour*, 1959）裡，尤為突出，於1960年坎城影展中造成轟動，她也因此名揚四海。莒哈絲是位多產作家，各種作品合計五、六十部。1984年發表的自傳體小說《情人》（*L'Amant*）獲龔固爾獎，之後並拍成電影，也是暢銷書，當時作者已七十歲，寶刀未老，卻也跌破眾家眼鏡。

《廣島之戀》（*Hiroshima mon amour*, 1960）

戰爭的可怕，未經歷者勢必難以想像，而核子戰爭，更是人們聞之色變的。以核戰當題材的小說、電影不計其數，因此要寫的好、拍的好，便格外

困難；然而《廣島之戀》卻是個成功的例子。其中歷史與時事，時間與空間巧妙地交錯，不禁令人感到什麼國族主義、政治現實多麼的荒誕無稽，人類不就如天際中的流星，短暫存在，偶然交會，但又瞬息消失，無謂的爭鬥，根本不具意義，唯有現在，最值得珍惜。

一、時空的反差

影片一開始，呈現的是原子彈爆炸時產生巨大蕈傘的壯觀景象，我們可看到無助的手臂從灰燼中伸出，水流過沾滿汙泥的身軀，然後鏡頭轉向兩個不同膚色的裸露肩膀，一隻女人的手，正撫摸著做愛過後男人的背部，旁白是：「妳在廣島什麼也沒看見，什麼也沒。」（Tu n'as rien vu à Hiroshima. Rien.）另一方面，當我們看見核戰次日各種動物從地裡和灰燼中鑽出來，植物從沙堆裡冒出，綻放著小花朵，它們展現著無比的生命力，會令人覺得戰爭似乎也不怎麼悲哀；但當地人一下雨就心慌，太平洋的水含劇毒，人們也不敢吃食物，男人喪失生殖能力，若女人懷孕，就怕生下畸形兒……我們又目睹一條截肢的狗，一個可愛的小孩臉轉向大家，結果發現她只有一隻眼睛，還有一位燙傷的女孩在照鏡子，另一個雙眼失明，手指彎曲的女孩在彈古箏，有名婦人在她死去的孩子身邊祈禱，一個垂死的男人，經年失眠。女主角還發覺電視常出現肥皂廣告，也許人們想藉著肥皂洗去以往的汙垢、恐懼或……。

其中雖沒有呼天搶地煽情影像，但也只有一個慘字能形容。諷刺的是，如今廣島戰役的創傷，早已商業化，供眾人「消費」：女主角抽著和平牌香菸，紀念品店陳列著有關戰爭的商品，天空釋放和平鴿，一位笑容可掬的女講員，正向觀光客訴說當時的慘況，各國也前來拍攝有關戰爭與和平的片子……這些映像兩相比較，形成強烈的對比。以上情景，帶著無奈的哀愁，反而更令人動容。難怪男主角一再重覆：「妳什麼也沒看見，什麼也

沒。」（Tu n'as rien vu, Rien.）未身入其境，確實難以體會廣島的創痛。

女主角，一位西方女子，雖身在異地，卻觸景生情，回憶起以往不愉快的個人經驗：在廣島，她摸著懷裡的白貓，讓她想起在Nevers闖進地窖的黑貓；在廣島，因遭輻射線照射而禿髮的女人，令她想起自己當年被當作賣國賊，剃頭遊街不光彩的事；當她提起在Nevers被剃髮的事，不由自主地摸著自己的頭，鏡頭照著她蹲在家庭牢房，其實她是蹲在廣島旅館的床邊；當她提及在Nevers因悲傷和憤怒而用雙手抓潮溼的地窖牆時，鏡頭照的是她在廣島用手指把玩著茶杯；後來她痛苦地叫喊，投入母親懷裡，事實上，她是在日本男人的懷裡。這些過去逐一浮現，掩蓋了現在或未來，導演在這部電影中，細膩地處理觸覺給予觀眾的視覺感受，深得人心。同樣是戰爭造成的創痛，卻有其相同及相異的面相。

一般而言，旅館房間、咖啡屋、火車站候車室、無人的街道都算是公共場所，只有在日本男人的公寓那一段，才具隱私性，易使戀人留下特殊印象，而女主角和德國兵曾在穀倉、廢墟等公共場所幽會，直到進入房間內，兩人的親密關係才算烙了印，但光天化日之下，德國士兵在橋下遭槍殺，女主角撲上重傷的他，陪他等死的那一幕，卻給讀者與觀眾留下極深刻的印象：

年輕女子嘴上沾了血，而躺在地上的男人也是，他們臉貼著臉，似乎一樣痛苦、一樣淌血、一樣流淚……。

他的身子漸漸冷卻，啊！好久才死，什麼時候？我也不知道，他躺在我下面……我可以說，後來他的屍體和我的身體一樣，已分不清……那是我的初戀……（尖叫）。

女主角在經歷這場驚嚇後，又遭人剃頭，父親把她囚禁起來，這些劇變，她一時無法面對，於是發了瘋。後來母親要她遠離是非之地，這或許是療傷止痛和重新開始的方法之一。到達巴黎後，處處都在談論廣島事件，從精神分析的角度來看，這種第一印象已深植這位法國女人的潛意識中。又女主角訴說著這多年前的祕密，由於移情作用，她看著日本男人的手，突然間，這個男人的身體，變成橋下那個德國情人的化身，而男主角也被感染了：

> 他：當妳在地窖裡，我死了？
> 她：你死了……。
>
> 她：我輕喊你的名字。
> 他：但是我死了。
> ……
> 他：妳喊什麼？
> 她：你的德國名字。只有你的名字。我只剩一個記憶，你的名字。
> ……
> 她：我不再只想要你。
> ……
> 她：我害怕。
> ……
> 她：怕再也見不到你。

二、符碼：人名、地名與數字

在書中，莒哈絲未明確交代男女主角姓名，我們只知道男方是日本

人，建築師，已婚，太太即將度假回來，她很美：「我是個婚姻幸福的男人。」女方是法國人，演員，有小孩，來廣島拍片，「我也是，我是個婚姻幸福的女人。」這似乎打破了傳統模式，由於婚姻不幸福而尋求外遇的窠臼；機遇在他們的人生命運中扮演了極重大的角色，他們像喝了春藥，遇上愛情，就想去愛。接近尾聲時，女方說：「Hi-ro-shi-ma，這是你的名字。」男方則說：「妳的名字是Nevers，Ne-vers-en-France。」單調的音節，表達了稱謂的多餘性，這意味著它也可能發生在其他人身上。

　　莒哈絲最初選定Nevers作為女主角家鄉及初戀發生地，並非偶然，而是它與英文Never（永不）的拼字極為神似，這也暗示了女主角欲將過去遺忘，但剪不斷、理還亂的心境。女主角游走在回憶與遺忘之間，然而一再的回顧和省思，則更加深了記憶。她說忘了，這只不過是口是心非的說法。否則，她不會對數字特別敏感，記得一串數字：當時我十八歲，他（德國軍人）二十三歲；大戰結束時，我二十歲，你（日本男人）二十二歲。Nevers有八萬人受傷，在那兒有七條支流交會，晚上六點，聖艾田教堂的鐘聲響起；廣島的和平廣場當時高達一萬度高溫，每天四點鐘，他（陌生人）經過我的窗前都會咳嗽，我去了四趟博物館……。

三、記憶與遺忘

　　她：像你一樣，我認識遺忘。

　　他：不，妳不認識遺忘。

　　她：像你一樣，我的記性好。我認識遺忘。

　　他：不，妳不認識遺忘。

　　她：像你一樣，我也是，我曾試著全力遺忘。像你一樣，我忘了。像你一樣，我很想有個無可慰藉的記憶，陰暗和硬石般的記憶。

　　她：我曾全力天天想抗拒回憶的恐怖。像你一樣，我已經忘了……。

之後，女主角又再度陷入回憶與遺忘的困境，再度的囈語，再度的沉思，她似乎永遠跳脫不出巨變的夢魘：

她：廣島我必須閉起眼睛去回想……我的意思是回想在法國，來此之前，我記得，廣島。總是同樣的故事，伴隨著回憶。

最後她又說：

她：啊！真可怕。我開始記不起你了。
她：……我開始忘記你。我害怕已經忘了這麼多的愛。

哀莫大於心死，當她自言自語說出：「微不足道的故事，我把你獻給遺忘……」時，場景呈現的是奈維（Nevers）的廢墟，可想見那過往對她而言，是如何的破碎難堪，令人不願回首！「……微不足道的小女孩。在Nevers因愛而死。在Nevers被剃頭的小女孩，今夜我把妳獻給遺忘。微不足道的故事。像它一樣，遺忘由眼睛開始。一樣。然後，像它一樣，遺忘戰勝妳的聲音。一樣……」

而這位西方女子終於在廣島這片同是二次世界大戰傷心地的東方，重嘗十四年前那份也許會在巴維耶（Bavière）（德國情人的故鄉）實現的「失根戀情」、「不可能愛情」（l'amour impossible）的滋味，透過與日本男人做愛，她挑戰禁忌，宣洩個人對當時Nevers人行為與態度的不滿及表達面對過去的勇氣。

今夜我和這個陌生人在一起，背叛了你，
我說出我們的故事，
瞧，它是可以講出來的。

女主角見廣島人只是默默地謙卑地承受和忍耐，她因而領會到如何撫平傷痕，繼續勇敢的活下去。作品中這兩個地名的一再重複，亦形成極端的對比：

「*Nevers*是個令我傷心的城市，
*Nevers*是個我不再喜歡的城市，
*Nevers*是個令我害怕的城市，」

她：在*Nevers*地窖很冷，冬夏如常，……。
她：*Nevers*四萬居民，像個首府。

可是今夜她卻想再見那已淡忘的Nevers，那令她肝腸寸斷的傷心地。

他：妳沒看過*Hiroshima*的醫院，妳沒見過*Hiroshima*。
她：我去了四趟博物館……。
他：*Hiroshima*的哪個博物館？
她：四趟*Hiroshima*的博物館。

事實上，不論是醫院或博物館，它們都是人們曾經留下紀錄之處，尤其是死亡紀錄的地方，所以女主角堅持要去參觀這些令人刻骨銘心的場所，男主角則本以為她所知乃鳳毛麟角，感受力不及當時震撼性的千萬分之一。

她：你呢？你當時在*Hiroshima*嗎？……
他：我家人當時在*Hiroshima*。

日本男人當時不可能在廣島，否則極可能不是已死就是殘廢，但他的家人卻曾是受害者。再者，時空是可能倒錯的，他就算人不在，其實精神可與

其至親同在：

> 她：我要待在 *Hiroshima*。每天晚上和它在一起。
> 她：在 *Hiroshima*。我要待在那兒，那兒。
> 他：留在 *Hiroshima*。
> 她：當然我會和你留在 *Hiroshima*。

當日本男人問她為什麼在Hiroshima要看所有的東西，她回答：「我自有定見。」她去了四趟博物館，發現陌生路人夜裡四點經過她窗前都會咳嗽……。她的眼神不停地轉來轉去，想了解歷史的來龍去脈，替戰爭與死亡所造成的痛苦、恐怖與荒謬找個答案。

四、珍惜現在

Nevers和Hiroshima都各有一段不堪回首的過去，而這對戀人此刻在Hiroshima，享受當下歡聚的時光，分分秒秒似乎是靜止的，因為對他們而言，明天並不代表希望，而是兩人分開的日子，唯獨此刻，才是他們最後相處的機會，所以要好好珍惜。

> 他：今天再見妳不算是再見面，在這麼短的時間內，不算是再見面，我想。
> 她：不。
> 他：好。
> 她：那是因為你曉得我明天要離開。
> 他：還是明天，妳的班機？
> 她：還是明天。
> 他：鐵定明天？

她：是，拍片延誤了，人家在巴黎已經等了一個月。

其實兩者的對話，充滿臨別依依之情。

五、不知的未來

當火車站擴音器傳來「Hiroshima! Hiroshima!」的聲音，彷彿催促著人們邁向另一個旅程，然而鏡頭又拉回Nevers那個城鎮，女主角百感交集，過去、現在與未來又糾結在一起，火車站是人們碰面或分手的地方，她坐在候車室抽著菸，噴雲吐霧的，一時之間，令她更茫然了……。當然，法國女子一個人的遭遇，和廣島數十萬人的死亡相比，如滄海一粟，但莒哈絲及導演雷奈（Alain Resnais）人性化的處理某一事件，某一人物，愈發突顯戰爭的殘酷，因而更能引發讀者及觀眾的共鳴。

影片結束前，出現另一個日本男人，場景與男女主角初相逢時雷同，那人與女主角攀談，這似乎意味著將來再踫到類似情境時，女主角那永遠無法治癒的疤痕，又會再度被撕開，再度的滲血、疼痛……周而復始。

《印度之歌》（*India Song*, 1973）

一、莒哈絲於華語區文壇的地位

如果讀者看過莒哈絲少女時期柔美纖細模樣的照片，便不難想像在《情人》中那位中國富家子弟為何對她傾心。倘若您翻閱到她老年的圖片，則很難將兩者聯想在一起：一個滿臉爬滿皺紋、身形嬌小、老戴著粗框眼鏡、穿著高領毛衣、黑色背心與喇叭短裙，還有厚底鞋子的老婦人。而陪伴

她終老的卻是個比她小三十歲的同性戀男子……。

莒哈絲一生創作無數，包括劇本、電影腳本、小說、評論等，最令一般人（尤其亞洲人）津津樂道的，莫過於和導演亞倫·雷奈合作的《廣島之戀》與被譯成四十三種語言的小說《情人》，而光在中國大陸便有八個翻譯版本；1991年出版的《來自中國北方的情人》亦大受歡迎。當然，這種私密的自傳體作品激起亞洲讀者的好奇心，拉近了她與讀者間的國族距離，其中大膽地告白痛楚，亦引發眾人的同情。

不過，莫瑞諾（Angelo Morino）透過研究比較《抵抗太平洋的水壩》、《情人》與《來自中國北方的情人》之後，發現其實《情人》敘述的是莒哈絲母親瑪麗·勒格杭（Marie Legrand）的一段婚外情。而莒哈絲和她二哥的膚色，也較接近亞洲人，到了老年尤其明顯……。此外，米謝·杜尼耶（Michel Tournier）在《歡慶》（Célébration）中亦再度提及《情人》描繪的其實是母親而非女兒的這種說法。然而丹妮埃勒·洛罕（Danielle Laurin）在《閱讀》（Lire）雜誌中發表過一篇記事，她和莒哈絲在沙代（Sadec）的老同學李女士見過面，她證實瑪格麗特與黃水梨的確曾經私奔，並表示莒哈絲返法二十多年後，黃水梨大嫂轉交給她好幾把巴黎來的梳子，意味著莒哈絲和黃家有來往。如今黃家在沙代的房子，已成了「情人博物館」，觀光客尚可到此一遊，還能住宿！

二十世紀末，中國大陸著實掀起一股「莒哈絲」風，灕江出版社即於1999年出了一套莒哈絲譯叢；春風文藝出版社也於2000年出版了莒哈絲十五冊的作品。此外，胡小躍還譯了米謝勒·芒梭（Michèle Manceau）的《女友莒哈絲》（L'Amie）於作家出版社出版；袁筱一則翻了因本書而獲獎的勞拉·阿德萊爾（Laure Adler）的《杜拉斯傳》（Marguerite Duras），也由春風文藝出版社出版；允晨則出版了王東亮獲翻譯獎的《情人》。在臺

灣，聯經出版社出的有關莒哈絲作品繁體字版最齊全，當然勞拉‧阿德萊爾的《杜拉斯傳》亦不容錯過。

二、作品風格

莒哈絲的作品，經常以愛情爲主題，且具頗固定的方程式：厭倦→等待→邂逅→窺視→吸引→靈肉交融→不可能的愛。「不可能」的原因不外乎種族的不同、貧富的差距或身分的懸殊。《廣島之戀》、《情人》或《印度之歌》亦若是。

而也有人將其作品劃入「新小說」，理由如下：

1. 故事往往時空交錯，還可能同時發生數個事件，加入停頓、留白，令讀者不得不自己思考它的來龍去脈，它充滿現代主義的風格。

2. 書中某些人物沒有姓名，僅以陰、陽性代名詞表示，若漫不經心閱讀，極易造成人、物的混淆。

3. 在敘事時，主角（尤其是女主角）有時使用第一人稱，拉近了與讀者的關係；但有時又使用第三人稱，似乎欲將讀者拉回現實。

4. 莒哈絲採跳躍式思考，忽而離題，忽而倒敘，連句子都常用省略句、條件句。

5. 重新組合，破壞句法卻饒富詩意，莒哈絲則稱之爲類意識流「流動的書寫」。

不過，在接受德拉‧托雷的訪談裡，莒哈絲堅持與娜塔莉‧薩侯特、阿蘭‧霍伯格里耶、克勞德‧奧里耶、克勞德‧西蒙等「新小說」派作家切割，她認爲他們太知性了，而她並不想堅持某個文學理論或要教育讀者的念頭。反之，莒哈絲擅長以對白帶動故事的發展，娓娓訴說，或許這就是她也

寫劇本和電影腳本的原因；而有些導演也會用她的作品為藍圖，以影像藝術呈現給觀眾。

有人指責莒哈絲的作品不斷地重複某些主題，只不過將舊作品重新修改、重組、放大，了無新意，根本缺乏想像力。其實，許多作家都常保有自己一定的風格，有時也會以其他作家為師，莒哈絲就不諱言，她喜愛海明威的對話、拉法葉夫人對愛的剖析，以及盧梭的告白方式。她迷戀於記憶的探索與追尋，虛實交雜，形成一幅撲朔迷離的景象，於是作品便從中湧現，「印度系列」就是最佳的例子。它包括《勞兒之劫》（1964）、《副領事》（1965）、《愛》（1971）、《恆河女子》（1973）、《印度之歌》（1973），皆由伽里瑪出版社發行；而後者是其中唯一的劇本。它們就如同永無止歇的吊扇，左右擺晃，象徵生命輪迴、夢魘連連。

三、殖民想像

一提到印度，便很容易勾起人們無限的殖民想像：林木翁鬱的熱帶雨林中，散發著悶熱的溼氣，白色寬敞的殖民宅邸，頭上纏著白色頭巾的印度僕役穿梭其間，殖民地的白人對當地人的困苦生活視若無睹，但又和歐洲產生無可名狀的疏離⋯⋯。《印度之歌》場景設在加爾各答法國使館以及印度洋小島上的別墅，然而這並非故事發生的地點。

一開始，故事由四個未現身的聲音交互敘述，它們時而充滿欲望，時而懷著恐懼，又摻雜著懷舊之情，有如內心的低吟、痛苦的嘶喊、含糊的夢囈交織而成的序曲，記憶又不斷重組、修改、去蕪存菁⋯⋯。舞臺指示老是出現停頓、靜默、沒有回應，字裡行間充滿空白、遲疑、斷斷續續，似乎正拼湊著遙遠的恆河故事。再加上背景裡夾雜賓客的耳語、嘆息和臆測，又有鳥叫、犬吠、笛鳴、印度市井的喧囂、叫賣、陌生的亞洲語、熱帶豪雨聲、海

浪拍打聲、啜泣、叫喊與狂笑穿插其中……好一個「眾聲喧譁」。

　　另一廂慵懶的「印度之歌」貫穿全劇，中間亦穿插了《風流寡婦》、《美妙時光》、貝多芬十四號變奏曲；有聲樂、鋼琴、小提琴各種西方傳統音樂，也有印度西塔琴、沙凡那凱特的《乞兒之歌》；而舞會的場景，只見白人衣香鬢影、觥籌交會，伴著狐步、探戈、藍調舞曲。整齣戲具音樂性與節奏感，還有斷斷續續的訴說及緊接著對話的陣陣寂靜，增添了一股新語境和荒蕪感，令愛情更顯飢渴。黛芬・賽瑞格（Delphine Seyrig）在《印度之歌》中飾演大使夫人安娜——瑪麗・史特德兒，恰如其分，她的儀態優雅，音調抑揚頓挫，變化萬千，難怪莒哈絲光在電話上跟她說過話，就選定了她。而珍納・莫候（Jeanne Moreau）歷經滄桑略帶沙啞的吟誦聲，也為《印度之歌》增色不少。

四、無聲勝有聲

　　莒哈絲亦曾提起拉法葉夫人的《克萊芙王妃》：「王妃和納穆爾公爵的沉默可以說是愛的沉默。他們之間一直都缺乏交談，然而，說話只是表達欲望的一種欠缺力道又錯誤的手段。不過，沉默的曖昧性放大了並吊住了激情的分分秒秒……」於是，看與被看往往挑撥了每個人的心弦，懾住了當事者的心靈。著白衣的副領事沉溺於對大使夫人的愛慾，無法自拔，因想要卻無法獲得而失望地吶喊，卻眼睜睜地見心儀的人奔向大海；女主角則如費德爾、昂朵瑪格、貝蕾妮絲，是個被愛給淹沒的殉道者，身穿黑色袍子，最後走向印度洋，尋求愛的解脫。

　　《勞兒之劫》則可說是「偷窺」的代表作：勞兒一開始就目睹未婚夫麥克・理查遜和安娜瑪麗・史特德兒的邂逅，後來又因其身陷不自覺的欲望中，希望情侶之間的愛戀毫無止盡的纏綿下去，這便注定她永遠扮演旁觀者

的角色。再者,她又窺視雅各‧霍德與塔蒂雅娜‧卡爾二人的邂逅,也是在場旁觀激情的第三者。

　　總之,在本劇中,莒哈絲的文字簡潔,對話直白,一向尋求最基本的原始敘述,但遣詞用字十分精準。她讓句子透露線索,並預留給讀者或觀眾許多想像空間,所呈現的畫面、色彩以黑白為主,十分乾淨;她並開發人們的聽覺、視覺、觸覺、嗅覺(薰香、骨灰罈的氣味),令大家整個感官系統都活躍起來。

《情人》(*L'Amant*, 1984)

一、文學與電影

　　古今中外不知有多少文學作品透過鏡頭拍成電影,來滿足觀眾的好奇心,追求慾以及對歷史或過去的緬懷。事實上,這種泛大眾化的主題一直是電影市場裡的一個好賣點,但若想忠於原著,甚至超越原著,將白紙黑字以影像聲光栩栩如生的呈現出來,導演和編劇的想像力與創造巧思就成了影片的靈魂。

　　在法國,歷史劇或改編劇多得不可勝數,要讓吹毛求疵的劇評及觀眾滿意,不得不下點功夫。那麼改編一部二十世紀小說為電影,問題就簡單多了嗎?這也未必。選擇一篇適於改寫為對話式,易於用影像表達的好作品,就有得傷腦筋的;而且近來法國電影十分講求畫面美感的處理,攝影藝術之考究,其他國家相形見絀,《世界的每一個早晨》(*Tous les matins du monde*)和《情人》(1992年初上演)就最好的例子。兩部片子都是由小說改編而成,影片的推出再使這兩本書分別躍居92年2月份法國暢銷書排行榜

的第四和第一名，可見圖書與電影的市場具互動性。尤其《情人》1984年出版，獲龔固爾獎的法國名著，並翻譯成四十三種語言，銷售量達兩百萬冊。若決定拍攝成電影，幾乎是只准成功不許失敗，背後的壓力可想而知。

在此，我們先大致了解本片的準備工作。首先當然要得到原著作者的首肯，而當時莒哈絲臥病在床，帶著氧氣罩，但執著與挑剔一往如昔；這是部半自傳式的小說，她自然是站在白人女性的觀點來陳述自己的故事；導演則想以較客觀的角度，甚至有點美化男主角，並替他說幾句話。此外，1984年出版《情人》這本書時，莒哈絲已經七十歲，她記憶裡那寬大如海洋的湄公河，事實上只是個狹窄的灣口，要忠於原著拍攝和敘述的話，根本與實際不符。而她也曾為電影與雷奈（Alain Renais）合作改寫過自己的《廣島之戀》（Hiroshima mon amour），又曾任《印度之歌》（India Song）的導演，且其作品《抵抗太平洋的水壩》和《如歌的行板》也都拍成電影，自然會愛惜羽毛，慎重其事；於是雙方僵持不下，終於導演阿諾德（Jean-Jacques Annaud）的耐心與誠懇的態度軟化了莒哈絲，事後她也「報復性的」寫了另一本小說《中國北方的情人》（L'Amant de la Chine du Nord），至於她本人是否去過中國大陸北方？還是僅停留於個人的幻想？我們在此暫不討論。

二、拍攝點滴

這個愛情故事發生在一個十五歲半的法國窮女孩和一位三十二歲的中國富家子弟身上，背景是越南西貢，法國20年代時期的殖民地。男女主角在渡輪上相遇，遂墜入迷惘的激情中。由於一黃一白，不見容於當時社會，兩人只能幽會。女主角因具白人優越感，始終不承認這段情，直到男主角依中國禮俗安排，與另一個中國富家女成親，不久女主角全家返法，郵輪開動之際，眼淚才不由自主的流下來……

故事情節本身並不複雜，但其中所探索的許多深層心理問題，值得品味。不談別的，光是選角問題就得大費周章。首先要選一個貌似莒哈絲童年的棕髮女孩；瘦弱纖細，一臉無辜，脣形美，眼神溫柔，並帶一絲憂鬱的迷人微笑，有點兒酷且略具野心。珍瑪奇（Jane March）是在每日千封應徵信裡和所有少女模特兒當中脫穎而出的。導演在《芳齡十七》（Just Seventeen）雜誌發現了這位祖父母輩具東方血統，目前住在倫敦郊區的女主角。至於男主角則需要一位會講英語（以便溝通），但不可太西化的中國男仕。在洛杉磯和香港的華裔功夫演員或警匪片角色，都與片中要求的溫文儒雅型中國紳士不符。最後敲定一位本為圖案設計師的湯尼梁（Tony Leung）（梁家輝），他略帶傲氣的斯文外型，正好與片中男主角相仿。其他配角的選擇也不是任意決定的，飾演母親的梅寧爵（Frédérique Meninger）簡直將一位潦倒異鄉的小學老師，為金錢所苦，疏忽教養兒女的全盤失敗者給演活了。家中的越南女僕把這個落魄的法國家庭中所發生的一切事情都看在眼裡，她的眼神和穿針時受驚嚇的表情，值得稱許。

在片中，莒哈絲將兩個兄弟（長兄是個流氓無賴，弟弟則膽小無能）個性的對比處理得不夠細膩，但導演將重點放在一場姊弟共舞，肢體語言的表達，其中曖昧之情引起男主角的嫉妒，繼而向女主角施暴的一幕則可圈可點；為此，導演還特別請了英籍的舞蹈老師來指導。最令人滿意的，可能要歸老牌演員珍納摩露的倒敘式旁白，她將莒哈絲的原著情感，以沙啞感性的嗓音，娓娓道來，將本片詮釋得令人動容；再配合精心設計的畫面：第一個鏡頭是一枝筆在紙上滑動著，似乎意味一個刻骨銘心的愛情故事就在此揭幕，收筆的動作又好像把活生生的血肉之軀帶到從前……。

道具服裝方面，考慮也很周到，由於時代與背景的變遷，要回到過去，一番考據或查訪自是難免。光是小渡輪、腳踏車、人力車、鍋、碗、瓢、盆等當時的一些生活用具、器皿，很多都得重新打造。僅僅服裝，就做

了兩千套，由一個在巴黎的越南成衣廠包工。片中的黑色轎車，經過六個月的找尋，終於從美國西雅圖張羅過來，本是白色的車身並不適宜，還得改漆為黑色，演完物歸原主時，再漆回原色。郵輪更是遠從塞浦路斯開過來，結果還在蘇伊士運河拋錨！最後克服萬難才弄抵越南；甚至郵輪的黑煙都是人工製造（三位技師依風向做過處理）。也許對越南人而言，人力車怎麼個推法，並不稀奇，但想忠於事實的法國導演，就得花上時間考據一番了。這一切導致本片耗資一億二千二百萬法郎（約五億新臺幣）。在此，我們不得不佩服製作的大手筆及工作人員的熱忱與敬業精神。

三、導演的心路歷程

電影有時就像是魔術，由導演來掌握，阿諾德在片中巧妙的將科技與藝術揉合，這是他繼《凱歌》（*La Victoire en Chantant*）（1977年獲得奧斯卡獎）、《火的戰爭》（*La Guerre du feu*, 1981）、《玫瑰的名字》（*Le Nom de la rose*, 1986），及《熊》（*L'Ours*, 1988）之後又一鉅獻。本以描寫大自然擅長的他，這回大膽嘗試拍攝細膩的感情戲，確實花了許多心力，因此才能將劇中人物矛盾的心結，情感的悸動刻劃入微，並把當地的異國情調，種族問題和殖民問題對歷史做一個交代，這可說是他個人風格上極大的突破。

阿諾德不甘墨守成規，做個純販賣法國文化的導演，他要成為具創意且懂得翻新的藝術工作者。我們不能說他十全十美，但他所設計的幾個場景蠻耐人尋味，值得討論：兩位主角在渡輪上初次邂逅，鏡頭從一堆亞洲人中鎖住了戴男人帽子的法國少女與西裝革履踏下黑色轎車的中國紳士，四目相對，羅曼蒂克的異國風情十足。接著男主角試圖找話題，問女主角吸不吸菸，這舉動似乎有些誇張，並略顯笨拙和老套，不過男主角曾在巴黎待過，在此也就不細究了，但遞菸給一個十五歲半的女孩，未免有些唐突！在轎車裡，兩人的眼神中都流露著戀愛初期的惶恐與迷惘，雙手漸次的接觸鏡頭，

具東方含蓄情感之美。次日，當女主角走出校門，看見對街等她的黑色轎車，情不自禁的衝上前，面對著車內的男主角，在車窗上柔情的一吻，揭開了這禁忌愛情的序幕。（不過在一次訪談中，有位九十歲老翁強調，在當時的社會裡，男主角若要私會女主角，必定自行駕車前往，不會讓司機跟著。）至於湄公河上的浮萍，也是刻意安排的，陽光反射下，隨著河水漂浮盪漾，以及渡輪的縷縷黑煙，將觀眾的情緒也引得浮浮沉沉；雨後的南洋街景，別具一番情調，導演技巧地將當地風光之美融入片中，再度展現他掌握大自然場景的本事。

男女主角的多場床戲，是在巴黎攝影棚拍的，尤其男女主角第一次合作（而女主角實際年齡僅十九歲），培養兩人之間的默契以及複雜情緒，難度自不在話下；導演起初則將鏡頭放在陰暗的房舍和不搭調的綠紫磚牆上，試圖「醜化」這種不見容於世的戀情，他也並不希望誤導觀眾將此片視為畸戀或賣弄色情的把戲。之後，阿諾德才開始專注男女主角做愛的表情與感受，並給許多大特寫。但是做愛鏡頭似乎太多了些：床上一次，地下一次，又一次是立姿，一回男主角在上面，另一回女主角主動，再加上臉部與臀部的特寫鏡頭……。導演用銀幕大膽且寫實的描述一個十六歲女孩的性愛生活，必定會引起輿論譁然的，到底有沒有必要，這是個見仁見智的問題。

還有，迎娶的場面也值得一提，男女主角在河邊遙遙相望，透過人群，鏡頭捕捉了兩個人無奈的眼神，此景與初遇的情景做了一個輝映和對比。不過，先前男主角曾向其父表示有意要娶女主角時，他們是以潮州話交談，但舉行婚禮時，戲中卻交代男方是福建人，豈不矛盾！

故事眼看就要收場了，女主角全家乘船返去，汽笛鳴響，船錨拉起的鏡頭，彷彿暗示這段戀情也該至此結束了。十七歲的她這才恍然大悟，發覺自己是愛他的，低沉柔美的獨白配上那兩行暗泣的情淚，道出了女主角的悵

然，此時鏡頭要拉長到岸邊遠處默默送行的黑色轎車上，導演跳脫俗套，不在男女主角臉部大作文章，反而取模糊的距離美，以南洋傍晚天邊的紅霞及徐徐的微風，襯托離愁。

四、結語

《情人》一推出，在法國造成轟動，四十四家電影院同時上映，首周票房直達二十四多萬張。這代表法國人對越南的情節及對異國戀情的再一次省思。

本片具英語和法語兩個版本，至於要比傳神，則各家意見不一：有人認為男女主角都操英文，因此用原音較有真實感，但故事是發生在兩個法語系環境下成長的人物身上，配音技術應該可補他們語言上的不足，尤其法語旁白更是好得令人沒話說。這部影片再度證明，冰冷的科技、機械，透過人性化的處理，可以將平面的文藝作品立體化。至於忠不忠於原著，那是另一碼子的事，畢竟這是兩種不同表達方式的藝術。

唯一覺得遺憾的是，似乎男女主角內心深處的痛，並沒有充分的發揮出來。不過，中國人的情感原來就不太外露的，而十七歲的西方女子又不願坦白內心的真正感受，要演得入木三分、拿捏得當，對初上銀幕的珍瑪奇來說，或許太苛求了些，畢竟藝術是要假以時日琢磨的。

二十一世紀　混沌年代

昆德拉

（Milan Kundera，1929-）

 生 平

　　與許多捷克藝術家和作家一樣（如瓦茨拉夫・哈維爾），昆德拉早年參加了1968年「布拉格之春」的改革運動。這場運動以樂觀的改革精神開始，卻最終被蘇聯和其他華沙公約成員國軍隊鎮壓。在其第一部作品《玩笑》中，昆德拉竭力諷刺共產主義的極端統治。由於昆德拉對蘇聯人入侵行徑的批評，在布拉格被蘇聯占領後不久，他就被列入黑名單，他的作品也全部遭禁。1975年，昆德拉流亡法國，1979年他在法國完成了《笑忘書》，講述在蘇聯占領之後普通捷克人的生活。這部小說同時包含了幾篇不相關的故事，並夾雜了很多作者自己的思索，奠定了昆德拉流亡時期作品的基調。

　　1984年昆德拉發表了《生命中不可承受之輕》，這是他一生中最具影響力的作品。小說以編年史的風格描述捷克人在「布拉格之春」改革運動期間被蘇聯占領時期適應生活和人際關係的種種困境。1988年，美國導演菲利浦・考夫曼並將其改編成電影。

　　1990年，昆德拉發表了《不朽》，這是他最後一部用捷克語寫成的作

品。小說具有強烈的國際化因素，較早先的作品減少了很多政治性，卻又加入了很多哲學上的思考，這本書奠定了他晚期作品的風格。

　　昆德拉一直都是諾貝爾文學獎的熱門人選，曾獲得六次提名，但截至目前為止尚未獲獎。

《宿命論者雅克》的變奏曲：《雅克和他的主人》
（*Jacques et son maître*, 1971）

一、劇情提要

　　閱讀狄德羅的《宿命論者雅克》（*Jacques le fataliste*）與昆德拉的《雅克和他的主人》（*Jacques et son maître*）兩部文學作品中，我們看到兩個不同時代（十八世紀與二十世紀）的匯聚，兩位不同國籍的作家（法國與捷克）的相遇，兩種不同文類（小說與戲劇）的交錯。狄德羅藉由哲學性對話的型態，表達出一般百姓聽天由命的個性，以及上層社會企圖改變的意念，結局採開放式，讓讀者自由想像。昆德拉接續狄德羅小說中宿命論的觀點，以戲劇的形式，較精簡的點出主旨。這首變奏曲同樣的留白，欲使讀者自己去深思這個人生的大課題。不過，提出更多的質疑與嘲諷，也嘗試以友誼、酒精和企圖改寫歷史等方式扭轉時局的可能性。然而它們確實解除了大時代下人們的焦慮不安嗎？

二、前言

　　昆德拉之所以選擇狄德羅作為致敬的對象，除了多年來個人文學上的偏好，對他來說，「狄德羅是自由、理性、批判精神的化身，在我對他的感情

裡，彷彿有一種對於西方的鄉愁（在我眼中，俄羅斯占領我的國家，是一種強制地去西方化）。」昆德拉面對即將來臨的強權政治壓迫，狄德羅這位自由、戲謔、被低估的作家有如他汪洋中的一塊浮木，藉由他，昆德拉才得以呼吸，得以匍匐前進，尋求到慰藉與支持，甚或只爲了喘息片刻。「當俄羅斯沉重的無理性降臨我的祖國，我本能地感受到一股想要恣意呼吸現代西方精神的需要。而對我來說，似乎除《宿命論者雅克》之外，再也找不到如此滿溢著機智、幽默和想像的文學盛宴。」

那麼昆德拉喜愛的是十八世紀啓蒙時代的氛圍，還是狄德羅這位作家本人？這在昆德拉《雅克和他的主人》序曲中，他也曾明確的交代：「老實說，我並沒有那麼喜歡十八世紀，我喜歡的是狄德羅。說得實在點些，我喜愛他的小說。若要再更精確的話，我愛的是《雅克和他的主人》。」昆德拉似乎深怕讀者或觀眾曲解他的原意，在其作品中鉅細靡遺的做了諸多詳述，我們先以兩部作品的基本架構來判斷，看昆德拉的劇作是複製品還是變奏曲。

三、《宿命論者雅克》的架構

狄德羅的作品《宿命論者雅克》（*Jacques le fataliste*）是對話式的小說，其中主要是五位敘事者一邊敘述著本身的故事，一邊又互相打斷彼此的話語：

1. 作者與讀者的對話
2. 雅克與主人的對話
3. 主人與雅克的對話
4. 客棧老闆娘與觀眾的對話
5. 客棧老闆娘與阿爾西侯爵的對話

而敘事者甚至以對話形式來轉述這些對話，使得整篇小說更呈現眾聲喧譁的樣貌，這也能反應十八世紀法國大革命之前的社會氛圍。百姓對君主制度缺乏信心，開始質疑，但又不知何去何從，於是你一言、我一語，試圖找尋一個出口。

四、《雅克和他的主人》的架構

基本上《雅克和他的主人》是齣三幕劇，以雙人對話爲主，重要內容如下：

1. 雅克訴說他的戀愛史
2. 主人講述他的戀愛史
3. 拉寶梅蕾夫人的復仇故事

表面上似乎是三段交錯的愛情故事，其實當中充滿了昆德拉對時局不安定性的焦慮。他刪去狄德羅提及的眾多法國歷史人物，令一些不熟悉那一段歷史背景的讀者如釋重負，但卻不影響劇本的結構，甚至將狄德羅的小說爬梳得更具體。再者，昆德拉亦將狄德羅在一番對話之後，要讀者評判的段落刪除，令整部戲劇的節奏顯得輕快許多，不致艱澀沉重，這是它被稱爲「變奏曲」的原因之一。

五、宿命論

眾人們在遭逢重大事件，一時束手無策之際，往往只有求助於上蒼或相信命運。於狄德羅的《宿命論者雅克》中，雅克也不例外，一開始即有一句發人深省的話：「不論凡間所有發生的好事或壞事，都早已注定。」之後雅克在和旅途中所有遇到的人談論周遭發生的事物，遇到無法解釋或沒能解決

時，他也是一句帶過：「這寫在大卷軸上。」

狄德羅以宿命論為引子，讓讀者自己去判斷命運是否真是如此無法改變。

1. 第一天的旅程中，雅克就表明人的命運是天生注定的：如果他沒跟他父親爭吵，就不會憤而從軍去；若不從軍，膝蓋就不會受傷，變成瘸子；要不是受傷，也不會遇到德妮絲，發生戀情。這是個複雜哲學邏輯思維的推論，可並不一定為必然性，不過卻足以令讀者反覆思索。

2. 在第二天的旅途中，他再度提到命運這主題：假若上蒼已注定他與主人會遇搶匪攻擊，那他們急著走又有何用？接著雅克又提到宿命的萬能，人類不論多麼謹慎，命中注定的事也是無法逃脫的。此處仍突顯了當時人民的盲信與無知。

3. 第五日時，雅克仍表示接受早已寫在「大卷軸」上的命運，那是唯一可能的結局，但主人卻認為，既然有位好心的上帝存在，祂怎會容忍罪惡橫流？他對雅克的逆來順受不以為然。在此，懷疑論產生了，是由上層階級提出質疑，對下層階級而言，這也是另一種聲音，另一個可能性，他們開始半信半疑。

4. 到了第七日，主人也儼然成了狄德羅的代言人，他打斷伯爵的話，討論起道德關係論的哲學道理，以表達反對雅克的宿命論。

首先，雅克認為人微言輕，他藉著引用職位較高連長所說的話，支撐他所贊同的論點：

雅克開宗明義表示他的連長說過：「我們在這人世間遭遇的一切幸與不幸都是上天注定的。」後來，因為迷路，主人動怒，就用鞭子狠狠抽打他的僕人；那可憐的傢伙每被打一下，就說「這一下顯然也是上天注定的……」

不過，這也反諷了雅克。又雅克將被大夫推倒的女人扶起，並對她說：「這既不是您的錯，也不是大夫先生的錯，既不是我的錯，也不是我主人的錯，這是上天注定的……」更顯得他的無厘頭。凡此都表現了低層百姓逆來順受，命運神授的觀念。因此雅克膝蓋中彈，產生劇痛，發出尖銳的叫聲時，主人趁機調侃他：「那是因爲上天注定你要叫的嗎？」

雅克在敘述自己的戀愛史時曾說過：「……我的救命恩人既注定要戴綠帽，結果還是得戴綠帽。」這是個大男人們必談的問題，雅克竟口無遮攔地大放厥詞，當雅克和他的主人你一言我一語的辯論「宿命論」時，他只好仍歸結他連長說過的那句話：「我們在這人世間遭遇到的一切幸與不幸都是上天注定的。……上天已經寫好我應該認爲你的理由不對，那我又有什麼辦法？」顯然他們的對話沒有交集。

接著主僕在旅店遇見強盜，雅克還算鎮定，主人則來回踱步，主人說：「你知道他們有十二、三個嗎？」雅克則回說：「就是有一百個也不管，要是上天注定他們不夠的話，數目是不起作用的。」當敵眾我寡之際，擔心害怕確實枉然，但坐以待斃也非上策，不過在此似乎雅克略占上風，突顯主人的茫然失措。當主人希望他的僕人多思索，便問雅克何謂幸運者和不幸者，雅克則輕鬆地回答：「一個幸運的人，他的幸福是上天注定的；因此，反過來，上天注定了不幸的人就是不幸的人。」但雅克爲一介平民，自知拙於言詞，就曾感嘆道：「啊！要是我講話能像我思想那樣，能隨心所欲的話！但是上天注定好了：我的腦子裡會有各式各樣的東西，而表達它們的字句卻出不來！」雅克意識到他的宿命觀點卻無法形成一套具說服力的理論。

此外，雅克與他的主人雞同鴨講：「……雅克說一說上天注定的事，主人說一說他要說的話，而他們兩個都有理。……」雅克多災多難，在同一天

裡被人家當賊給捉起來，一面又被控誘拐少女，他不禁自問：「這難道也是上天注定的？」在此我們首度發現雅克對他口中的上天提出質疑。雅克走著走著，「他突然以為看到上天這樣注定：那人要賣他的錶就是他主人的。」天下竟有如此巧合的事，又令他不得不相信命運。雅克主人的馬被偷了，雅克則處之泰然，安慰道：「上天注定的，您在等我的時候會睡著，有人會偷走您的馬。算了吧，先生，別再去想牠了！馬丟就丟了，也許上天注定還會再找到牠。」雅克找到馬時，他的主人又趁機調侃他：「……但是，記住你的理論吧。這要是上天注定好的，親愛的朋友，那麼你無論怎樣也是要被吊起來的。要是這不是上天注定好的，那麼就是你的馬在騙人。……」主人以假設語氣提出看法，目的要雅克（或讀者）深思一下。

　　再者，每回雅克開始講他的戀愛史，老是被打斷，因此他表示：「只要我一開口，鬼就來搗亂，總是發生什麼事，把我們的話打斷，這個故事是講不完了，我告訴您，這是上天注定的。」主人老早厭煩僕人的嘮叨，心不在焉地聽雅克講故事，他說：「……上天注定你這次講話沒人聽，但這可能還不是最後一次。」主人又一次地以對方之矛，攻對方之盾，不把雅克的話當一回事。後來雅克又再度轉述連長的故事：「可能上天注定我只是出席別人的絞刑；……」主人諷刺道：「雅克先生，既然命運這樣決定，而你的馬又這麼表示，那你就給吊死好了。」顯然主人已不耐煩雅克一成不變解釋命運的態度。主人不以為然地對雅克說：「……要是從目前的事中能看到將來有一天要發生的事，或上天注定的事有時早在事情發生前就顯示給人們看的話，你的死，我可以推測，將帶有哲學味，你會像蘇格拉底接受那杯毒藥一般心甘情願地接受絞繩。」此時狄德羅以借主人之口，將宿命論提高到哲學層次，也不管雅克是否明白，他看出雅克也有焦慮感，只是一味地不願面對現實，僅以一句「上天注定」來麻醉自己。主人受不了雅克無厘頭的言行，雅克卻堅決表示：「……上天注定，只要雅克活著，只要他的主人活著，甚至在他們倆都死了以後，人家還是要說雅克和他的主人的。」這種愚忠的態

度，確實也是當時許多老百姓的心態及無力感。雅克和主人爭吵後和好，他還是說：「上天注定，我永遠不會離開這個奇特的人，只要我活著，他將是我的主人，而我將是他的僕人……」這句話又再度表現了他的奴性與逆來順受。

雅克對於他好友的命運，亦持相同的看法：「……葛庇和朱絲婷的關係相當美滿，但是他們這種美滿關係必須受一些波折，這是上天注定的。……」此外，阿加特在情夫屍體旁扯髮大哭，而雅克的主人已經跑不見了，雅克反而被捕，他在前往監獄的途中竟說：「必須是這樣的，這是上天注定的……」這又是尋常百姓面對不幸唯一的阿Q慰藉。然而，讀者已能體會狄德羅的本意，其實老百姓不必如此認命，應該還是有別的路可走才對。

到小說最後一句，狄德羅也忍不住要揶揄雅克：「如果上天注定你將戴綠帽，雅克，不論你怎麼做，你將會是龜公；相反地，假若你不是，他們再怎麼做，你也不是龜公；所以好好睡吧，我的朋友……」到底是真心的要他放心入眠，還是譏笑他繼續以睡眠逃避現實呢？

顯然狄德羅並不贊成雅克墨守成規的認命和被動性格，他認為人們應理性看待事物，有權提出質疑，改變所謂的命運。狄德羅將兩案並陳，讓讀者去選擇自己的人生哲學之路。

至於昆德拉，他並未忽視「宿命論」這個主題，在劇中亦多次提起：

一開始雅克也是引用比他位階高的連長的話來支撐其想法：「主人，請相信我，從來就沒有人知道自己要到哪兒去。不過，就像我連長說的，一切都是上天注定的。雅克並進一步質問：「……我們在人世間所遭遇的一切幸與不幸都是上天注定的。」您知道有什麼方法可以把已經注定好的東西抹去

嗎？……」主人不以為然，斥之為無稽之談：「有一件事情我搞不懂。是因為上天這麼注定，所以你是個混蛋呢？還是因為上天知道你是個混蛋，所以才這麼注定？到底哪一個是因？哪一個是果？」

接著客棧老闆娘加入他們的對話，不一會兒便摸清他們的梗兒：「上天注定你們在旅行途中，會到我們的客棧來休息，……」客棧老闆娘：「……上天注定您會吃鴨肉配馬鈴薯，再加上一瓶葡萄酒……」她似乎將偶然與巧合也當成命運。

另外，當主僕兩人爭論不休時，客棧老闆娘則扮演仲裁者角色：

客棧老闆娘：您的主人會決定誰來說故事。
主人：喔！不關我的事！不關我的事！這要看上天是怎麼注定的！
客棧老闆娘：上天注定這回該我講了。

之後我們發現主人想利用特權下命令：「因為在上天那裡，你知道的，在上天那裡！就像你連長說的，上天注定我是你的主人。現在我命令你，把我不喜歡的那個故事結局給我換掉，……」當主僕激烈爭吵時，客棧老闆娘又成了仲裁者，搬出「宿命論」化解他們的爭執：「請不要再跟您的僕人爭吵了。看得出來，您的僕人很傲慢無禮，不過，我覺得您需要的剛好就是像這樣的傭人。上天注定你們誰也離不開誰。」

雅克則認為，要一勞永逸，就得約法三章，日後可避免衝突，於是他提議道：「我們來做些規定吧！既然上天注定我對您來說是不可或缺的，以後只要一有機會，我就會濫用這個權力。」僕人提出解決方案，這是十八世紀不可能發生的事，足見民主在二十世紀仍產生了若干作用。不過主人當然不認帳，立即維護個人權益，主人說：「這個，上天可沒注定。」第二幕第10

場本劇到了尾聲，客棧老闆娘三度做和事佬：「阿門。夜深了，上天注定，我們已經喝得夠多了，該去睡了。」我們也可看出，昆德拉的人物對話方式和狄德羅一般具辯證力，但它更具戲劇性。

　　到了第三幕第5場，雅克來不及逃跑，被數名農夫制服，眼看就要被吊死了。

　　雅克：「我能跟您說的，只有我連長常說的那句話：我們在人世間遭遇的一切都是上天注定的。」而接下來的獨白就更精彩：雅克：「不過，我們顯然還是可以想一下，上天注定的事情，它可信的程度有多少。……就是他（馬第連長），每次都說一切都是上天注定的，……為什麼為了您心地好，品味差，我就得讓人吊死！上天注定的事為什麼這麼蠢哪！噢！主人，在天上寫我們故事的那傢伙，一定是個很爛的詩人，……」雅克分明懷疑起上天的本領，不滿意其中的安排。

　　最後，第三幕第6場，雅克代表人民發聲，對政府喊話：

主人：連我自己都不知道要往哪兒去的話，怎麼給你方向？
雅克：上天注定您既然是我的主人，您的任務就是要領導我。

　　昆德拉的雅克逐漸演變，從盲信宿命論轉為指導他的主人引領他，兩人難以分離，就像瞎子和瘸子一般，既然一路同行，就互相需要，相互扶持猶如朋友。

　　因此昆德拉將他的劇作《雅克和他的主人》定位為「變奏狄德羅」是可以理解的，他也很想力挽狂瀾，藉外批內，藉古知今，並想方設法希望捷克政府及人民能反抗俄羅斯的入侵。在危難時期，他也發現友誼確實面臨了嚴重考驗。

六、神的替代品 —— 友誼、酒精、改寫歷史

①　友誼：我們在昆德拉的劇中發現他們除了談命運，還常提及友誼：如雅克和小葛庇稱兄道弟，把酒言歡（《雅克和他的主人》第一幕，第3場）；第一幕第5場，小葛庇也一再地說：「雅克是眞正的朋友」、「你是我最好的朋友」、「你是最忠誠的朋友」……；第三幕第5場，當雅克要爲主人受過將被吊死之際，前來救他的，便是他兒時的玩伴小葛庇，他曾背叛過的友人：

　　小葛庇：把你吊死？不可能地……我的好朋友！幸好這個世界上還有人記得他們的朋友！……

　　……

　　小葛庇：……我的好朋友，……那就像一個小教堂！那是紀念我們忠誠友誼的神殿！

　　而主人與聖圖旺這對上層人士也口口聲聲不斷地互相表達對對方友誼的珍視：

　　聖圖旺：我的朋友！我親愛的朋友！……啊！我的朋友，能夠擁有一個讓人感受眞摯情誼的朋友，是多麼令人感動的事啊……。

　　……

　　聖圖旺：……您是我最好的朋友，……。

　　主人：……您也是我最好的朋友。

　　接著，聖圖旺也坦承：

　　……我曾經背叛，是的，我曾經背叛過我的朋友！

聖圖旺：……我背叛的那個朋友，就是你。

當主人有難被警察逮捕時，聖圖旺只顧自己，把責任推到主人身上，但口裡還是稱他為朋友：

聖圖旺：好朋友，我的好朋友！……他們知道您是我唯一的朋友……。

主人（以責難的口氣）：我的好朋友！

其實主人飽經世故，是很冷靜理性的，他老早對「友誼」不抱幻想。

甚至到了第三幕第4場，主人與聖圖旺劍拔弩張，針鋒相對之時，聖圖旺仍是叫對方好友：

聖圖旺（終於發現主人，驚跳了一下）：是您，我的好朋友……。……

主人：沒錯，是我，你的好朋友，你絕無僅有、最好的朋友！（主人撲向聖圖旺，兩人開始打鬥）……

這似乎又是一大強烈對比：下層社會的友誼似乎比上層社會者更經得起考驗，也多了分包容心，上層社會則是因利益結盟，爾虞我詐，有時甚至拚到你死我活。

❷ **酒精**：二十世紀的捷克，就算摒棄宿命的迷信、盲信，轉而選擇相信人性、友情，在昆德拉眼裡，那也是枉然！似乎只有選擇逃避，而最垂手可得的就是酒精。

老葛庇：……酒喝下去你就知道該怎麼做了。

酒後生智似乎是尋常百姓不願傷腦筋的藉口。

第一幕第3場，雅克為掩飾內心背叛小葛庇的尷尬，舉起酒杯：「乾杯……（向小葛庇說）我的好朋友，跟我們一起喝嘛。」這又是另一種形式的逃避。第二幕第10場，客棧老闆娘和雅克與他的主人三人，一面喝酒，一面聊天，主僕兩人爭執的還是「上天注定」的問題，最後客棧老闆娘只好說「阿門。夜深了，上天注定，我們已經喝得夠多了，該去睡了。」當問題無解時，喝酒、睡覺更成為暫時逃避的不二法門。

第三幕第1場，雅克向主人坦白自己勾引最要好朋友的女人，以為雅克給他朋友「葛庇戴了綠帽子以後，難過得都醉了。」雅克倒是很誠實的表示：「……我之所以會喝醉，並不是因為太難過，實在是因為太快樂了……」此時我們發現酒不但能澆愁，也能助興，而且下層社會的人在表達感受方面比上層階級坦率多了。

第三幕第2場，聖圖旺和主人兩人談判，聖圖旺認為應該報復阿加特，那個破壞他們兩人友誼的女人。主人則已經準備原諒聖圖旺，建議一起把酒喝光，而聖圖旺負責敘述阿加特做愛後興奮喘氣的細節，主人只負責幻想……。原來酒精真的為人們解決了當下許多打不開的結，但問題的根本卻仍然存在，否則不會有上述主人撲向聖圖旺的打鬥場面。

❸ **改寫歷史**：再不然，昆德拉則藉雅克之口，試圖為捷克面臨俄羅斯入侵找到另一個可能性，那就是改寫歷史：「主人，被改寫的，可不只我們的故事呢。人世間一切從未發生的事，都已經被改寫幾百次了，但就從來沒人想去查證一下，到底真實的情況是怎麼樣。人

的歷史這麼經常地被改寫，人們都不知道自己是誰了。」（第三幕，第1場）但這談何容易，集體意識的展現就如同革命一般，在此我們也看出昆德拉的無力感。

七、反小說（anti-roman）與反戲劇（anti-théâtre）

狄德羅的《宿命論者雅克》可說是反小說：他並不急於深入探討小說人物的心理，寧願讓他們各說各話，講述事件，描繪他們的動作，而由此看出他們的個性與喜好。再者，狄德羅也不像古典小說般陳述一個故事，利用其中發生的事件合乎邏輯的引出結局；他的讀者必須自己在錯綜複雜的多線插曲中找尋線索，明白因果或相互產生的效應。因此我們很難說《宿命論者雅克》具有什麼主要情節。此外，在類俠義小說裡，往往有英雄與美人的故事，經過千辛萬苦，各種歷險，終於譜出浪漫的結局；而這本小說卻沒什麼英雄式的展現，僅是兩個男人毫無止盡的旅行，雖然談論著他們以往的情史，卻並不煽情，它只是個「藉口」，而非重點。且故事老是被打斷，另一事件或人物又插入，將原來的話題岔開。到了結尾，狄德羅又將雅克和德妮絲重逢的這一幕，給了三種可能性：一是德妮絲不相信雅克還會愛她，哭了起來，雅克安慰她，兩人於是相擁；二是德妮絲幫雅克包紮受傷的膝蓋，因靠得太近，雅克則把她抱在懷裡；三是雅克最後娶了德妮絲，然後成了城堡的門房。狄德羅特意給讀者一個自由的開放空間，讓每個人以自己的方式繼續和完成人生的旅行，也就是自我詮釋的權利。對習慣劇情小說的讀者，甚至會不耐煩狄德羅作品中人物的滔滔不絕。

然而《雅克和他的主人》全劇經昆德拉簡化後，理出三則情史為主要架構：雅克、主人和拉寶梅蕾夫人的愛情故事。雅克及主人的兩則故事至少還跟他們的旅行扯得上一些關係，但占據整個第二幕的拉寶梅蕾夫人情史則是與主題毫不相干的插曲，這明顯的違背了古典戲劇三一律的法則。昆德拉

之所以這麼做，除了刪減某些人物角色，以減低狄德羅小說中人物錯綜複雜的關係，同時也突顯捨棄嚴謹情節的一致性，表達故事發展有橫生枝節的可能。這與狄德羅喜好自由運用形式，不願受既有文體拘束的個性不謀而合。

再者，昆德拉在《雅克和他的主人》中借主人之口表達他將人物簡化歸類的方式：「拉寶梅蕾夫人終究只是聖圖旺的翻版，而我只是你那可憐的朋友葛庇的另一個版本。葛庇呢，他和受騙的侯爵可以說是難兄難弟。在朱絲婷和阿加特之間，我也看不出有什麼差別，而侯爵從來不得不娶那個小妓女，跟阿加特簡直是一個模子印出來的。」（第三幕，第4場）

諷刺的是，雅克發現他和主人的「風流韻事實在太像了。」（第一幕，第5場）。於第三幕第1場時，主人也激動地說：「你們都勾引了你們最要好的朋友的女人。」；而雅克在第三幕第5場也做了這麼個結論：「我親愛的主人，我們的愛情故事還真像，很可笑吧……」不管他倆的身分地位如何不同，對愛情都是出於個人自私或追尋片刻享樂的觀念，畢竟他們都背叛了友誼，跟自己所謂最要好朋友的女人上床。昆德拉藉由小我的愛情，暗喻國家層次的大愛，將人民與政府的關係，從封建時代的宿命論，轉而影射成友誼，但到頭來還是個不可靠的東西，只好以酒澆愁或另謀他途。

八、小說戲劇化

狄德羅這部小說採用了若干戲劇手法：對話（le dialogue）、演出指示（les didascalies）和啞劇（la pantomine）。

❶ **對話**：狄德羅以戲劇慣有的人物鋪陳，令讀者很快知道各個段落人物的名字與其之間的關係，而原先小說的寫作文體也因人物對話變成口語化而顯得活潑並具本能反應。尤其對話以現在式書寫為主，

使得敘述的陳年往事更具臨場感與生動性。

❷ **演出指示**：狄德羅分明寫的是小說，但在描述動作和神情時，則採斜體字，就如同一位劇作家在交代演員（和讀者）如何演出一般。

❸ **啞劇**：當對話停止時，小說人物像木偶般暫停，然而我們發現狄德羅繼續鉅細靡遺地刻劃其中人物的一舉一動，他並非分析他們的心理，而是展現他們的想法；況且，默劇最擅長的便是無聲勝有聲，有時一舉手或一投足勝過千言萬語。

昆德拉表示：「狄德羅是快速的，他的寫作方式是漸快的，透視法是遠觀的（我從未看到哪一本小說的開頭比《宿命論者雅克》的最初幾頁更令人著迷；高明的調性轉換和節奏感，以及開頭幾句話呈現出來的極快板）。」這都足以說明了《宿命論者雅克》極具戲劇鋪陳力道的一面。狄德羅創造的是一個小說史上前所未聞的空間：「一個無背景的舞臺：他們打哪兒來？我們不知道。他們叫什麼名字？與我們無關。他們多大歲數？別提了，狄德羅從來不曾試圖讓我們相信，他小說的人物存在真實世界的某個時刻。」昆德拉則對人、時、地亦採不去鑑定的手法，反而打破了作品的時空限制，更加地自在遨遊於天地之間。

再者，《宿命論者雅克》的結局頗出乎意料，足見狄德羅很了解如何安排戲劇性的變化。譬如拉寶梅蕾夫人（Mme de la Pommeraye）犯了一個極大的錯誤，太相信「江山易改，本性難移」的定律，結果德阿爾西伯爵（Marquis des Arcis）這個老狐狸意外地發現愛情的價值，而往日的妓女卻也能淡泊名利。再者，小說快收尾時，狄德羅先安排主人找到失散已久的馬匹，接著再與兒子重逢，然後又和雅克重聚。這些奇蹟式的大團圓，非常

具戲劇性，也是許多十八世紀喜劇慣用的手法，亦爲當時流行的俠義文學（littérature picaresque）中的特色。

此外，貝克特的《等待果陀》，基本上也是兩個人的對話，不同於狄德羅的《宿命論者雅克》以及昆德拉的《雅克和他的主人》中的主僕，前者是Gogo和Didi靜態地等待果陀（Godot）─God not─的到來，見Pozzo和Lucky兩位旅行者經過；後兩者則是主僕邊旅行邊討論這個大哉問，並驚覺身分背景如此不同的人，竟如此地無法離開對方。有如貝克特《等待果陀》中的Didi和Gogo，人名並不重要，他們都有一些共通性：成天爭吵，卻又離不開對方。不過雅克和他的主人是動態的，他們都想藉著旅行盲目向前（en avant aveuglément），找到生命的出口……。結局則採開放形式，任由讀者或觀眾想像。

又何以狄德羅的小說《宿命論者雅克》以及昆德拉的戲劇《雅克和他的主人》並未引起法國文壇的太多關注；反之，後者的話劇卻在東歐國家尤其引起共鳴？昆德拉本人特別喜歡導演札格瑞伯（Zagreb）（1980年）於日內瓦的那場，這齣戲在布拉斯提拉伐（Bratislava）也不斷演出，其中帶著「令人感傷的幽默」（quel humour mélancolique）！這輓歌式的哀傷可能正中東歐國家當代山雨欲來的社會氛圍，特別能引起共鳴。他對晦暗不明、過度雕琢的演出毫無興趣，因爲昆德拉認爲此劇有一種無法撼動的縱容與放肆，矯揉做作的表演會完全走了味兒，還不如由業餘愛好者的劇團或財力不足的小劇團，以單純的場景來表達其中較深刻的內涵。另外，我們也可從昆德拉的劇本《雅克和他的主人》看出他的嚴謹及擔心被錯誤詮釋，期間的演出指示多如牛毛，鉅細靡遺。且劇本前有序曲，後又有後記，可見昆德拉對這部作品用心至深。

昆德拉的《雅克和他的主人》，其實在第一幕第1場雅克的兩句話，就已經爲全劇開釋了：

　　雅克，對觀眾說：你們就不能看看別的地方嗎？那好，你們要幹嘛？問我們打哪兒來？（雅克把手臂伸向後方）我們打那兒來的。什麼？還要問我們要到哪兒去？（帶著一種意味深遠的輕蔑）難道有人知道自己要到哪兒去嗎？（向著觀眾）你們知道嗎？嘎？你們知道自己要到哪兒去嗎？

　　主人：我好害怕呀，雅克，我好怕去想我們要到哪兒去喲。

　　……

　　雅克：主人，請相信我，從來就沒有人知道自己要到哪兒去。不過，就像連長說的，一切都是上天注定的。

　　第三幕第6場，也是最後一場，則與第一幕第1場相互輝映，探討的仍是人生方向的問題。

　　雅克：上天注定，您既然是我的主人，您的任務就是要領導我。

　　……

　　主人（環視四周，狀甚窘迫）：我很願意帶你向前走，不過，向前走，前面在哪邊？

　　雅克：我要告訴您一個大祕密，人類一向都用這招來騙自己。向前走，就是不管往哪兒走都行。

　　主人（向四周環視一圈）：往哪兒都行？

　　雅克（以手臂的大動作畫了一圈）：不論您往哪個方向看，到處都是前面哪！

　　……

　　主人（做了個動作之後，悲哀地說）：好吧，雅克，我們向前走。

向前走並不表示知道前方有什麼遠景，只是不滿現狀，也不願倒退，這種摸石前進茫然的心情頗為感傷。

九、結論

　　試問人類真的有進步嗎？從歷史中得到啟發或教訓嗎？否則為何一再地重蹈覆轍。結果繞了這麼一大圈，劇中人雖然歷經了人生的悲歡離合，最後就像旋轉木馬，仍是回到原點：一切都早已上天注定，人們還是無所適從，不知自己從哪裡來？自己到底是什麼樣的人？自己要到哪兒去？結局是如何？昆德拉的變奏曲，儼然也成了一首生命迴旋曲。

　　這不禁令人聯想到高更1897年自殺前的大型油畫：《我們從何處來？我們是何許人？我們往何處去？》（D'où venons-nous? Qui sommes-nous? Où allons-nous?）他一生都在不停地逃避殘酷無情的現實尋找烏托邦，對人生充滿焦慮不安及疑惑不解；跟不同時代的狄德羅和昆德拉，當社會發生重大變動時，精神上竟產生不期而遇的感觸，足見這個人生哲學問題一直困擾著所有人類。

艾諾

（Annie Ernaux，1940-）

　　安妮・艾諾1940年9月1日生於巴黎附近郊區里爾邦（Lillebonne），童年在諾曼地度過，父親先是工人階級，後來變成小商人。她則在盧昂和波爾多完成高等學位，之後又當上現代文學教授。

　　艾諾是位多產作家，她的作品多為類自傳體，與社會學關係密切。艾諾於1974年進入文壇，第一部小說即為自傳體——《空衣櫃》（*Les Armoires Vides*）。直到1984年，才以《位置》（*La Place*）獲得賀諾多獎（Prix Renaudot）其中討論的是雙親的社經地位，《冰凍的女人》則有關她的婚姻生活，《簡單的激情》敘述她與一名東歐男子的戀情，《事件》講的是墮胎的故事，而《一個女人》（Une femme）則談到她的母親。2008年，她已是明星級作家，接連獲得莒哈絲獎（Prix Marguerite-Duras）、莫里亞克獎（Prix François-Mauriac）、還有法語獎（Prix de la langue française），以表彰她在法語文壇的貢獻。

《位置》（*La Place*, 1984）和《一個女人》（*Une femme*, 1986）

　　1970-1980年代，自傳體小說在法國風起雲湧，艾諾有股強烈欲望想敘述自己的故事：年少輕狂、情感危機或人生一段歷程。原因可能是拜媒體所賜，他們常想從作品中發掘自己的身世背景。也可能是網路傳媒的發達，讀者吸取資訊、常識的媒介日趨影像化，真人真事，有照片和記事本爲證，對讀者更具吸引力和說服力，進而產生共鳴或同理心（艾諾於2005年還在伽里瑪出版社出了《相片的用途》〔*l'Usage de la photo*〕一書）。再者，語言學、社會學及心理分析理論不虞匱乏，它們都是洞悉人類心靈深處的有效方法，但發展到某個極限，會令人心生畏懼，艾諾因而反躬自省，回顧以往，檢討自己，與其別人幫忙作傳，倒不如自己「擦脂抹粉」來個現身說法，便能隨心所欲彰顯或遮掩某事。自傳體小說因此便在這種氛圍中蓬勃起來。而女性作家選擇類傳記體寫作，更具其意義，因爲二十世紀中葉以後，西方女性才逐漸有公共發言權，而日記、書信體、遊記和小說，主要是她們擅長的寫作方式，其中注入個人許多感觸，我們亦可稱之爲「告白文學」或「私小說」，這也是近代女性文學的趨勢，而安妮・艾諾（Annie Ernaux）也不例外。

　　不過，她從早期的自述性小說（以第一人稱敘事），已跳脫至第二階段類傳記體寫作方式，以第三人稱（il, elle或ils）爲主調，《位置》即是艾諾描繪她與父親關係的一本書，也替她贏得了1984年的賀諾多文學大獎。《一個女人》則以她母親爲主角，作品是在她母親過世後三週（1986），即著手書寫。我們可以從這兩部作品中一窺艾諾對父母的不同觀感，以及兩性在社會中的地位。

一、自傳體小說的界定

　　勒振（Philippe Lejeune）是法國對自傳體小說研究的佼佼者，他對自傳體小說下的定義是：「確有其人，真有其事，作者強調的是個人生活體驗，尤其是自己的心路歷程。」那麼安妮・艾諾的《位置》和《一個女人》應該不是自傳體小說，因為主角分別是她的父親及母親，寫的是她與他們之間的父女或母女關係，因此我們可以說，這是種自傳體的變體，片段記事的寫作方式。艾諾自己則將這兩部作品定位為「非傳記，自然也是非小說，或許是介於文學、社會學和歷史的東西。」她欲呈現給讀者的，不是輕薄小品，而是她對周遭環境多年來的某些觀察心得陳述。

二、與其他作家之對比

　　艾諾採取傳記式文體的寫法，收集過去的片段回憶，再加入時代背景及當時的社會狀況，目的就是想以客觀的角度來分析時代的造化弄人和她與父母之間的關係，艾諾出奇的冷靜態度不由得讓人聯想到同是出生於諾曼地一帶的十九世紀寫實主義大師福樓拜，她亦粉碎了一般人對女性濫情和歇斯底里的刻板印象。另外，同是描寫自己的父母，《位置》和《一個女人》就不似出生於法國南部的作家馬瑟・巴紐爾的《爸爸的榮耀》和《媽媽的城堡》那麼溫馨感人，在她冷調的筆觸下，情感表現有時卻更澎湃、更複雜。

　　尤其在《一個女人》中，艾諾是從趕往安養院善後寫起，頗神似卡繆在《異鄉人》裡描繪墨索爾母親在養老院去世後的情景：兩者的句子同樣簡潔，不過《異鄉人》的主角顯得較冷漠，而《一個女人》則將人、事、時、地交代得一清二楚。又《位置》中作者參加教師甄選那段，和莫索爾入法庭受審那段有些雷同之處：他們都是等待被「拷問」的對象，卡繆與艾諾對「顏色」都做了精彩的描繪：莫索爾是在一間幽暗的小房間等著受審；艾諾

則在「土黃色地毯的圖書館」中候考。上法庭後，墨索爾見到的是「三位法官，兩位著黑衣，第三位穿紅袍」；還有艾諾在面對的三位口試委員時發現，其中那位近視眼女士穿著粉紅色鞋子。此外，他們同樣不被周遭人所了解，只好活在自己的小天地裡，尤其艾諾甚至視那次教師甄試為一種對她原屬之階層的「背叛」，因為她即將有機會成為所謂的知識新貴，這是一種「罪過」。

另外，值得一提的還有艾諾將母親之死與西蒙·波娃去世相提並論，加以聯想，她這麼寫的：「她比西蒙·波娃早死一週。」身為女性知識份子，她受波娃女性意識的影響，斑斑可見；其實《第二性》就是啟發艾諾另一作品《冰凍的女人》（*La femme gelée*）的重要靈感來源。而波娃在1964年5月《摩登時代》（*Les Temps modernes*）中〈一種溫柔的死〉（*Une morte très douce*）一文，寫的便是關於自己母親與丈夫及兩位女兒的關係，這點不得不令我們聯想到艾諾的《位置》和《一個女人》，並可與之做比較。此外，艾諾父親過世前，她發現母親在陪伴父親時的隨身書，就是波娃的《滿大人》（*Les Mandarins*）。或許艾諾的母親也想藉波娃的小說，對自己女兒或自我做更進一步的了解也說不定。

三、寫作動機

那麼艾諾寫這兩本書的動機為何？她最重要是欲表達追念父母之情，向他們懺悔，並對他們所代表的社會階級致敬。因為在她青少年時期，由於接受了良好的教育，卻不知不覺以父母的社經地位為恥，她「背叛」普羅階級，搖身一變為知識份子，嫁的對象也是布爾喬亞階級。艾諾要寫出她無心的過錯，向這個社會吶喊，由於它的不公平，造成了許多的遺憾：「我最大的恥辱是曾以我的父母為恥。令我羞愧的，就是這種行為，而我真的沒有責任，那是這個不公的社會造成的。」因此，她決定以自己父母為例，替

千千萬萬和她父母一樣無法用文字表達情感的人以最平實的寫法（écriture plate），儘可能中立地（le plus neutre possible）道出他們的心聲，並懺悔自己年少時的懵懂無知。

四、作者對父母的描繪

❶ 父親

首先，艾諾忠實地以平實的筆觸描寫父母親的話語、動作和品味：父親「老實的扮演自己的角色：老實的房東、忠誠的丈夫。他不貪心、不奢求，只要別人對他沒有什麼嫌棄即可，保住面子和基本的尊嚴最重要」。

她記憶中父親「總是穿一樣的襯衫和背心」；「他一星期刮三次臉」，也就是說，只要鬍渣沒長太長，他並不想去打理它，反正也沒什麼應酬；此外，「他不用樓上浴室，反而習慣用廚房的水槽」，似乎他永遠無法褪去普羅階級邋遢的習性。女兒結婚時送父親一瓶刮鬍水，他一直沒用，甚至認為化妝品是女人才用的玩意兒、奢侈品，而且上面還寫著英文「after-shave」，太虛榮了，要不是對女兒的愛大於一切，他不會答應改天會用用看的；而且，女兒結婚當天，才見到他使用袖釦。

❷ 母親

艾諾仍拿顏色做文章，清楚地勾勒出父母親的影像：母親則「是個十足的老板娘，總穿白色衣衫，而他（父親）看店時就穿那件藍色工作褲」。「她始終染著頭髮，穿高跟鞋，可是下巴有鬍髭，她總會偷偷燒掉它，戴的眼鏡鏡片上有遠近兩個焦距。」足見艾諾的母親是個注重外表裝扮的女性。

五、家庭照片之比對

❶ 父親

　　或許文字陳述不夠逼眞，但照片會說話，在衣著方面，尤爲突顯，譬如艾諾父親的裝扮就是典型的藍領階級：

　　相片，是舊的，花紋裁邊，照的是排成三行的一夥工人，都注視著鏡頭，全戴著大盤帽。

　　一張在河邊小院子裡照的照片。捲起袖子的白襯衫，看似法蘭絨料子的長褲……他四十歲……背景有廁所和洗衣間，中產階級的有錢人不會在相片裡挑這樣的背景。

　　他穿著套裝，深色長褲，襯衫外面罩淺色外套並打條領帶，這張照片星期天拍的，上工日他都穿藍色衣服。

　　當時的相片是黑白的，顏色則是艾諾爲讀者著色的。
　　女兒在他生命中是很重要的，當她騎她第一輛單車時，父親找人幫他們父女倆照相：「我站在他身旁，洋裝隨風飄，一雙手肘就放在我第一輛單車的車把上，一腳踏在地上。他則一手搖晃著，一手叉腰。」、「我們總是和自己引以爲傲的東西一起合影，譬如：店鋪、單車，後來是小汽車，他（爸爸）一手扶著車頂，並誇張地展現他的外衣。他沒有一張相片是面帶笑容的。」

❷ 母親

　　至於母親的裝扮，則是蠻時髦的：

「一張黑白相片，不過彷彿可以看到她紅棕色頭髮，她黑色羊駝毛套裝的光澤。」這也是艾諾憑記憶上色的。又「她想要模仿報上的時尚，趕著流行剪了個短髮，穿短洋裝並抹眼影，塗指甲油。她笑得很大聲。」女人愛美似乎是天經地義的，如同她母親認為的，在那個時代，除此之外，婚姻幾乎是她一生最重要的事：

在她的結婚照裡，可以發現她裙子露膝。她眼睛一直瞪著蓋到眼睛上方的面紗。她酷似莎哈貝納。而我父親則站在她旁邊，留著小鬍子並「掛著小領巾」。他們兩人都未面帶微笑。

結婚照裡，她臉龐勻稱像聖女，沒有血色，有兩絡捲捲的鬢髮，頭紗箍著頭，遮到了眼睛。胸部、臀部很飽滿，還有一雙美腿（禮服沒有遮住膝蓋）。沒笑容，表情安詳，有點嬉耍的味道，目光裡帶著好奇。而他，蓄著小鬍子，領口打蝴蝶結，顯得老多了。他皺著眉，神情嚴肅，說不定是擔心相片拍壞了。他攬著她的腰，她把手搭在他肩上。

在《位置》裡，艾諾注重的是母親的衣著；然而於《一個女人》中，艾諾則把重點轉到母親的容貌與身材。倒是母親露膝，父親的小鬍子，還有兩人僵硬不笑的表情，都出現在兩本書中的相片裡。可見就算是同一張照片，也會因瀏覽者觀看時空、角度不同，而產生大異其趣的感受。

❸ 艾諾與姊姊

除了以父母的相片作印證外，艾諾也將自己和從未見過的姊姊模樣，透過照片介紹給讀者：

(1) 自己

　　「我當時八成沒什麼美學概念，不過我還是曉得如何展現自己的優點；身體傾斜四分之三，好遮住我窄裙裡的肥臀，突顯胸部及額頭上的瀏海。我面帶微笑好讓自己看起來較溫柔。我十六歲。」少女時代的她是愛美的，曉得自己身材的優缺點。

(2) 姊姊

　　「在一張照片裡，她看起來比她真正的年紀大一點，細細的腿，膝蓋骨突出。她面帶笑容，一隻手遮住額頭，擋住陽光射進眼睛。」

　　「在另一張照片裡，小女孩繃著臉，站在第一次領聖禮的堂姊旁邊，不過她仍伸著手，一邊玩著自己張得開開的手指頭。」

　　由這段描繪我們可看出艾諾詳盡指出照片中呈現的肢體語言，代替她可能不甚確切的陳述。

六、飲食

　　一般而言，飲食時是人們心情最放鬆的時刻之一，因此行為舉止也最自然流露。從布爾喬亞的飲食文化來看，艾諾父親的餐桌禮儀很差，他習慣早晨喝湯，聲音好大；下午五點吃的點心是蛋、白蘿蔔、煮熟的蘋果這些便宜的東西；晚上喝碗濃湯，他不喜歡美乃滋、複雜的醬料、蛋糕，然而這些都是中上層社會經常食用的食品。

　　她父親還認為一週上四次肉舖是件奢侈的事，殊不知社會已演變為餐餐有肉吃。尤其老年後，食物對他而言很重要，牛排或魚肉下鍋前，他都得聞聞看新不新鮮；在咖啡店裡，他對菜單上的菜色如數家珍。這些事例可看出他仍保留農夫的生活模式，節儉又規律。

七、老年

　　不論《位置》或《一個女人》，兩書都是以「死亡」為起點，艾諾雖然對父親之死做了詳盡的陳述，但畢竟她父親是死於心肌梗塞，四天就過世了，何況艾諾是在父親已故多年後，才動手寫《位置》，記憶總較模糊；不過我們仍可從文中得知她父親老年時不願上醫院：一則嫌貴，一則怕死的時候，親人不在身邊。隨著物質生活的改善，一個人的生活方式或多或少會改變；可是他父親隨著年歲的增長，以不變應萬變，對於習慣的口味、食物更是眷戀、在意，也越來越缺乏安全感，想抓緊身邊的一切人、事、物。

　　而她母親則得了阿茲海默症（Alzheimer），最後日漸虛弱，才撒手人寰，且艾諾不久後便著手寫《一個女人》。因此她對母親老年時的退化現象描繪得非常仔細，尤其在《一個女人》中最後十頁，她用了許多負面字與否定句，形容母親的日漸衰弱，更增加了悲哀的氣息及對年邁長者的不捨：

　　她很容易神經質，總不停的說，「那讓我倒胃口」，……她也容易恐慌，光是收到一張退休金的對帳單，一張記錄著她有筆收入的通知單，她就著急，……在她信裡總會漏幾個字，信寫得更少，也更短。

　　去買東西的時候，她發現所有的商店都關門了。她的鑰匙老是不見。拉・荷杜郵購公司（La Redoute）寄給她一些她沒有訂購的物品。她對伊夫托的親人越來越不客氣，指控他們那些人覬覦她的錢，不願意和他們再往來。一天，我打電話給她，她惱怒的說：「住這窯子我已經受夠了。」好像她咬牙硬撐著某些無法形容的潛在危險。

　　她忘了事情的次序，不知道事情該怎麼做。再也不知道要怎麼把杯子、盤子放在桌上，怎麼關掉房間的燈，……她穿著舊裙子，以及補過的襪

子，這些都是她不願意丟掉的，……她再也沒有別的情緒，只有憤怒和猜疑。

早上，她不想起床。她只吃乳製品，以及甜食，別的東西都會吐出來。

那對她也無所謂了，不管丟的是什麼，她沒有想到要再找回來。她想不起來哪樣東西屬於她。她再也沒有自己的東西。……她已經沒有任何羞恥感，包著尿布尿尿，狼吞虎嚥用手抓著吃。

八、宗教

艾諾父親不上教堂，認為那是布爾喬亞聚會的場所，不適合他這個平民，「認命」的他這樣就夠了，沒品味，不趕流行，不求改進，就這樣簡單過日子。他太太一直想改變他，最後不得不嘆氣道：「他永遠不會改變的。」（Il ne change donc jamais.）

而她母親喜歡上教堂，唱聖歌，結交一些「高尚」、較「文明」的朋友，並送女兒上教會學校，還希望丈夫也跟她一塊常上教堂。這些意味著可以「去掉她的壞習性。」脫胎換骨，飛上枝頭變鳳凰。這對夫妻雖生活在同一屋簷下，但似乎成長方向漸行漸遠，女兒夾在中間，有時難免無所適從。

九、親情

❶ 父愛

一向不修邊幅的父親，「當女兒有朋友來家裡，他則想盡辦法給足面子，未來女婿來時，他更是穿西裝打領帶接待。」艾諾直到父親過

世，才發現「爸爸錢包裡一直放著張她考取師範學校的剪報。不善表達的父親，原來是默默地以他的方式關愛著愛女」。

父親的痛苦是，除了有個強勢的妻子外，和女兒又沒話說，而且也不便和別人啓齒；譬如，他就不知如何向友人交代女兒這麼大也不幫忙家事、張羅店面。其實就是萬般皆下品，唯有讀書高這種觀念在作祟。弔詭的是，女兒的學業、事業有成是父親的期望，但這也是造成父女關係緊張的根源，他深知自己在這個家幾乎是個無用的人，也就因此經常沉默不語，悶悶不樂。而女兒的痛苦則來自於父母的文化水平，令她在同學面前抬不起頭來；她得不到一般人所享有的藝文休閒生活，覺得自己有時很笨拙、魯鈍，自卑心油然而生。

❷ 母愛

「她最大的願望就是給我她以前所沒有的」（Son désir le plus profond était de me donner tout ce qu'elle n'avait pas eu）（譬如，要是我跟她說班上有位女同學有一塊摔不破的墊板，她立刻就會問我，我想不想要一塊一樣的：「我不想讓別人說妳比不上人家。」）我們也可看出，母親會常以物質方面的滿足，表達愛意。父母親也深知他們自己的經濟狀況，他們只有一個小孩，並希望她快樂。

母親比較會表達對女兒的愛：她給女兒許多暱稱，「她常打我，不過五分鐘後又把我抱在懷裡說我是她的寶貝。」小孩長大後，她就「母代父職」，「帶女兒去盧昂看古蹟和去博物館」，母親利用所有時機給她買玩具和書籍，她帶她看醫生，天冷了買衣服，鞋壞了買雙好鞋，老師規定的文具一樣也不少……只要能滿足女兒物質方面的需要，她一點也不吝惜。

「工作、家庭、國家」（travail, famille, patrie）這是當時的口號，也是當時社會的氛圍。他們要女兒功成名就、有社經地位、不被瞧不起、女兒要比父母更上一層樓。

由《位置》和《一個女人》裡我們可以發現，艾諾的父母辛勤工作一輩子，追求的不就是所謂的家庭幸福嗎？但財富的累積，並不與幸福成正比；他們老來雖然較富有，尤其父親卻比較不快樂。本來他們是希望自己社經地位提高後，不會自慚形穢，不會被人瞧不起，不會坐吃山空，沒想到他們最大的悲哀竟是感受到女兒不屑的眼光！那麼養兒育女的意義又何在？事實上，一家人雖住在同一屋簷下，夫妻成長步調卻迥然不同，更遑論和女兒的相處之道了，這實在是個無可避免的結果。母親雖然很注意打扮，她一直認為這是身分地位的表徵之一，為了好看，她是肯極力減肥的。殊不知一雙大手，硬是遮不住一生的操勞，無形中也暴露了她的社會階層……。

　　因為不喜歡爸媽那種生活環境，她選擇逃避、背叛，乾脆常在房裡，不願和父母或他們的朋友見面，只活在自己的象牙塔中。但由於外表與母親有多處相似，深怕自己以後會跟母親一樣：

　　我以她的粗魯行為舉止感到可恥，更糟的是，我強烈地覺得自己好像她。

　　我也認為2000年左右的某一天，我也會是一個在一旁折餐巾的婦人。

　　幾乎每晚我夢見她。有一回，我躺在河中間，兩河交會處。我的肚子，生殖器像個小女孩般光滑無比，軟軟的，漂浮著，這不僅是我的性器官，它也是媽媽的……。

　　雖然艾諾當時不想跟母親有任何關係，且更覺得父親是多餘的：「我覺得我們倆都是媽媽的情人。」；「咱們不需要他。」

因此，寫《位置》和《一個女人》這兩本書，對艾諾而言，還有附帶療傷止痛的作用，她藉由寫作誠懇道出自我心聲及對父母的敬愛與歉意，以減輕長期積壓的罪惡感。

十、文化代溝

代溝源自人們所接觸不同社會階級的價值，它會在文化、教養與品味上形成極大的差異，背後有人性、時代與命運之拉鋸。

父母親的期望是兒女更上一層樓，這原本無可厚非，但要進入那個圈圈，首先要充實自己的學識，模仿他們的生活方式，思想模式，然而她的家庭卻無法改變也無法提供這種氛圍。星期天小店裡客人更多，父母比一週任何一天還累，根本不可能陪她休閒，就算母親抽空帶她去看梵谷作品，附庸風雅一番，還得「找本字典好告訴她誰是梵谷」。60年代，正是法國鬧學潮的時候，年輕人對左派思想狂熱不已，父母親則對政治一無所知，僅擔心事情如何善了。艾諾當時只是慶幸自己的家庭屬於工人階級，唯有這點可暫時麻醉她對自己出身的自卑感。

骨肉情深似乎在艾諾童年時期是不存在的，尚不太懂事的她，不屑自己所擁有的親情，對父親的行徑表示反感：父親還是過他的通俗文化生活，愛講黃色笑話，唱小曲兒，看馬戲團表演，看笑鬧片……但漸漸長大的女兒卻一點兒也無法苟同這些她認為低俗的休閒活動。而父親總是帶女兒去看馬戲團，看笑鬧片、煙火……，以為小孩也會喜歡，小時候，父親也常牽著她的手去市集，然而旋轉木馬卻把她嚇壞了。再者，父親從不懂得如何用語言來表達對孩子的疼愛，就算親吻，動作也很魯鈍，然而這在法國布爾喬亞階級看來，是最基本的教養之一了。

此外，她發現父親在她面前手拿黃色書刊，並也不以為忤，這確實和她在學校所接受的教育格格不入，更不願找同學來家裡玩。而父親仍拒絕轉變，曾對女兒說：「書、音樂，對妳是好的。我，我不需要靠它們活著。」只有在他第一個女兒（艾諾的姊姊）病逝時，「我們聽見他在街頭大叫，呆滯了幾個禮拜，然後陷入極度憂鬱，他不說話只是朝窗外看，活動範圍限於自己座位到餐桌。他常無故的自己打自己。」才明白看出他對女兒的珍愛。

　　父親並非完全未察覺和女兒之間的隔閡，只是默默地承受現實。不過，他也曾想在女兒面前想表示自己法文程度不錯，結果聽力測驗結果，一敗塗地，覺得很沒面子，再也不敢跟女兒舞文弄墨。女兒糾正父親所犯的語言錯誤，令他十分生氣，從此再也不多說什麼，也不敢提自己的童年往事，只講些家常話，非常低調，至少他認為這樣才不會丟臉。傳統上許多男人總喜歡在女人面前表現一副無所不知的樣子，他們就是解決問題的英雄；然而她父親竟在女兒面前出糗，簡直是顏面盡失，自尊心嚴重受損，於是他選擇鑽回他那「安全的殼內」，不越雷池一步。

十一、遣詞用字

　　在《位置》中，有許多斜體字，這些代表的是地方慣用語，也間接標示了艾諾和父親的距離，他們之間缺乏「共通的」語言。而在《一個女人》中，她大量引用母親說過的話，而不用斜體字，這表示母親和女兒是使用「共同」語言的，她們說話有交集。

　　艾諾母親曾是工廠女工，當時結婚的對象是農夫，不過一心想做小生意，試圖改善自己的語言表達能力，努力學習提升自己的層次。待丈夫過世後，她甚至搬去和女兒住，開始跟女兒過布爾喬亞的生活，說話特別小心，絕不滿口粗話，她也很自豪自己能自制不說髒話。不論她是有虛榮心或

企圖心，她至少一向都是想力爭上游：「未婚前，她喜歡閱讀手邊的任何書籍，唱新歌，化妝，和朋友一起出去看電影，看戲……」。婚後仍是如此，她母親很努力，試著學習女兒使用的語言：一則是出於母愛，二則是對學問的尊重，三是有虛榮心，她會試著「讀貝納諾（Bernanos），莫里亞克（Mauriac）和柯蕾（Colette）的作品。」對她而言，「欲更上一層樓，就是要學習」。她還看布爾喬亞常閱讀的《世界報》和《新觀察家雜誌》，有時也到朋友家喝下午茶。但她是真喜歡還是把它當作身分的象徵？「我不喜歡，不過我什麼也不說！」她母親是不斷在學習和成長，想「脫胎換骨」；不過到了老年，她還是會「回頭看她的主婦雜誌和言情小說……」，流露原來的習性。

十二、結語

　　艾諾就曾表示過，影響她一生最大的就是她母親：首先，她是一位個性很強，極有主見的女人。她替女兒鋪的路，並非一般女人走的，她要女兒追求學問，與男人平起平坐，在社會上有一席之地。母親雖是個一般女性，但愛看書，認為女兒從事寫作很正常，女兒第一本書出版這件事，是她一生最快樂的事，若有機會訪談艾諾母親，她說不定會講出她身為女人「有志難伸」的苦悶吧。此外，她母親一直是他們家中的經濟支柱，令艾諾亦學著凡事自主。母親是個外向的女人，不喜歡做家中瑣事的她，喜好到城裡走走，不似父親那麼畏縮，這樣的母親給她很多自信，也粉碎了女性活動空間必定小於男性的迷思。將艾諾或她母親歸類為女性主義者，或許過於武斷，但她們確實是屬於具女性自覺意識的人，並在生活中表達她們的想法，展現她們的能力。反觀，社會上不少男性，就如同作者父親，他們或許是個好人，但畏怯改變，拒絕成長，這反而造成了兩性關係某種程度的失調。

 # 莫迪亞諾

（Patrick Modiano，1945-）

（2014年諾貝爾文學獎）

莫迪亞諾的父母在第二次世界大戰期間相識於巴黎，而後，便開始了他們之間半隱密的關係，1945年於布隆尼（Boulogne-Billancourt）生下他。莫迪亞諾孩提時代的家庭氣氛是：父親經常不在家（那時他父親在從事走私活動，他常聽到關於大人講父親遇到了什麼麻煩；而母親又常常需要出門旅行（他母親是演員），莫迪亞諾則必須靠政府資助完成中學。那時，他和兄弟呂迪（Rudy）相依為命，不幸的是，呂迪在十歲時生病去世（莫迪亞諾則在1967年到1982年期間的作品前面都寫上獻給呂迪）。呂迪的過世代表了他孩提時代的結束。

莫迪亞諾就讀喬沙（Jouy-en-Josas）的孟賽（Montcel）小學，在上薩瓦省的聖約瑟夫中學（Collège Saint-Joseph）和巴黎亨利四世中學（Lycée Henri-IV）唸書。在他亨利四世中學期間，教他幾何的老師是著名作家雷蒙・格諾（Raymond Queneau），雷蒙・格諾也是莫迪亞諾母親的朋友。他在阿訥西（Annecy）獲得了高中畢業文憑，但沒有繼續再接受高等教育。

認識《薩奇在地鐵》（*Zazie dans le métro*）的作者雷蒙・格諾對他來

說起了關鍵的作用。格諾把他帶進了文學界，使他有機會出席伽里瑪出版社（Edition Gallimard）舉辦的雞尾酒會。作者就是在伽里瑪出版社1968年出版了第一部小說《星星廣場》（*La Place de l'Etoile*）。

2012年，《星星廣場》推出了德文譯本。該譯本為他贏得了德國的西南廣播公司最暢銷書排名獎（Preis der SWR-Bestenliste）。獲獎公報上寫道：這部小說是後猶太人大屠殺時代的一部主要作品。令人驚奇的是莫迪亞諾的大多數作品都譯成了德文，唯獨這部舉足輕重的作品（而且是處女作）譯本整整晚了四十二年，因為該小說曾頗受爭議，其中有多處具諷刺性的反猶太主義內容。由於同樣的原因，該書的英譯本遲未出現，但在他獲得諾貝爾文學獎後，有所改變。

而1972年出版的《環城大道》（*Les Boulevards de ceinture*）則榮獲法蘭西學術院的小說大獎，1978年他又因《暗店街》（*Rue des boutiques obscures*）獲得龔固爾獎。此外，莫迪亞諾也曾與路易·馬盧（Louis Malle）合作寫電影腳本《拉貢伯·呂西安》（*Lacombe Lucien*）。1973年，莫迪亞諾和多米尼克·哉荷福斯（Dominique Zehrfuss）結婚，曾發生一段小插曲：他們結婚當天，男儐相格諾和岳父的朋友馬樂候（Malraux），兩個人激烈的爭論著關於讓·杜布菲（Jean Dubuffet）的話題，結果配角反而成了主角！莫迪亞諾夫婦婚後育有兩女吉娜（Zina）（生於1974年，電影製片人）和瑪麗（生於1978年，演員），其中一位會中文。

《環城大道》（*Les Boulevards de ceinture*, 1972）

敘述者為尋找父親，到一個位於楓丹白露周邊的小鎮，當時正值德軍占

領時期。這位父親是怎樣的一個人？走私商人？遭迫害的猶太人？他為何置身於這些人之間？敘事者鍥而不捨的追蹤這位幽靈般的父親。

《戶口名簿》（*Livret de famille*, 1977）

本書有十四則小故事，而莫迪亞諾的自傳則混藏在這些想像的記憶中，莫迪亞諾亦描繪了法胡克（Farouk）父親遭蓋世太保狙擊的那一夜，而母親則是安維爾（Anvers）舞廳的一名舞女，其中場景類似他的青少年時期及其家人。這些都一點一滴建構了《戶口名簿》。

《暗店街》（*Rue des boutiques obscures*, 1978）

警局職員季羅蘭（Guy Roland）在辦理找尋一名失蹤多年的案子，發現自己多年前失憶，認為也有必要對自己的身世有所了解，於是開始尋根。他收集了一大堆蛛絲馬跡，以證明自己的身分；透過所有認得他的人，如貝多（Pedro Mc Evoy）、海倫（Hélène Coudreuse）、費迪（Freddy Howard de Luz）、蓋依（Gay Orlow）、代代（Dédé Wildmer）、司古菲（Scouffi）、露比羅莎（Rubirosa）和蘇娜西哉（Sonachitzé）等，替這個漂泊的靈魂找到一些答案。

《戴眼鏡的女孩》（*Catherine Certitude*, 1988）

這是一個戴眼鏡的女孩和父親兩人在巴黎第十區度過的一段童年故事。他們住在一間倉庫樓上，父親進行詭異的轉運工作，母親則曾為一位舞者，人在紐約……。諷刺的是，女孩姓Certitude，法文的字面意思為「肯

定」，然而她的家庭生活卻帶給她漂泊不定的感覺。莫迪亞諾以其獨特的簡單倒敘法，帶領我們進入這些小人物的世界，平實的情節中包含一種生命的深度，之間並穿插了桑貝的趣味插圖。它被歸爲青少年讀物。

《緩刑》（*Remise de peine*, 1988）

在一座兩層樓的房子，正面牆上爬滿了常春藤。於花園一座平臺深處，吉約坦（Guillotin）醫生的墳墓掩映在鐵線蓮之中。他曾在此改進他的斷頭臺嗎？年少的「我」和弟弟居住在這棟屬於三個女人的別墅裡。周遭的成人世界充滿謎團：房子爲何沒有男主人？阿妮爲何徹夜哭泣？洛里斯通街的那夥人在幹什麼買賣？科薩德侯爵是否會半夜回到城堡？「我」在看「我」，在聽「我」，「我」在想，到底發生了什麼事？乃至於人去樓空？「我」知道，一定發生了很嚴重的事，因爲警察來了。

《夜半撞車》（*Accident nocturne*, 2003）

深夜，一名孤獨的青少年在莫離街頭漫步，被一輛湖綠色的飛雅特轎車撞倒，他和肇事的雅克琳娜·伯賽爾讓一同坐上警車，被送往醫院。待清醒時，卻隻身躺在一家診所，而那名女子已不見蹤影，留下一筆錢。爲搞清事實，出院後，他依一個不確定的地址，開始找尋這位女子，而肇事的那輛車，便是重要的線索。這女子令他想起另一名女子，湖綠色的飛雅特則使他想起一輛小貨車。尋找過程就猶如一個回憶的過程，想起早年生活的片段，重新思索自己過去的生活。最後他找到雅克琳娜，一切又回復平靜。

《在青春迷失的咖啡館》
（*Dans le café de jeunesse perdue*, 2007）

塞納河左岸拉丁區一家「孔代咖啡館」，吸引了一群居無定所、放蕩不羈的青年，其中露琪特別引人注意，書中四人（大學生、私家偵探、本人、作家朋友）共同敘述這女子短暫的一生……。

夜晚走在街上的時候，有時會彷彿聽到一個聲音在喊著莫迪亞諾的名字，那聲音略帶拖音且有些沙啞，他立刻辨認出來：那是露琪的聲音。但當轉過身來，卻不見一人。不僅是夜晚，甚至是夏日午後讓人不知今夕何夕，何年何月的那段時光，也會聽到那個聲音。一切會如以往般重新來過，一樣的白天，一樣的夜晚，同一地點，同樣的聚首，周而復始……。

《地平線》（*L'horizon*, 2010）

讓·博斯曼斯被解雇後，離開了呂西安·霍恩巴赫以前的辦公室，從此常做相同的夢。電話聲在空蕩蕩的辦公室響了很久，他在遠處聽到鈴聲，卻無法找到通往書店之路，他在巴黎如迷宮般的小巷中迷了路，醒來後在地圖上卻找不到該處。不久後，他在夢中不再聽到電話鈴聲。沙漏書店地址已不復存在，由漢堡或柏林寄來的信絕不會送到那裡。瑪格麗特的臉最終消失在地平線……。《地平線》集合了許多激勵人心的故事：遺失、過去、戰爭、巴黎、跟蹤、威脅、多重身分。莫迪亞諾編織了一條迷人的路線，令讀者沉浸其中，但從未到達目的地……。最終他找到瑪格麗特在德國的地址，決定去找她，但書中並未出現大團圓的結局……。

由以上多部小說內容來看，我們不難發現莫迪亞諾多是對於尋找記

憶、身分、離散、遷徙這些主題反覆書寫：「他的數十本小說都在為這些主題增加級數、製造疑團直至其形成一個巨大的迷宮，在這迷宮裡，人們如捉迷藏的孩子，最後遺忘了遊戲本身，被命運所召喚而消失在迷霧中。」

莫迪亞諾生於1945年，嚴格地說，他並未親身經驗過納粹占領時期生活，最多只是聽聞父母那一代人講述。莫迪亞諾執意鑽研這些懸念，除了想對自己的身世更加明瞭，並對當代的曖昧特質多所著墨：在德據時期，有些人為了生活，模糊了道德界線，他們並非抵抗者（les Résistants），而是告密者、走私販、歹徒或芸芸眾生，甚至無形中參與了淪陷區的建設，變為「共犯結構」，一起促成了平庸之惡。

面對多數歐洲人二戰後不願直視戰爭議題與自我反省，莫迪亞諾則將其作品內涵拉升至更高的人性道德層面。諾貝爾文學獎委員會對他的讚許就是「用回憶的藝術喚醒了最難以捉摸的人類命運，並發掘出納粹占領時期的世界。」甚至有人稱之為「當代的普魯斯特」。

我們無須卻步於他「當代普魯斯特」的稱號，或諾貝爾獎文學獎得主的光環，其實，他的作品並不厚重難懂，且大多為小品。此外，莫迪亞諾也是席孟農（Georges Simenon）的粉絲，他常運用偵探小說的形式，揭開故事的發展序幕，並撰寫人性的幽微；內容具青春氣息，有時還注入些許幽默，令不少讀者在其中甚至尋獲自己的身影。

艾薛諾茲

(Jean Echenoz，1947-)

艾薛諾茲生於法國南部的橘市（Orange），父親是心理醫生，家境不錯，曾於里昂、艾克斯、普羅旺斯、馬賽、巴黎各地求學，1970年起定居巴黎，並短暫在《人道報》（l'Humanité）和法新社當過記者，且曾考慮想當大學教授。1979年處女作《格林威治的子午線》（Le Méridien de Greenwich），初試啼音即獲費內隆獎（Prix Fénélon）。如今，他已在子夜出版社（Minuit）發表了十七部小說，並獲獎無數，其中以1983年的《謝洛基》（Cherokel）獲麥迪奇獎（Prix Médicis），還有1999年的《我告辭了》（Je m'en vais）榮獲龔固爾獎最受矚目。

《我告辭了》（Je m'en vais, 1999）

離開親密愛人的第三十六計——逃

地鐵、工作、睡覺（métro, boulot, dodo）是巴黎人為生活下的註腳。這部小說充滿巴黎元素，艾薛諾茲把都會人好色、近利、過勞、率性、懵懂度日等特色，描寫得十分傳神。但如果他只是著名城市描繪者，那就太乏善

可陳了。艾薛諾茲還十分巧妙地穿插了人跡罕至的極地生態、北國風光,並將溫度、情緒也融入其中,它與熙熙攘攘的大城形成強烈的對比。

一、都會元素 vs 生態景觀

這部小說中也有情色、金錢、暴力,但如果只是煽情的言情小說,描繪一對夫婦拆夥,男方從此濫情的話,充其量就僅止於廉價的都會愛情故事。而艾薛諾茲在此卻將藝廊、寶藏、失蹤、失竊等事件串在一起,儼然有偵探小說的態勢,不過其中對人性的探討,深刻了許多。

主角弗瑞與大多數人一樣,感情生活失意時,便把生活重心轉移到事業:尤其長途旅行,不失為沖淡一些俗世煩惱的方法。於是弗瑞由巴黎前往加拿大,北極,再回到巴黎;時空交錯,人事異位也不是每個人都有的人生體驗,不過又不是不可能,因此令人既嚮往又情怯。艾薛諾茲利用文字,又把你、您、他們、牠們混寫為一團,人稱交雜,如同極地的幻日現象,更使人有恍如隔世之感。

知性的是,我們從小說中得知,原來北極蚊子是怕香煙的,猛抽菸是唯一薰走牠們的方法;海豹全身上下都美味,脂肪還能用來點火照明和取暖,皮可做帳棚布,骨可製成針,肌腱可作成線,腸子還能製成透光窗簾!至於北極熊,竟都是左撇子,碰上了可千萬別奔跑,只能智閃;感性的是,人們有其生存之道:他們將診所漆成黃色,郵局漆成綠色,超市漆為紅色,替單調的白茫茫大地披上彩衣,且易於辨識。在冰天雪地待上一段時日,也就漸漸明白酒的用途:取暖、解悶。而看色情片則是重要的娛樂之一……孔子的食色哲學,在人煙稀少的極地,也是人類適用的法則。

二、小說情節

　　打開弗瑞的情史，確實是洋洋灑灑，不過亦千瘡百孔：一開始他拋下一切，搭上地鐵，堅決離開妻子蘇珊，投入羅倫絲的懷抱。但日子一久，工作一忙，當初的濃情蜜意早已雲消霧散，不中用的工蜂下場，就是被逐出大門！接著工作伙伴德拉耶又幫弗瑞介紹薇朵，結果女方是不告而別；旅行散心期間，他與船上護士布麗姬就像天邊偶然交會的小星星，露水之情更顯人生的虛幻；和鑪港女孩的那一段，也僅是相互取暖罷了，連個名字也沒留……。有時意中人可能遠在天邊，近在眼前，回國後，滿身「心醉神迷」香水的鄰居貝虹潔又填補了弗瑞的情感空白；最後，她卻突然搬走。後來他又勾搭上友人手機公司的女同事，結果也是不了了之。

　　而弗瑞在向銀行借貸到處碰壁之際，人生最低潮的時刻，將他送醫的是位神祕的陌生女郎海倫娜，她天天來探病，之後又幫忙經營畫廊，有聲有色的，這總該是他的心靈港灣了吧？！繞了這麼一大圈，弗瑞在歲末卻捨棄光鮮熱鬧的聚會，悄悄地乘地鐵回老家找蘇珊，可惜房子已經易主了。驀然回首，只見窗口一個少女向他招手邀他進去參加派對，喝一杯吧……。

三、弗瑞的漂泊人生

　　總歸納一下，我們可看出弗瑞對女人是採不拒絕、不強求、不負責的三不政策，他也不斷嚐到類似的報應。我們亦不難發現，他像隻寄居蟹，沒有女人活不下去，但又視感情如敝屣。他也是標準的都市叢林動物，隨時隨地伺機獵取尤物，卻從不覺得溫飽。他的矛盾人生是找不著出路的，這倒令我聯想起《愛到無路可出》一片的男主角法畢斯‧魯其尼（Fabrice Luchini），他頗適合詮釋這角色。

男女之間的分分合合，對弗瑞而言，已成家常便飯，可是友情的背叛，才令他難以容忍。這個近乎冷酷的巴黎畫商，當初百般信任不修邊幅，甚至邋遢的工作伙伴德拉耶，此人竟因財迷心竅安排自己詐死，又竊取弗瑞由北極運回的海底沉船寶物，並搖身化名為柏嘉內，住豪宅、著名牌、遠走他鄉。雖然弗瑞後來要回部分財物，但對人性已經不信任。

艾薛諾茲頗會製造懸疑氣氛，德拉耶「遺孀」、柏嘉內、貨車工人阿鰈算是主線，而薇朵、貝虹潔、海倫娜則是撲朔迷離的副線。又，柏嘉內在法國西南部一路碰上的陌生瘋女人、乘紅色摩托車司機和邊界海關，也都是耐人尋味的插曲。因此，這部作品也可稱之為「類心理偵探小說」。

四、精湛的寫作技巧

艾薛諾茲也喜歡在一章的句尾，丟下伏筆，尤其在小說後半部故事開始收線時。如「現在沒半個女人，不過這種情況不會持久。」（第十六章）；海倫娜吞吞吐吐不願告知職業（第二十四章）；弗瑞和海倫娜說：「明天見？」（第二十六章），句尾是個問號；柏嘉內發覺被跟蹤（第二十八章）；甚至第三十五章的最後一句：「我喝一杯，然後我就走。」（**Je prends juste un verre et je m'en vais.**）也是，面對女色，他真的馬上就走？再者，這和第一章的第一句「我走了。」（**Je m'en vais**）字面上是一樣的句子，但前者游移的口氣與後者堅定的口吻表達出來的意義截然不同，相互輝映。尤其剛開始，弗瑞強調：「我走了」，「我要離開妳。我把一切都留給妳，不過我要離開了。」（**Je te quitte. Je te laisse tout mais je pars.**）而弗瑞從頭至尾就沒反省，他一直是個自私鬼，每句都是我、我、我……。文中許多地方也是弗瑞一人自言自語，或是自問自答，這也是過獨居生活者常會出現的現象。

精彩部分還包括艾薛諾茲在第二十三章中描述弗瑞發病徵狀的那一幕，充分表現了他的文字技巧及影像呈現的功力：他從弗瑞的腦袋、前額、喉嚨、頸部、口、胸腔、四肢所能產生的生理疼痛感，夾雜了醫師的指責、鬱悶、憂慮、死亡等心理狀態，病狀便更顯得可怖了。另外，艾薛諾茲在第三十一章描繪嘴的功能，一口氣就用了二十三個動詞：呼、說、吃、喝、笑、吸、舔、咬、叫、唱、吐……，既維妙維肖，語言節奏又絲絲入扣，頗為逗趣；此外，上了口紅的脣一開一合那一幕，又是另一番感官領受。

　　作品中場景、時空的切割與轉換迅速，且十分流暢，又加入評論，足見深具文學技巧；起頭及結尾亦巧妙的串連成一個循環，字裡行間的影像性也極強，每一章節艾薛諾茲又都很會吊讀者一下胃口，令人欲罷不能。他更進一步將人性、感情與事業間錯綜複雜的情節建構出一部具涵義、富邏輯的小說，若能將之拍成電影，相信會更相得益彰。

 韋勒貝克

（Michel Houellebecq，1958-）

　　韋勒貝克是詩人、小說家，也是攝影師，1958生於法屬留尼旺島，但五個月後在阿爾及利亞由外祖母照顧長大，六歲後被送往法國，由祖母扶養。他的筆名Houellebecq其實是祖母的閨姓。而他的母親則和她的男友前往巴西過著嬉皮式的快意生活。1975年，韋勒貝克入巴黎農業高等學院，於1980年畢業。他曾從事過電腦業，在法國國會上過班，直到1994年首部小說《奮鬥場域的延伸》（*Extension du domaine de la lutte*）（英文譯本名為《Whatever》）才聲名大噪，成了文壇明星。他的第二部小說《無愛繁殖》（*Les Particules élémentaires*）更是一鳴驚人，引發許多爭議，有人認為太色情且血腥暴力。他2001年的《情色度假村》（*Plateforme*）在文壇上又丟下一顆震撼彈，於打書過程中，甚至還激起當時社會種族仇恨的氣焰，韋勒貝克因而遷居愛爾蘭多年，如今住在法國。2005年則出版了《一座島嶼的可能性》（*La Possibilité d'une île*）。2010年，他的《地圖與領土》（*La Carte et le Territoire*）榮獲龔固爾獎，同年也出了英文版《*The Map and the Territory*》。2015年1月，當《查理週刊》（*Charlie Hebdo*）內發生槍擊慘案之際，韋勒貝克的作品《臣服》（*La Soumission*）正值上市，書中內容預言法國將於2022年由穆斯林伊斯蘭律法執政。不過，當時出版社因

查理事件取消了小說宣傳活動，但在法國人的心理上卻造成極大的反響。

《無愛繁殖》（*Les Particules élémentaires*, 1998）

媒體經常會做一些有關性生活的調查：各國男女一週做愛幾次？男性或女性會有性高潮嗎？會假裝性興奮嗎？對性伴侶忠實嗎？曾出軌幾次？這些看似無聊的隱私問題爲何在各大小媒體不斷炒作歷久不衰，背後的原因才是社會人類學者與心理醫師有興趣的議題。

韋勒貝克《無愛繁殖》原名爲《基本粒子》，它無疑在文壇上投下了一顆震撼彈，他對60年代嬉皮文化、頹廢文化所孕育出的當代西方文明，既自私且自戀的個人主義造成彼此之間的冷漠與冷酷提出看法，並對宗教、種族、性別等敏感話題發表意見，其中多處以超現實、後現代的寫法呈現整個社會的荒謬性，若僅以色情暴力小說抨擊之，則有所偏頗、太過狹隘，不過此書的出版會上《世界報》的頭版，亦可說是其來有自。

一、宗教問題

在序幕中，韋勒貝克以表明自現代科學出現後，基督教（或天主教）的崩潰是無法阻擋的，這好比《現代啟示錄》（*Apocalypse Now*），宣示西方世界的敗亡，他不但指責基督教，並藉米謝・傑仁斯基同事迪斯布列尚之口，表達自己對伊斯蘭教的批評：「我知道伊斯蘭教——所有宗教裡頭最愚蠢、最虛假、最晦暗不明的一個——似乎勢力愈來愈龐大；但這只是一個表面的、過渡的現象：長遠來看，伊斯蘭是沒有出路的，這比基督教沒出路還確定。」

韋勒貝克並未就此罷休，繼續觸動另一根敏感神經——種族，在法國藍領階級中，不乏前殖民地的後裔，他們對法國社會當然有貢獻，但種族歧視的問題並未消弭，反而因經濟不景氣及保護主義的興起而越演越烈。

二、種族問題

克麗絲蒂安娜就曾說：「尼瓦翁是個充滿暴力的城市，住了許多黑人和阿拉伯人，前幾次選舉極右派獲得百分之四十選票。」而米謝乘「火車先穿過尼斯北城郊，擠滿阿拉伯人住的貧民公寓，色情網站廣告海報，這區『國家陣線聯盟』的得票率高達百分之六十。」字裡行間將色情與暴力和黑人以及阿拉伯人畫上等號，並以數據突顯法國人的排外情緒。安娜蓓兒的哥哥，因眼鏡事業不順遂，憤而投票給具法西斯色彩，誓言要趕走外國人的法國極右派「國家陣線聯盟」黨主席勒朋。

布呂諾在摩洛哥度假時，也流露出對阿拉伯人的蔑視：「那些阿拉伯人又討厭又粗野，太陽又太烈……」這不禁令人想起卡謬《異鄉人》中莫索爾槍殺阿拉伯人的「理由」。布呂諾自己還承認寫了一篇種族歧視的文章：「我們忌妒、崇拜黑鬼，因為我們希望自己和他們一樣重新變回動物，變回長著巨大陽具的動物，頂著一個小小的靈長類的大腦，就像是陽具的附屬品。」，並認為「黑鬼最痛恨猶太人」。

這些對宗教與種族挑釁的字眼自然會激起輿論一片譁然，且令韋勒貝克遭英國作家魯西迪被通令追殺的類似命運。但批判韋勒貝克小說傷風敗俗、充滿暴力情色及種族歧視者，卻不可否認他對女性有份特殊的好感與同情，甚至覺得韋勒貝克有「厭男現象」。

三、性別問題

　　韋勒貝克在描繪米謝祖母過世的情景時，是這麼寫的：「人類歷史上，這種人的確曾經存在過……。他們無法想像自己除了因奉獻和愛傾盡自己一生之外，還有其他生活的方式，通常這種人大多是女性。」或許有些人仍認為這段話反而突顯了女性被動及受傷害而不自知的特質，但三十年後，米謝對女性的良好觀感卻未改變：「沒錯，女人的確比男人來得好，她們比較有愛心、和善、具同情心、溫柔、比較不會崇尚暴力、自私、不斷想證實自己、殘酷；加之，她們比較理性、聰明、勤勞。」韋勒貝克並未如一般刻板印象認為情色文學中物化女性為男人玩物必是作品主軸。反之，他對男性是存有戒心的，米謝早就「明白要和那些殘酷的男生們保持距離；相反之，女性們就不必擔心，她們比較溫柔。」她們甚至還認為：「所有關於金錢投資報酬的話題都很吸引男人的注意，這是他們一大特徵之一。」

　　再者，韋勒貝克藉著近代調查數據或雜誌所言來印證他的看法：「今日的少女比較深思熟慮、比較理性，最注重的是她們的學業，最在意的是找到一個有前途的工作，和男孩子約會只不過是娛樂消遣的一部分，其中可能再加上一點性歡愉和自戀的滿足。再後來，她致力完成一個理性的婚姻，尋找在社會職業層面上差不多可以匹配的人選，加上不要相差太多的品味嗜好這些基本原則。當然，她們因此切斷所有幸福的可能性 —— 幸福是和所有實際理性的計算、妥協不相容的 —— 但是她們希望因此逃離折磨她們前輩們感情上、道德上的痛苦，這個希望很快就會幻滅，沒有激情的折磨，取而代之的是厭煩無聊，等待衰老和死亡的恐懼。」韋勒貝克除了發現女性已由感性轉變成理性，依附轉為獨立，但並不認為她們得以逃離感情與道德的折磨，衰老及死亡的恐懼仍是不可避免的；不過，試問男性沒有這個問題嗎？他們在你爭我奪的社會叢林中搏鬥之後，不也一樣感到厭倦無奈，在面對生老病死時的恐懼感與失落感同樣亦難以承受。本書中兩位男主角其中一人選擇自

殺，一人住進精神病院，不就是人類面臨崩潰下可能造成的兩種後果嗎？

四、結語

　　此外，韋勒貝克亦把個人許多殘酷的奇想以影像化的寫作手法彰顯出來，頗具超現實與後現代感，且常將人類與動物類比。譬如米謝的金絲雀從窗戶摔出去，落在大樓五層之下住戶的陽臺，他衷心祈禱對方家沒養貓；鳥的屍體丟到垃圾桶後，可能將有巨大蟲子會拔下牠的爪子，撕裂牠的內臟，戳破牠的眼球……；他還把自己想成一隻溝鼠，肉體持續著一個緩慢衰亡的程序。布呂諾則坦承手淫時被貓看見，他則用大石塊砸牠，結果腦漿四濺……；他還夢見自己變成無毛豬，被切下的頭顱爬滿了螞蟻，啃噬著腦神經……。他並寫了個有關天堂的電影腳本，場景在一座島上，住的全是裸女與小型狗，男人都死光了，女人們彼此愛撫，狗兒在她們身旁追逐嬉戲；小狗後來不愼溺水，女主人則以口對口人工呼吸救醒牠。由於這些片段中不難看出韋勒貝克對衰亡的焦慮，藉由作品中一幕幕強烈的景象來表達書中人物（或自己）內心的掙扎。最後，他其實也爲人類歸納出四種存在的可能性：有愛有性、有愛無性、有性無愛、無性無愛。其中以「有性無愛」爲未來社會最可能發展的趨勢，企圖以科技生殖法繁衍後代，而性交的功能則純粹是爲了肉體的愉悅。大家也不必想太多，吞一顆抗憂鬱藥丸即可解百憂，或許當面對自己滅亡時，就可輕鬆以對，平靜接受吧？！

 利特爾

(Jonathan Littell，1967-)

　　利特爾家族是十九世紀末從俄羅斯遷居美國的猶太人，強納森・利特爾1967年生於美國紐約，父親是知名間諜小說家羅伯・利特爾。三歲舉家移居法國，十三至十六歲回美國就學，但曾赴法國參加高中會考，之後進入耶魯大學，大學時並以英文寫下科幻小說處女作。利特爾認識《裸體午餐》作者威廉・布洛斯後，受到強烈衝擊，開始閱讀布洛斯、薩德、席琳、惹內和貝克特作品，他致力於將法國經典作家的作品翻譯成英文。

　　如許多作家一般，強納森・利特爾剛開始投稿時屢屢碰壁，沒有法國出版社願意出版，直到伽里瑪社慧眼獨具，才簽下了沒沒無聞的利特爾。然而，這竟是個奇蹟的開端！原來他自認只可能賣出幾千本，但首刷的一萬兩千冊竟在短短三天內就銷售一空！為了應付如雪片般湧來的訂單，出版社甚至不得不暫時停印當時正要出版的《哈利波特》第六集《混血王子的背叛》，最後並締造了超過百萬冊的驚人銷售成績！

　　除此之外，向來具排外性的法國文壇對於《善心女神》也表現出罕見的熱情。《善心女神》破天荒地先後入圍「龔固爾獎」、「賀諾多獎」、

「費米娜獎」、「同盟獎」、「法蘭西學術院文學大獎」、「麥迪奇獎」等六項大獎，並贏得其中最富盛名的「龔固爾獎」以及「法蘭西學術院文學大獎」，利特爾也成為有史以來唯一獲得如此殊榮的美國作家！法國評論界盛讚《善心女神》則可與托爾斯泰、杜斯妥耶夫斯基、福樓拜、史丹達爾等偉大作家的經典之作相提並論，《費加洛》雜誌更表示此書堪稱當代文學的里程碑，並將利特爾選為年度風雲人物。

利特爾的個性內向害羞，鮮少在媒體前露面，連「龔固爾獎」的頒獎典禮都請編輯代領。他認為讀者關心的重點應該是他的小說，而非作者本人。

《善心女神》（*Les Bienveillantes*, 2006）

自傳體小說長久以來都頗受歡迎，因為它是真人真事，文中往往自然流露誠懇與真切性，此外自傳體作品經常是作者心靈療傷止痛的最佳工具，許多女性作家亦藉由寫作達到自我覺醒、自我實現的目的。這部八十多萬字的鉅作，是美籍猶太裔作家強納森・利特爾花了五年時間完成的嘔心瀝血之作，這並非是他的親身經歷，但他卻能辦到「角色易位」，站在二戰時期德國人的立場，以第一人稱，撰寫回憶錄的方式，完成這本大塊頭的小說，實屬不易。

一、源起

在作品裡，主角麥克斯兩回提到他寫作的原因：首先，他自問自答，表示「為了打發時間，為了各位，特別為了自己……寫作對（我）會有幫助。」；寫到小說後半部時，他又說：「我承認，我翻出傷痛的往事，絕對不是只為了想討好各位，最終目的還為了自己，為了自己的心理健康，就像

人有時吃得太撐了，總要排泄才會好過一些，而排出來的東西是香是臭，就由不得我們了。」他的口氣充滿憤世嫉俗，似乎就是想一吐為快。其實，作者真正的寫作動機來自看到一張蘇聯游擊隊員卓雅‧柯斯莫德米揚絲卡雅遭納粹處決的照片，不過直到他2001年因公在車臣受傷後，更有所感，才動了撰寫《善心女神》的念頭。

利特爾也自承《善心女神》受到希臘悲劇《奧賴斯特》（*Oreste*）的影響，其中描述奧賴斯特為父報仇，手刃母親與情人，於是復仇女神開始追逐他，逼得他毫無立錐之地，近乎瘋狂。而「善心女神」（Les bienveillantes）是種反諷，指的正是「復仇女神」（Eumenides）。此外，本書內容包羅萬象，除涵蓋文學、歷史、哲學、政治、音樂和符號學，並穿插了偵探懸疑的情節，常以永無止盡不連貫的問與答和零星的畫面混亂交疊，時而倒敘，時而插敘，完全符合夢境、幻想混雜真實的荒謬邏輯，作品具極大的強烈影像感。

主角麥克斯是位法學博士，高級精英份子，愛好法國文學，尤以冒險故事還有史丹達爾與福樓拜為甚，且喜愛古典音樂，而法國十七世紀的曲子是他的最愛。一開始，我們很難想像他後來會因戰爭變成了殺人惡魔！不過，在當時德國的社會氛圍，確實瀰漫著達爾文進化論「物競天擇」的基本論調，它對人類文明發展影響甚鉅，已經到了驚人的程度。

二、戰爭三部曲

首先，利特爾在戰爭的各個階段，替它下了不同的定義：「戰爭初期，麥克斯認為『我們也許會錯殺無辜，這就是戰爭』。」、「戰爭是為了要達到世界觀的理想必然衍生的結果。」、「戰爭是一個腐敗墮落的童話國度，魔鬼孩童的歡樂天地。」、「戰爭是一場賭注，一場投入整個國家、

整個民族的豪賭。」到了中期，他已顯露出雄性好戰的特質：「前列腺和戰爭是上帝賜予男人的兩種天賦，以補償他們無法成為女人。」；到了大戰後期，他的說法又改變了：「……眼前唯一的希望，就是打贏這場戰爭。的確，只要戰爭勝利，什麼事都沒有了。」、「我們發動戰爭的目的在於淨化德國。」在麥克斯眼裡，這是背水一戰，死無退路，成者為王，敗者為寇，此乃是千古不變的法則，何罪之有？

　　於本書第十二頁中，作者對這個問題發揮了他的辯證能力：戰後遭受審訊，曾參與這場人類浩劫者，異口同聲地問：我，有罪？——護士沒殺人，她只是脫了病人的衣服，安撫病人的情緒，這都是她平常做的工作；醫生也沒殺人，他只是根據政府機構制定的標準，診斷病人的病情；打開毒氣開關的工作人員，他只是遵照上級和醫生的指示，執行一項純粹技術性的工作罷了；清理善後的那些人，只是為了維持環境衛生；警察只是依法執行公務，開立證明，再註明死亡原因，並未違反法律。許多人身不由己，或認為那只是小事。再者，為什麼這些人反而受絞刑、被吊死，而下達命令的殺人魔卻可逍遙法外，甚至大發利市？

三、殺人的藉口

　　欲加之罪，何患無詞？要脫罪有一種講法，若想殺人又是另一套說詞，而且那些道理邏輯似是而非，經過不斷的洗腦，多次的複誦，若干偏見似乎成了真理。譬如「大元帥認為同性戀是天生的騙子，對自己的謊言深信不疑，因而衍生出不負責任的心態，使得他們不知忠貞為何物，……。潛伏在同性戀者的潛在危機不僅是醫學病症和治療問題，而成了政治議題……」這種威權武斷的說法，一般人也無從反駁，或者該說，不知也不敢。女人也屬弱勢，因此「將女人們納入槍決行動，跟丈夫、兒子死在一塊，以目前非常時期看來，是最人道的解決方法。」一句非常時期，似乎所有的罪過都可

一筆勾銷。再者，爲了解決各種社會問題，在德軍高層「理性的分析思考後」，默許了許多暴行：「要處決的猶太人都是社會邊緣人，沒有價值，且爲德國當局所不容。此外，療養院的病患、吉普賽人及社會的米蟲都一概納入……」麥克斯還引述一名蘇俄政委的話，以支撐他當時的論點：「……對您們來說，猶太人、吉普賽人、波蘭人、精神病患都是這類人；而對我們而言，地主、中產階級、黨內修正路線人士均屬此類……我們的意識型態運作方式幾近雷同……一是階級鬥爭，一是種族滅絕。」

那麼爲什麼挑猶太人下手呢？書中亦先提出了幾個粗淺的假設：是恨他們？殺出了樂趣？爲了想升官？其中反猶太主義往往是投機份子想接近層峰的一種途徑，那麼就要拿出某些論述，先說大家爲什麼討厭猶太人：「因爲他們吝嗇小氣，行事謹慎，不僅對金錢，對自身身家安全如此，他們的傳統、他們得來的歷史教訓和書上教的，再再讓他們不知施捨與花錢爲何物……還是要透過浪費他們生命的手段，要他們懂得如何花錢，讓他們懂得什麼叫做戰爭。」因此明顯看出當時德國人夷夏之防的觀念根深蒂固，「他者」就是敵人的意思。烏娜，麥柯斯的姊姊，甚至坦率地表示：「我們藉由殺死猶太人來殺死自己，殺死在我們內心屬於猶太人的那一面，殺死我們腦海所塑造的對猶太人的偏見，殺死我們內心那個錙銖必較、腦滿腸肥、汲汲營求、夢想權力的資產階級，……我們在猶太人頭上，醜化詆毀爲卑鄙、懦弱、吝嗇、貪婪、權力飢渴、損人不利己的行爲。」

麥克斯更是引經據典，「從歷史上來看，猶太族想盡辦法讓自己與眾不同，最早出現的反猶太文字見於亞歷山卓港的希臘文獻，直指猶太人爲社會邊緣人，藐視敦親睦鄰的善良風俗……再加上宗教信仰不同，日積月累，一碰上危機，大家便自然而然地把一切罪過歸咎到猶太人身上……儼然猶太人是全人類的公敵！當然，許多人亦十分盲從，奉希特勒思想爲圭臬，而大統領希特勒的人種學演講集，關於猶太人的部分，就是他們的「聖經」：

「猶太人在生活的各方面都缺乏才能和創造力，只有一個例外：說謊和詐騙，他們是騙子，不講信用而且狡猾多端，他們之所以能擁有現在的一切，全都是靠訛詐周遭天真無邪的老百姓換來的。我們沒有猶太人仍然可以活得好好的，他們要是少了我們，根本活不成。」

當時猶太人滅絕計畫已本是心照不宣的默契，希特勒為了鞏固政權，變本加厲，挑明了公開演說，當場還登記軍官的出缺席情形，並錄音存證：「這番話背後的涵義是要所有人日後沒有藉口辯稱自己不知情，萬一戰敗，無法推脫逃避罪行，置身事外全身而退，這麼做是為了將他們全拉下水……。」這種白色恐怖令當時的軍官惶恐不安，各懷鬼胎，勾心鬥角的情況越演越烈，甚至會公報私仇。

此外，利特爾並對二戰時德軍的心理狀態做了更進一步的探討：戰爭一開始，有些人語帶感傷，有人則談笑自若，但有的則悶不吭聲，這種人往往具自殺傾向。戰況激烈時，有人極力掩飾，卻難掩殺人時流露出的快感，有的人內心厭惡殺戮，但軍令如山，只好強壓內心的感受，扣下扳機。不過，也有人認定猶太人如畜生，罪有應得。人們面對這荒謬的人生所秉持的態度也各有不同，有的人拒絕相信生命是個大笑話，勤奮工作，勞碌而死；有些人認清生命是個笑話，勇敢笑看人生；也有人明知生命是笑話，及時行樂，卻深陷痛苦，無以自拔。於是當時流行一句話；「戰爭要打，杜松子酒照喝」，這是種逃避現實的方法。

四、戰爭後遺症

以麥克斯為例，他的戰爭後遺症簡直令人毛骨悚然，他經常有腹瀉、發燒、噁心、嘔吐等生理反應：他甚至曾經肚子強烈收縮，解開褲子蹲下，從肛門噴出的不是糞便，而是活生生的蜜蜂、蜘蛛和蠍子……。再者，麥克

斯的厭女情結也來自母親對父親的「背叛」——改嫁，對姊姊的愛慾未獲滿足，進而生恨，也不信任任何女人，他的幻覺不斷，噩夢連連：「奇怪的事發生了，我和姊姊的兩張臉之間，在兩張完美重疊的臉孔當中，一張光滑、透明如玻璃紙的臉一閃而逝，那是另一個人的臉，是我母親刻薄平靜的臉，五官細緻，但完全看不透，比最厚重的牆還要難以穿透」。他想到姊姊，感覺就像柴火燒盡的爐子，空餘冰冷灰燼；想到母親，則如長久荒廢的安靜墓碑。可見麥克斯思想晦暗，心靈受創不淺。

由以上陳述，相信讀者已能領略其愛慾情仇糾結的煎熬。但他後來躺在姊姊床上，夢到的情景，才更令人反胃：麥克斯夢見烏娜全身沾滿穢物，但更顯美豔、純潔，他好想鑽進她雙腿間全身縮為一團，像個新生兒，需要母奶與關愛……。此番景象也讓麥克斯呼吸困難，好似突然魔鬼附身般。這個揮之不去的陰鬱，隨著冷酷戰爭的步伐，如影隨形。

本書最不忍卒讀的，可說是那一幕幕慘死的鏡頭：少女中彈，痛苦喘氣，麥克斯冷不防地在她頭上開一槍，幫她解脫；麥克斯見甲蟲不斷湧出，按耐不住，朝那堆蟲猛踩，結果腳下竟是一顆頭顱斷裂；繼父莫羅遭斧頭剖胸膛，脖子幾乎被砍斷，母親被人勒死，眼睛突出，脖子一道勒痕；他的同性戀友人米凱對他嘻皮笑臉，一氣之下用額頭撞得對方鼻樑碎裂，麥克斯並拿起拖把朝米凱脖子上猛踩，直到他的臉由紅變青紫，下巴顫動，雙眼突出，手指亂抓，雙腳拚命拍打地磚，口中冒出腫脹的舌頭；好友湯瑪斯在千鈞一髮之際殺了克萊蒙斯，救了他一命，他卻拾起鐵條，對準其脖子敲下去，結果他脊椎骨斷裂當場死亡，為的是拿湯瑪斯的假身分證明，好「重新做人」。這些都是麥克斯親身經歷，且人多半都是他下手屠殺的，我們不禁要反問，親情、友情在戰爭時是否還經得起考驗？一個本來熱愛文學、音樂有理想的年輕人，怎麼會變成了瘋狂的殺人魔王？死亡的節奏隨著故事接近尾聲，也越發地急促。而麥克斯除了菸、酒以外，則一直靠著他的「糞便理

論」（scatologie）和暴力傾向來宣洩個人的苦悶。

　　利特爾以類似薩德、塞林、惹內直白的寫作筆法，赤裸裸地描述這些慘絕人寰的情景，令人不寒而慄，其生冷犀利的獨白，更讓我們體會到戰爭的可怕，人性醜陋的場景歷歷在目，比驚悚片更叫人咋舌，雖然是虛構的故事，但它以二次世界大戰為背景，多少有幾分真實性，在那紛亂的時代，真的任何危險都可能發生，它猶如一部戰爭啟示錄。而利特爾最後以動物園被轟炸後動物哀鴻遍野的景象為句點，不正是點出了人間煉獄的寫照？

芭貝里

（Muriel Barbery，1969-）

 生平

　　穆里葉‧芭貝里生於摩洛哥的卡薩布蘭加（Casablanca），但才生下來兩個月就遭父母棄養。她曾就讀於拉卡那中學（Lycée Lakanal），1990年入聖克魯（Saint-Cloud）的師範高等學院唸書，1993年通過法國大學及中學哲學教師資格考，後來在勃根地大學教授哲學。2006年，她的《刺蝟的優雅》（L'Élégance du hérisson）大賣，後來還拍成電影。之後她決定離開教職，專心寫作。2008年，曾到日本住了兩年，期間也曾來臺北，為《刺蝟的優雅》一書做宣傳，2016年又再度受邀來訪。

《刺蝟的優雅》（L'Élégance du hérisson, 2006）

　　這部小說是以獨白或日記體方式娓娓道出人生的一些偶然與巧合。

一、小說情節

　　故事開始，便是一向令人認為不應有自我的豪華公寓門房荷妮的自我介紹，她一面勾勒人們對大樓管理員的刻板印象，一面盡量去符合大家的「共

識」。寡居的她只有貓狗為伴，電視是她的障眼工具，其實她喜歡的是一些經典老片子、古典音樂和荷蘭畫，藝術本是有錢有閒者的奢侈品，這對一個門房來說是多麼突兀不搭調。

接著，凡在本書的深刻思想章節（共十六章）開端，總有一個略帶哲理的小謎題，頗能引起讀者的好奇心，那是富家小女孩芭洛瑪的內心世界；此外，世界動態日記則總共七章，是芭洛瑪對外在社會產生不滿，發洩情緒的工具，而她的名字直到深刻思想第十三章後，換言之本書已進行四分之三處才提起。再者，一個生活優渥的小女孩，哪來那麼多叛逆乖張、憤世嫉俗的傻念頭？無非是得了自閉症的「怪小孩」？

而這兩個年齡、身分、階級毫無交集的人，她們之間竟奇妙地產生了相知相惜的情愫，也是始料未及的。全文中的每一小節不超過三頁，就如浮光掠影，稍縱即逝，場景也是在過去、現在、未來間跳躍，背景襯托往往是音樂（爵士、古典）與繪畫（荷蘭、義大利、法國），其人生宛如是隨時切換的影片，不斷更迭的旋律，但死亡的陰影卻一直伴隨著，然而亞爾登先生的驟然過世，卻是這幢位於葛內樂街（Rue de Grenelle）7號的轉捩點：一位日本新屋主小津先生的進駐，故事的關鍵人物，是他吹皺了一池秋水……。

二、關鍵人物

❶ 芭洛瑪（Paloma）

她是個生長在富裕家庭的么女，在外人眼中她是多麼幸運和富有，但那種處於金魚缸內的感覺，冷暖自知。她嫌惡母親與姊姊布爾喬亞式的愚蠢、市儈，對自己的聰慧卻又感到厭煩。她是個早熟的少女，冷眼批判布爾喬亞階級青少年為了要裝成大人樣而嗑藥、做愛，而他們的父母則把女兒當「高級妓女」，儘往有錢人身上推；兒子便學老

子，為了要證明自己的本事，和不同的女人私通，欺騙老婆……。芭洛瑪還認為，人類生存、飲食、生育的本能無異於動物，充滿殘忍或暴力，只是人類企圖以假文明（狂妄自大）去掩飾自己的獸性。總之，她與家庭其他成員的想法格格不入，小腦袋長期想的就是自殺和縱火，因為芭洛瑪怨恨自己無力改變現狀，才決定採取激烈手段表達自己長期的無奈與憤怒，而自我封閉是她苟活時的生存手段，離開這個世界則是她的最終目的。是荷妮重新燃起她對生命的希望，認為命運似乎並非無可逆轉的。

❷ 荷妮（Renée）

在一般人眼裡，門房負責的，就是每天觀察有誰進出，跟誰進出，何時進出的撈什子事，她該是個公寓屋主視而不見的裝飾品，需要她時必須立刻派上用場，不需要她時就得消失不見。個子矮小，身材臃腫，行事低調的荷妮，外表是符合眾人期待的，但她背後所隱藏的慧黠與敏感，愛好古典樂、荷蘭畫、經典老片和俄國小說的她，卻與其身分似乎格格不入，她身處平凡環境卻不為庸俗所染，具非典型氣質的葡傭曼奴菈是她唯一的朋友。

我們發覺美醜、愚智、貧富、階級的問題一直困擾著荷妮，她似乎經常思考這些問題，就連貓、狗也成了象徵圖騰：譬如「鬈毛狗的主人不是退休的小老板，就是需要感情寄託的孤獨老婦，要不然便是整天呆在陰暗門房裡看守大門的人」，牠的特性為「醜陋、愚蠢、服從還有愛誇張」，而且主人如狗，他們甚至喪失對愛和欲望的渴求！至於富貴人家則飼養長腿賽犬或長毛垂耳狗，先聽狗兒脫俗的名字就明白其主人絕非等閒之輩。而貓在芭洛瑪的眼裡，是項活動的裝飾品，一般人認為，貓具備現代圖騰的功能，牠「類似家庭象徵與保護者的化身」，巧合的是她和荷妮不約而同地將寵物與主人類比，芭洛瑪將爸爸媽媽和姊

姊比喻成自尊心強又感性的貓，他們懦弱、麻木不仁，且毫無情感。然而，以唯心論的立場來看，人們只能認知到自己所見的面相，對貓、狗亦是如此。

三、精彩內心戲

芭貝里對文字的掌握令人激賞，尤其在形容荷妮面對小津時，將其有如情竇初開少女的情懷用幾個簡樸的語句，就足以令讀者感受到她的小鹿亂撞。當小津首次邀荷妮上樓作客時，閃過腦際的六種拒絕語，竟一個也派不上用場，而且有身心完全赤裸的感覺，不知所措。

六種拒絕語如下：

1. 「不了，謝謝您，我已經有事。」（合理的說詞）
2. 「您真是客氣，不過我的時間表排得跟部長一樣滿。」（可信度不高）
3. 「真可惜，我明天就要去梅介夫（Megève）滑雪。」（異想天開）
4. 「很遺憾，因為我有家人。」（睜眼說瞎話）
5. 「我的貓病了，我不能留牠獨自在家。」（感情太豐富）
6. 「我病了，我想留在家裡休息。」（恬不知恥）

此外，在小津家由於喝太多茶，荷妮不得不請問洗手間的位置，光這個簡單的一句話，她就醜脾地字斟句酌想了六種問法：

1. 「廁所在哪兒？」（不很得體）
2. 「您可不可以告訴我那地方在哪兒？」（怕別人聽不懂）
3. 「我想尿尿。」（不能對陌生人開口）

4.「化妝室在哪兒？」（聽起來很冷漠）

5.「衛生間在哪裡？」（讓人聯想到一股臭味）

6.「請問方便的地方在哪兒？」（唯一找到的回答）

當小津邀荷妮單獨上餐館慶生，心意已很明顯，可能因身旁還有芭洛瑪在場，她立刻像刺蝟似的，築起心防，斬釘截鐵地說不：

1.「說真的，我很抱歉，我覺得您這個主意不適合。」

2.「您人很好，我很感謝您，不過我不想接受，謝謝您。我相信您有很多朋友可以在一起慶祝生日的。」

3.「這樣比較好，事實就是如此。」

4.「我們會有很多機會在一起聊天的，這是肯定的。」

此外，外表冰冷絕情的她，在小女孩芭洛瑪面前竟然淚決堤的一幕十分感人，後者比心理分析大師更有用，將荷妮的陳年陰影（美麗姊姊嫁富家紈褲子弟不幸死亡的悲劇）發掘出來；她擔心門戶不當的悲慘命運，寧可守本分過著屬於普羅階級的平淡日子，就算她好不容易跨出受邀赴宴那一步，仍在想自己是否能看清自己。

四、結語

小說名為《刺蝟的優雅》充滿喻意：所描繪的就是荷妮，她像那種外表看來防衛心超重，內心卻極為柔軟的小動物，喜歡故作懶散狀，愛好孤獨，不過舉止十分優雅。她也像塊璞玉，等待有緣人去發現她，珍惜她。然而荷妮的刺蝟性格其來有自，是芭洛瑪將那個祕密告訴小津，因此他才會找時機重複安慰她：「您不是令姊，我們可以做朋友，甚至是所有我們想做的。」這些甜蜜言語著實融化了荷妮對社會與階級的憎恨。

然而造化弄人，垂手可得的遲暮幸福，竟因一場突如其來的車禍畫下休止符。不過巧的是，開啓黃昏之戀的，正是送到洗衣店的那件黑色洋裝，而結束這愛情故事的，卻是該洗衣店的送貨車……。結局留下遺憾，發人深省，難道冥冥中注定會樂極生悲、狠遭天嫉？人生的渴望與欲求，到底是生存動力抑或是邁向死亡的加速器呢？

國家圖書館出版品預行編目資料

解讀法國文學名著／阮若缺著. ——初
版. ——臺北市：五南，2017.11
　　面；　公分
　ISBN 978-957-11-9442-4（平裝）
　1.法國文學　2.文學評論
876.2　　　　　　　　106017736

1X5L

解讀法國文學名著

作　　　者 ― 阮若缺（79.4）

發 行 人 ― 楊榮川

總 經 理 ― 楊士清

副總編輯 ― 黃文瓊

主　　編 ― 朱曉蘋

責任編輯 ― 吳雨潔、黃懷萱

封面設計 ― 姚孝慈

內頁插圖 ― 吳佳臻

出 版 者 ― 五南圖書出版股份有限公司

地　　　址：106台北市大安區和平東路二段339號4樓

電　　　話：(02)2705-5066　　傳　　真：(02)2706-6100

網　　　址：http://www.wunan.com.tw

電子郵件：wunan@wunan.com.tw

劃撥帳號：01068953

戶　　　名：五南圖書出版股份有限公司

法律顧問　林勝安律師事務所　林勝安律師

出版日期　2017年11月初版一刷

定　　　價　新臺幣430元